Fluo Feltrinelli

Lorenza Gentile

La volta giusta

Prima edizione in "Fluo" ottobre 2025

ISBN 978-88-07-97007-8

A Davide e Martino

Diventa ciò che sei, avendolo appreso.

PINDARO

La campana del tempio tace,
ma il suono continua
a uscire dai fiori.

MATSUO BASHŌ

Un giorno sarai grande abbastanza da ricominciare a leggere le favole.

LEWIS CARROLL

Estate

1.

E così mi trovo a ricominciare daccapo. È la volta giusta. Lo sento.

Mi succedeva anche a scuola, quando prendevo un bel voto, lo sentivo, mi pareva quasi di chiamarlo, e anche quando mi è capitato di ricevere una bella notizia avevo avvertito una vibrazione nell'aria, il flusso del magnete che la richiamava, e poi, dopo poco, eccola lì.

Adesso è uguale, a meno che non sia l'altitudine a darmi alla testa. In fondo, da quanto non salivo in montagna? Senza contare che nemmeno due ore fa ero al mare. (Avrei fatto anche prima, se avessi avuto la macchina, ma tra la corriera e l'autostop è andata un po' per le lunghe.) La cima di una montagna a sessanta chilometri dal mare, prodigi di questa terra... Che tra l'altro nemmeno esisteva sul mio personale atlante, fino a un mese fa. Ma quante cose possono cambiare in un mese. (O anche in due ore, per l'appunto.)

Poso la valigia rosa con cui ho transitato da una vita all'altra negli ultimi quindici anni. Se ne sta fiera accanto allo scatolone con le provviste, i detersivi e le medicine di primo soccorso. Sembra quasi nuova, come se non fosse stata comprata negli anni settanta ma ieri, proprio per quest'avventura. Come se non fosse appartenuta a mia madre. Come se non avesse una storia.

Sorrido osservando il casolare di pietra con il tetto spiovente che si staglia contro la vallata inondata dalla luce calda del pomeriggio. È malmesso, ma perfetto.

Qualsiasi catapecchia può trasformarsi in un castello con un po' di olio di gomito, giusto? La bellezza sta negli occhi di chi guarda.

E il mio sguardo, ora, non riesce ad abituarsi alla bellezza che ha intorno. Il bosco fitto e misterioso, il gregge di casette di pietra arroccate sul versante della montagna, poco più in là, la vallata verdissima davanti, e il mare, laggiù, all'orizzonte. È davvero il mare? Una fettuccia blu, sopra i crinali e sotto il cielo. In certi giorni si vede la Corsica, mi hanno garantito. E io mi fido.

Sulla porta d'ingresso del casolare c'è un'insegna sbiadita, *Locanda*.

Una delle prime cose che farò sarà ripassare le lettere con un pennello. Avrò la mano ferma, quando mi impegno le cose mi vengono. Aprirò tutte le finestre, poi, per far entrare la luce e quest'aria tersa che ora mi solletica la faccia. Lo sapevo che qui si respirava.

Ce lo siamo detti subito: si respirerà. Lo sguardo sarà libero. Poche cose che contano. Ci lasciamo alle spalle il mondo. Ricominciamo, da noi e da un posto incontaminato. Altissimo. Puro.

"Mi sta seguendo?" domanda la dottoressa Parodi, la responsabile regionale del progetto.

È finalmente riuscita ad aprire la porta, dopo aver armeggiato a lungo con le chiavi. Non me n'ero nemmeno accorta.

"Certo," rispondo, lasciando aperti i battenti sulla strada. Così Enrico ci troverà facilmente.

Nell'ingresso, inspiro l'odore di chiuso e di legno. È tutto ammantato di polvere. I ragni hanno invaso il territorio piantando le loro tende filamentose. Ma bastano una scopa e un po' di buona volontà, giusto?

Molta buona volontà: i tavoli, le panche e i mobili sono accatastati in fondo alla sala ristorante, vedo già che a molti manca almeno una cosa, una gamba, un ripiano, un cassetto. Faremo le riparazioni, Enrico è bravo nei lavori manuali. E io imparerò. Il lampadario pende un po' sbilenco dal soffitto. Sì, ce n'è da fare. Ma sarà un bel nido.

Faccio una lista mentale mentre seguo la signora biondo platino lungo la scala che porta al piano superiore.

Aprire le finestre. Piantare i gerani. Sono i fiori giusti, quassù? Posso informarmi su internet. Guardo il cellulare: internet non prende. Ordinerò dei libri.

"Qui arrivano i pacchi, vero?"

"Al paese di sotto, mezz'ora in auto," mi risponde lei.

"Andata e ritorno?"

"Andata e ritorno fanno un'ora."

Un'ora, che sarà mai. Ce ne sono altre ventitré in una giornata. Ho ripreso con la lista mentale. Spazzare via le ragnatele. Lucidare il pavimento. Aggiustare i mobili. Ridipingere le persiane. Verbi belli, verbi pratici, nessun secondo fine.

Piantare un chiodo non è scrivere una mail per fissare un appuntamento o vendere qualcosa: il chiodo contiene già la risposta. Lo pianti e sta lì. Ecco, una vita più immediata, di botta e risposta. Aggiusto un mobile, e il mobile sta in piedi. Coltivo le carote e le carote crescono, e un bel giorno le mangio. (Le carote crescono quassù?)

Al piano di sopra, il corridoio termina con una portafinestra che dà sulla vallata – lo sguardo si perde così lontano che ti sembra di poter planare. Basterebbe avere le ali.

Quattro camere, ognuna con il numero d'ottone affisso al centro della porta.

Quattro, il numero giusto. Molto meno di un albergo, ma più di una casa. Una locanda, appunto. Un posto per chi si è perso o per chi ha girovagato troppo a lungo. Un posto per gente come me.

Dall'altra parte del corridoio c'è la nostra stanza. Ha una vista d'angolo, sul giardino e la strada che si perde verso l'altra vallata, un bagno con doccia, sulle pareti qualche macchia di muffa. Ma è incantevole come se fosse in una casa di bambola.

Mi spiace non essere arrivata insieme a Enrico. Quando ho provato a dire che era importante arrivare insieme, che è la nostra avventura, il nostro sogno, lui si è messo a ridere. "Non essere ridicola." (Forse intendeva sentimentale?) "Non siamo mica alle medie. Devo far revisionare il furgone, procurarmi gli attrezzi, recuperare i vestiti invernali da mia madre... Ci vediamo direttamente lì."

Mi sono vergognata, così non ho insistito. Siamo adulti, che diamine. "Adulti e vaccinati."

"Come dice?" la signora si è voltata verso di me.

"Scusi, parlavo ad alta voce."

"Per quanto riguarda i vaccini, raccomandiamo il richiamo di antitetano-difterite-pertosse... Dovrebbe essere menzionato sul modulo. E la meningoencefalite da zecche."

Meningoencefalite? Ne ho già sentito parlare. Forse papà, quando gli ho mostrato il bando.

Cercasi coppia per la gestione di una locanda con alimentari, in un affascinante borgo sulle Alpi Marittime. Sono compresi alloggio e contributo mensile. Il progetto fa parte di un ampio piano volto al rilancio economico dei piccoli borghi storici a rischio spopolamento, attraverso iniziative capaci di rispondere ai bisogni dei residenti, promuovere i servizi turistici eccetera.

C'era una postilla, dopo le istruzioni per la compilazione della domanda, una sorta di messaggio pubblicitario: *Un'ottima occasione per migliorare la qualità della propria vita e abbassare i costi, rimanendo in contatto con il resto del mondo grazie alla tecnologia*.

La locanda in questione, in stato di abbandono, aveva bisogno di essere rimessa a nuovo per offrire alloggio, bar ristorazione e vendita di alimentari e beni essenziali alla comunità e a eventuali pellegrini, *nomad workers*, amanti della bicicletta e del trekking, viaggiatori lenti.

Viaggiatori lenti, sfido. Per arrivare a destinazione ci ho messo un giorno. E senza l'auto non arrivi proprio. Il capolinea della corriera è tre paesi più sotto. Un dislivello di almeno cinquecento metri. Un gran numero di tornanti, una deviazione causa frana, un fitto bosco di betulle (o erano abeti?), qualche ponte dissestato. Una stazione sciistica abbandonata sull'altro versante.

Sono salita a piedi con lo scatolone e la valigia, non siamo alle medie, per l'appunto, mica potevo aspettare Enrico con il furgone. Ma per fortuna la responsabile regionale del progetto mi ha intercettato lungo la strada.

Il bando me l'ha mostrato lui una sera, proprio quando temevo che fosse finita. Non so se si poteva dire finita, era iniziata da talmente poco... Quando senti che non decolla e quindi ti chiedi se i motori non si siano spenti e tu non stia in effetti perdendo quota fino a schiantarti. Di schianti me ne intendo. Mi è capitato di non vederli arrivare, quindi ormai ho sviluppato un sesto senso. (O forse è il settimo, il sesto è quello che mi avvisa delle cose belle in arrivo – anche se non viene sollecitato tanto spesso.) Comunque conosco quella sensazione lì, quando non ti guardano più negli occhi troppo a lungo, o ti guardano troppo insistentemente come per capire che cosa non va in te, quando diventa tutto un "Non credevo la pensassi così", "Forse stasera ceno fuori...", quando le cose che eri convinta di aver cucito insieme iniziano a sfaldarsi, basta un filo strappato e ciao trama. Quando hanno deciso che non ne vale la pena, insomma. E stanno per gettare la spugna.

Ecco, mi sembrava di essere a quel punto, tanto che mi ero fatta il segno della croce ed ero pronta allo schianto. Anche questa volta non è quella giusta, mi sono detta. E allora sono io a non essere giusta, ho ragione a pensarlo, presto o tardi anche gli altri se ne accorgono e... E invece lui mi ha messo in mano la fatidica brochure. Questo paesino arroccato, baciato dal sole. L'occasione di ricominciare, insieme. Lontano dal rumore del mondo. Enrico. Il mio Enrico Grandi Sogni, che crede nell'impatto zero e nel chilometro zero, nella bioplastica e nelle cooperative, proprio lui, ha pensato a un Grande Sogno da realizzare con me.

Forse ho trovato finalmente un compagno con cui fare tutta la strada, anziché solo un pezzetto. Per una volta, sono giusta per qualcuno. Ho passato la notte a compilare il modulo della nostra candidatura. All'ufficio di competenza sono pervenute quarantadue domande. Hanno scelto noi.

Ditemi se non è un segno, questo.

Meningoencefalite da zecche. Faccio per cercare su internet, purtroppo non c'è campo neanche in questo punto. Come diceva il bando? *Rimanendo in contatto con il resto del mondo grazie alla tecnologia.*

Certamente prenderà al piano di sopra, perché nel frattempo siamo scese nel seminterrato, dove la dottoressa Parodi mi sta mostrando i locali caldaia (ma la caldaia è spenta da anni), il quadro elettrico (che va messo a norma, se ho capito bene), il magazzino (vuoto), il deposito (uno sci scompagnato), la cantina (vuota).

"Pensi se fosse stata piena di cianfrusaglie, le sarebbe toccato sgombrarla... Meglio vuota, no?" mi fa notare.

Annuisco, mi piace cambiare prospettiva.

Comunque fin qui abbiamo visto le cose buone, ora passiamo alle magagne, tra cui un tubo rotto.

"Un tubo di cosa?" chiedo.

Non ne ha idea.

"Basta cambiarlo, giusto?"

"Credo di sì, ma prima deve chiudere l'acqua."

"E da dove si chiude?"

"Lei vuole sapere troppo!"

Sembra un po' spazientita, quindi mi arrendo. Enrico saprà come muoversi. Anche lui ha fatto tanti lavori, ma lavori utili, diversamente da me. Tra questi, l'idraulico (se non mi sbaglio).

Siamo nella stanza che diventerà l'alimentari, dà sulla sala ristorante e comunica con la cucina attraverso un passavivande. È una stanza stretta e lunga, vuota e con i muri segnati, ma piacevole per via della finestra che la inonda di luce. Quando c'è la luce c'è tutto (o quasi tutto, e comunque il poco che c'è sembra più bello, ed è già qualcosa).

La sala ristorante è ampia e ben illuminata. In fondo c'è il bancone del bar, che fungerà anche da reception della locanda. Dietro al bancone una macchina del caffè dell'anteguerra, una pila di bicchieri sbeccati e qualche matita polverosa senza punta.

La dottoressa Parodi mi consegna un elenco scritto a mano: nomi con relativi numeri di telefono.

"Per qualsiasi cosa, questi sono i contatti utili. Ma vedrà che si faranno vivi loro."

"Non hanno il mio numero... o sì?"

"Sì, ma non la chiameranno. Compariranno quando lo riterranno opportuno. Qui usa così."

"Quindi non li chiamo?"

"Non risponderebbero, temo."

"Ma allora perché mi ha dato i loro numeri?"

"Per prassi. E poi magari lei sarà più fortunata di me, a me non rispondono mai."

"Be', grazie."

Cosa mi aspettavo, le trombe e un tappeto rosso? Pure noi abbiamo scoperto all'ultimo che ci avrebbero consegnato le chiavi oggi. Ci hanno avvertiti appena due giorni fa.

"Comunque, una delegazione della Comunità montana ha organizzato una colazione di benvenuto per domani, da quello che ho capito," continua. "Sono stati loro a contattarci per il bando e il finanziamento. Quando vogliono, si danno da fare."

Una colazione di benvenuto... Sarà fantastico! Dolci alla cannella, latte appena munto, marmellata di ribes. Fare amicizia.

Eccoci qua, Lucilla ed Enrico, i nuovi gestori della vostra locanda, non temete, attireremo gente, forniremo il paese di tutto il necessario, daremo il massimo. Enrico, lo vedrete, ci sa fare con un sacco di cose. Lo chiamo Enrico Grandi Sogni. Questo progetto è nato da lui. Io sono il braccio, ma vedrete che braccio.

Mi infilo in tasca la lista con i numeri di telefono. Mi occuperò io dei clienti. Ci siamo già divisi i compiti: lui i lavori di fatica, lui la ristrutturazione, l'impianto elettrico, la legna per il camino, il carico-scarico, la spola con il paese a valle, il rapporto con i fornitori e la cucina. Io la decorazione degli interni, le pulizie, il bar e il servizio ai tavoli, la gestione degli alloggi e dell'alimentari.

Siamo una coppia ben assortita, in sintonia, che ha fatto insieme una scelta di vita. Il sogno che lui ha suggerito ora ci appartiene. Finalmente, posso dire, è il Sogno Giusto per me. Eccomi qui, il mio posto nel mondo.

Milleduecento metri di altitudine. Quindici anime, più due. Una è in ritardo.

Il giro del paese lo facciamo in fretta e furia, la dottoressa Parodi deve tornare a casa, vive nel capoluogo, rischia di fare tardi. Continuo a buttare l'occhio sull'unica strada che sale verso il paese, sbucando qui e là tra gli alberi, ma del furgone nemmeno l'ombra. E per la verità, di nessun'altra auto. Mi rendo conto che da quando sono arrivata non ne ho vista passare neanche una. Lo dico alla dottoressa.

"E che si aspettava? Il Gran premio di Montecarlo?"

"No, certo, ma..."

"Identità, storia, bellezza." Apre le braccia verso il delizioso paese davanti a noi, steso sul versante della montagna come un panno ad asciugare. "Tutto questo è parte integrante del nostro patrimonio storico e artistico."

Camminiamo per i vicoli acciottolati, sotto agli archi, tra le casette addossate l'una all'altra. Superiamo un'edicola con la Madonna adornata di fiori accanto a un vecchio abbeveratoio divenuto aiuola. Vediamo anche due forni in pietra.

"Si ricorda, vero, che c'è una penale se doveste rinunciare prima di dodici mesi?" mi chiede la Parodi, sfoderando uno strano sorriso.

"Sì, ma perché lo dice? Siamo motivatissimi, abbiamo vinto il bando..."

"Eh sì, sì, ma sa, a volte le motivazioni si perdono per strada. In certe strade più che in altre," mi dice lei.

Forse si aspettava qualcun altro, forse i miei modi non la convincono, non lo so, ma non posso preoccuparmene. La mia anima salta sui tetti spioventi delle case, scivola sulle persiane chiuse, nuota nella fontana al centro di una minuscola piazza, infine si libra verso la chiesetta, sulla facciata affrescata con un trionfo di putti rosei e grassocci, fino alla cima del campanile. Osservo la valle, tutt'intorno. Qui non mi raggiungerà il dolore, niente arriverà a turbarmi o a farmi sentire sbagliata, quassù in alto, così in alto che mi sento già quasi in Paradiso.

In giro non c'è nessuno, a parte un gatto bianco con una macchia rossa su un orecchio che mi lancia uno strano verso, come se mi avesse riconosciuta.

Il paese è una piccola meraviglia, ma è anche vagamente inquietante. Come un dipinto perfetto, privo però del soffio vitale. Poi penso che questa è l'ora in cui si sta a riposo, e si inizia a pensare alla cena. (Si mangia presto, da queste parti, giusto?) Non è certo l'ora di andarsene a passeggio per i vicoli.

"La gente qui è socievole, vi troverete bene," si sente forse in dovere di aggiungere la responsabile regionale, e mi racconta del figlio che la baby-sitter è andata a prendere a jujitsu, se lei non arriverà in tempo per cena le farà una lavata di testa. "Ormai sono i figli a dettare gli orari, e i genitori a disposizione."

"Io non ho figli," mi trovo a rispondere.

Un lieve fastidio mi s'insinua da qualche parte tra le costole. Un'ombra. Ma non voglio addentrarmi in strade tortuose. Non oggi, non qui. Me lo sono promesso.

"Negli ultimi trent'anni, in paese sono nati appena tre bambini," mi rivela. "Ci sarebbe da darsi da fare, ma non so se consigliarvelo... Meglio concentrarvi su di voi, almeno per qualche anno."

Fingo un improvviso interesse per i ciottoli del vicolo, così da non essere costretta a rispondere.

"Li chiamano Comuni polvere," aggiunge lei.

Pare una di quelle persone che hanno sempre qualcosa da aggiungere.

A me, guardandomi intorno, verrebbe un altro nome. Comune Possibilità, forse. Comune Futuro Alternativo? Come ci starebbero bene dei bambini, qui. Me li vedo scorrazzare tra i prati in pendenza, collezionare sassi, allevare lumache nei giorni di pioggia. Imparare a riconoscere i funghi velenosi, a mungere una mucca. (Ci sono qui le mucche, giusto?) Abituarsi al suono del silenzio. E poi scendere a valle, un domani, forti di un'infanzia felice.

A volte basta un'infanzia felice per affrontare tutta una vita.

Ma mi è arrivato un messaggio. In cima al borgo è apparsa una tacca sul telefono. Che avevo detto? Al "piano di sopra", prende.

Controllo lo schermo: è lui.

Ti ho chiamato già quattro volte. Di nuovo problemi col furgone. Domattina lo riporto dal meccanico. Com'è lì?

Domattina. Domattina? Rileggo il messaggio. Controllo l'ora, sono le sei e mezzo. Il furgone non parte. Sono le sei e mezzo, le officine sono ancora aperte. Controllo il giorno, per non farmi ingannare dalla mia stessa mente. Infatti: è martedì. Certo che sono ancora aperte, quantomeno dovrebbero. O no? Non parte, perché non ha provato prima? Perché ha aspettato il tardo pomeriggio?

La dottoressa Parodi si sta incamminando verso la macchina.

Sto per chiamarlo, sento un tremore alle mani. Poi mi fermo. Ho già fatto errori di questo tipo in passato. Prendo un respiro. Avrà avuto da fare, prima. Doveva recuperare gli attrezzi e i materiali. I vestiti dalla madre. Si sarà fermato a salutare qualche vecchio amico. In fondo, cosa c'è di male? Enrico è uno di cuore. È il mio Enrico Grandi Sogni. Si è lasciato trasportare.

Arriva domani, e quindi? Mica ho paura, qui, da sola. Qui, in questo paese semidisabitato, a milleduecento metri, dove non conosco nessuno e per alloggio avrò una stanza polverosa in una locanda infestata dai ragni. Non ho paura, giusto?

La Parodi è già in fondo alla discesa. Il figlio, il jujitsu, il suo numero di telefono per qualsiasi evenienza, "Ma conviene che impari a cavarsela da sola, e prima impara e meglio è". Non mi devo preoccupare, almeno non troppo. Vedrò che accoglienza, anche se magari non secondo i canoni tradizionali, ecco. Ma si tratta solo di ridimensionare le aspettative. Questione di ambientarsi un attimo. "Si ricordi le scadenze. Lo spazio drogheria dovrà aprire entro un mese, il bar ristorante per Natale, e gli alloggi per Pasqua. La locanda dovrà dunque essere a pieno regime entro l'estate. La Commissione passerà a verificare i vostri adempimenti, quando non so dirglielo, non avvertiranno, non lo fanno mai, altrimenti che controllo sarebbe?" E le penali, non devo dimenticarmi le penali, e "pensateci bene ai bambini, lei lo sa, il nido romantico tra le montagne, tanto tempo libero, un letto sempre vicino, uno si fa prendere la mano, ma dopo c'è un piccoletto aggrappato a quella mano, e niente sarà più come prima, soprattutto la locanda, sarà difficile mandarla avanti, con un figlio, può immaginarselo, meglio aspettare...”.

Cammina veloce e intanto aggiunge consigli, promemoria, avvertimenti.

Finché tronca di colpo la filippica, sale in auto e parte, lasciandomi impalata sul ciglio della strada. Con il telefono ancora in mano. Il telefono, che non prende più.

Osservo la macchina allontanarsi rapida. Poi guardo la locanda, adesso completamente nell'ombra. Abbandonata e sbilenca. O forse è la strada a essere sbilenca. Inclino leggermente la testa. Ora mi pare dritta. Non si sente un rumore. Il rombo dell'auto si è spento in lontananza e niente arriva a rimpiazzarlo. Un brivido mi corre lungo la schiena.

È quello che volevo, giusto? È il nostro sogno.

Che importa se sono qui da sola? È soltanto per una notte. Ho del pane e del prosciutto, il formaggio a cubetti che piace a lui, il vino di qualità perché so che ci tiene – quello lo apriremo domani. Ho tutto. Un libro, una coperta per due, lo spray contro gli insetti. Il coltellino svizzero, il disinfettante, i biscotti per la colazione.

Ho tutto: anche una confezione di Mister Muscolo e una di Mastro Lindo.

Non sono mica sola.

2.

Un tuono mi sveglia di soprassalto. Per un attimo mi sembra di essere ancora nel nostro letto di città, nel tepore del cotone, lui accanto. Poi mi accorgo che non c'è nessun tepore, soltanto un lenzuolo freddo e ruvido. La coperta è caduta a terra. Ecco perché sto tremando.

E sono da sola.

Un altro tuono. Forse non è un tuono. Sembra un corno, più che altro, un corno che annuncia una battaglia.

Questa è una zona di confine, però non ci sono battaglie, giusto?

È incredibile come il dormiveglia suggerisca le più bizzarre domande.

Mia madre me lo diceva sempre: che domande fai? Pare che io abbia un talento per gli interrogativi strambi. Lei ha smesso di dirmelo, io non ho smesso di farle. Se solo fossi diversa, quante cose sarebbero andate meglio. O perlomeno, non così male.

Ma il suono, fuori, non cessa. Mi alzo in piedi e corro alla finestra. Attraverso la tendina ricamata e ingiallita vedo prima degli stivaletti, poi calzoni alla zuava, panciotti, gonnellone a righe, camicette con i pizzi, giacche di cotone allacciate con nastri sul davanti, scialli colorati sulle spalle, fasce scure nei capelli. Facce rubiconde e sorridenti.

Ed è un corno, sì, un corno alpino. Altro che tuoni!

Posizionato al centro del giardino, tocca terra in tutta la sua maestà: a suonarlo, un vecchio grande e grosso, con barba vichinga e cappello di feltro. Dev'essere il direttore del coro, ne sono certa. Perché è un coro, quello attorno a lui. Hanno tutti in mano uno spartito. Saranno una dozzina.

Ops, mi hanno visto. Tanto vale aprire la finestra. Il coro ha attaccato a cantare, una signora seduta su una sedia di plastica accompagna con la fisarmonica. C'è pure un flauto traverso. Batto le mani a tempo. Mi sento sorridere, dentro.

L'orologio alla parete segna le dieci e mezzo. (Per fortuna mi ero portata dietro due confezioni di pile.) Mi tornano in mente le parole della dottoressa Parodi. *Colazione di benvenuto.* Accidenti, devo sbrigarmi.

Faccio segno di attendere, sarò fuori in un momento. Mi infilo i vestiti di ieri e mi pettino alla bell'e meglio. Sul viso le tracce del sonno mancato. Ore a fissare il soffitto per quel cigolio che non capivo cosa fosse. Poi un animale, o chi per esso, che si muoveva in giardino. Così mi sono dovuta alzare e barricare dentro, trascinando tavoli e sedie contro le porte.

Per finire il telefono che non prendeva, le lenzuola gelide, i ragni che formicolavano nell'ombra, le formiche che sgambettavano sul materasso, e altri incubi o presunti tali.

"Insonne," ammetto sulla porta d'ingresso al signore con la barba da vichingo, che si è sfilato il cappello di feltro prima di chiedermi com'è andata la notte.

Sempre meglio essere sincera, giusto?

Lui si scioglie in un sorriso, calcandosi di nuovo il cappello in testa.

"Benvenuti," dice poi allargando le braccia, "ci vuole un po' di tempo per abituarsi all'altitudine, e all'aria delle nostre parti, che è di montagna, ma pure di mare... Vedrete che tra qualche giorno andrà meglio. Ci vengono a fare le cure del sonno, qui da noi."

"Ah, però."

"Venivano, per essere precisi. Ma torneranno. Anche grazie a voi."

Sbircia oltre la mia spalla, immagino aspettandosi Enrico.

"Già, verranno, cioè verrà."

Cerco di fare più luce possibile con il mio sorriso per sopperire alla mancanza. Perché Enrico non c'è ancora, e non voglio che pensino che non siamo seri o affidabili. La prima impressione è importante, certe persone non la superano mai, restano sempre lì.

Al liceo presi un sei meno al primo tema in classe e quel meno me lo portai dietro per tutti i cinque anni: che fosse cinque meno nei giorni cattivi o, in quelli buoni, sette meno. Ero sempre "meno" di qualcosa.

"Lei sta sentendo i nostri canti in dialetto, un patrimonio inestimabile per noi, non solo di cultura ma anche di umanità. In fondo è la stessa cosa. A me piace leggere, libri o persone fa lo stesso."

"Leggere?"

"Manteniamo la tradizione dei nostri vecchi. Ha un valore affettivo, capisci?"

"Capisco," mi affretto a dire. "Sono molto... musicali." Annuisco a tempo con aria convinta.

Potrei apparire ridicola – che poi vorrebbe dire sentimentale, giusto? –, ma in fondo chi mi guarda? A parte loro, intendo. Quassù per un bel po' di tempo non mi guarderà nessuno. Nessuno mi giudicherà, nessuno mi dirà che ho la faccia stanca o i capelli arruffati o che devo indossare i punti luce ai lobi o stare più dritta con la schiena o che ne so io. E poi ho sempre amato i cori, sempre amato le bande. Più cori, più bande in questo mondo!

Da piccola, quando sfilavano per le strade del paese, trascinavo mia madre per la mano, volevo unirmi al corteo, ballavo, mi sentivo in festa.

Dimenticavo, ogni volta, che dopo mia madre si sarebbe lamentata accusandomi di voler sempre dare spettacolo, di non sapermi comportare, e lei era stanca di insegnarmi qualcosa che non volevo imparare.

"Sono Eliseo," tuona il vecchio allungandomi una grande mano callosa, "presidente della Comunità montana. O almeno lo ero, quando c'era ancora la Comunità. Ora ci sono altre cose, non so. In ogni caso, continuano a chiamarmi presidente."

È in là con gli anni, ma ancora un bell'uomo. Possente, mi verrebbe da dire, tutto petto e braccia, con questo volto abbronzato su cui la barba bianca sta una meraviglia: deve aver mietuto vittime qui nelle valli, e forse ne miete ancora tra le coriste, a giudicare da come lo ammirano. Un montanaro di tutto rispetto, insomma, con un che di artistico nei modi e nel volto.

"Io mi chiamo Lucilla."

Gli porgo a mia volta la mano. Lui me la stringe, senza stritolarla come temevo. È solo calda e confortevole. Ha forza, ma non la mette in mostra. Mi piace, questa mano.

"Lucilla, che porta luce. Bene, bene. Una delle ragioni per cui sei stata scelta."

"Ah, sì?"

Nessuno ha mai fatto tanto caso al mio nome, a dire il vero.

"Adesso una prova facile facile."

"Una prova?"

Il coro ha smesso di cantare, sorridono.

Ma le prove mi agitano.

"Potremmo aspettare che arrivi Enrico? Ha avuto un contrattempo, sarà qui molto presto. Questione di qualche ora, direi."

"Qualche ora? E che facciamo nel frattempo? No, no." Eliseo fa un gesto sbrigativo. "*Tûtti i lasciae son persii.* E io ho fame. Non so te!"

"Be', quasi quasi..."

Intravedo una donna affaccendata dietro un tavolo da picnic, sul limitare del giardino. Meglio non mettersi a discutere, giusto? Certo che ho fame. E poi mi dà sollievo che il presidente non aspetti Enrico con la premura che temevo. Ma come hanno fatto a entrare qui? Hanno le chiavi della locanda? Io dormivo e non me ne sono neanche accorta.

"Quindi, la prova... In che senso?" esito.

Eliseo si sfrega le mani. "Una prova di vocabolario. Dovremo pure intenderci, no? E da cosa si parte, se non dal linguaggio? Altrimenti finisce come a briscola, io gioco cuori e tu rispondi picche. Mica va bene così." Mi guarda. "Dai, cominciamo. Se non ne sai una o due non ti preoccupare. Anzi meglio, così ci trovi gusto a imparare."

"Trovarci gusto, certo..."

"Allora, avanti con la prima: sottano."

"Sottano... Gonna?"

Magari qui usano il maschile.

Lui scoppia in una sonora risata, scuote la testa. Poi si fa serio: "Sottano, situato in posizione sottostante. La strada *sottana...*".

Indica la strada tutta curve sotto di noi, appunto. Strada ancora sgombra da qualsivoglia furgone con alla guida Enrico.

"Sottana come gonna, infatti, che si porta subito sotto."

"In effetti."

"Soprano?"

"Mmm... Un soprano è una cantante d'opera... Forse una componente del vostro coro?"

Eliseo si batte la fronte con la mano.

"Mi dispiace, sono una da sei meno, io," gemo.

"Se la strada sottana è quella di sotto, la strada soprana sarà...?"

"Quella di sopra?"

Era ovvio.

"Quindi, soprano: situato in posizione più alta," preciso, per dimostrare che non sono una cima, a proposito di montagna, ma con un piccolo aiuto me la cavo.

Sei meno. Cos'avevo detto?

"Bric? Questa bisogna saperla."

Bric. Bric... Enrico dove sei? Perché sono qua da sola a fare il test della Comunità montana? Perché mi trovo davanti a questo signore che... Solo adesso mi accorgo del bambino. È sempre stato lì, nascosto dietro al vecchio, o è arrivato senza che io lo vedessi?

Ha un cappello da pescatore e indossa una felpa due volte la sua taglia, un paio di calzoni corti e scarponcini da passeggiata.

Attaccato alle gambe di Eliseo, mi guarda con occhi divertiti. Come se fossi strana. Non saprei dargli un'età, e spero che non mi rivolgano domande in tal senso, sparerei un numero a caso.

"Tu sei la mamma di chi?" mi chiede, mentre ancora mi lambicco il cervello dietro al significato di "bric".

"Non sono la mamma di nessuno," rispondo, e non mi piace dirlo. "Sono Lucilla e basta," aggiungo, forse in modo un po' troppo brusco. Ma quale tono si usa con i bambini senza apparire melensi o condiscendenti?

Mi piego sulle ginocchia per guardarlo negli occhi. "E tu?"

Il bambino affonda il viso nei pantaloni alla zuava di Eliseo, non mi risponde.

"Bric, cima, dirupo," intona il vecchio dall'alto. Molto alto.

Scatto in piedi, annuendo. "Certo, dirupo."

"Colla?"

"Quella che si usa per appiccicare?"

"Passo alpino," sospira. "Ubago e aprico?"

"Uccelli locali?"

"Lato in ombra e lato al sole delle vallate. Balma?"

"Diminutivo di balsamo?"

"Riparo sotto la roccia. Pelouse?"

"Peloso?" azzardo.

"Quasi. Prato verde."

"Questo vale, dai."

"Vastera?"

"Passo..."

"Recinto per gli animali."

Sapevo che andava a finire così. Vorrei protestare, ma Eliseo mi sorprende o io sorprendo lui, perché chiede: "Carruggio?". E io rispondo, a colpo sicuro: "Vicolo".

"Ecco, sul mare sei preparata. Ma qui bisogna salire di livello."

"Mi sa che non ho superato il test."

"Hai ancora una possibilità. Ti dico la parola più importante, se indovini vinci tutto. D'accordo?"

Data la situazione corrente del mio test, da due meno, accetto.

"Alpe."

"Montagna," rispondo senza esitare.

"Eh no, l'alpe è l'alpeggio, il pascolo."

"Non ho raggiunto la sufficienza, vero?"

"Per il momento direi di no," fa lui, pensieroso. "Ma pian piano vi insegneremo tutto, a voi due, non temete. Anzi, ci sarà più gusto."

Questo sì che è un tipo originale.

"E nel frattempo come ci intenderemo?" gli chiedo dubbiosa.

"A gesti," risponde, facendo quello di mettere qualcosa sotto i denti.

Il bambino ha appena trovato una lumaca.

"Questa è la mamma di chi?"

"Forse di qualche altra lumachina," sospiro.

Le cose non stanno andando come speravo.

"È Enrico, il mio compagno, quello preparato," spiego a Eliseo. "Arriverà tra poco."

"E noi lo aspetteremo... mangiando. Via, non darti pena. In fondo, solo chi non sa può imparare. E cosa c'è di più bello di imparare? A mio parere, *ninte de ninte.*"

Detto questo, mi fa strada verso il tavolo da picnic che dà sulla vallata, dove nel frattempo è stato allestito un vero banchetto.

"Monte?" chiede voltandosi all'improvviso, con l'indice alzato.

"Montagna," scatto.

Sorride. "Nient'affatto. È l'area intermedia tra l'alpe e il fondovalle."

A fondo, ecco dove mi sento arrivata.

3.

Eliseo è a capotavola: da una parte ci sono io, dall'altra il bambino, che sta cercando di infilzare con la forchetta uno dei grandi ravioli a mezza luna che ha nel piatto.

"Mangiate... i ravioli a colazione?" trovo il coraggio di chiedere.

"Colazione? La colazione l'abbiamo fatta sei ore fa."

"Ah."

"Alle undici e mezzo si pranza."

Il tono non ammette repliche. La Parodi deve aver frainteso. Io devo *leggermente* riprogrammarmi.

"Tobia," dice il bambino di punto in bianco, prima di infilarsi in bocca un raviolo intero.

Sembra molto fiero di esserci riuscito. In effetti, non era facilissimo.

"Tobia è il tuo nome o quello dei ravioli?" domando prudente.

"Si chiamano turle," interviene Eliseo, masticando di gusto. "La turla è una grossa mandorla di legno che si utilizza per chiudere gli armadi troppo pieni. Questi ravioli si chiamano così perché sono belli panciuti. Pasta fresca con crema di latte, toma, uovo e menta."

Indica il ben di dio al centro del tavolo. "Volevamo darvi un assaggio della nostra cucina."

Il fatto che continui a parlarmi al plurale mi mette in agitazione, forse per questo non faccio che tendere l'orecchio e lanciare occhiate alla strada. Ma solo cicale (saranno cicale?), qualche turista in tenuta da trekking, un paio di fuoristrada. Nessun furgone, nessun Enrico.

"La chiamiamo cucina bianca," continua Eliseo, "perché a base di farina, patate, latte, porri, cipolle, aglio, lumache... Ogni tanto, carne di gallina e coniglio. Come vedi, non manca nessun nutriente."

Lumache?, mi ripeto, scrutando con terrore i piatti dall'aria appetitosa. Non mi sembra di riconoscere lumache, e niente si muove, per fortuna.

"Vediamo cos'abbiamo." Eliseo si alza e indica i piatti da portata, a uno a uno. "Sügeli, bastardui, turta vérda con ingri, lausagne e tuma mola, mënun in brodo, patache mesciae, tantifuluusa, panisse e paniséte, bernardun, trifure patate patache 'nla foya, ayé, pan fritu..."

Spero di aver memorizzato qualche nome, sicura che prima o poi mi interrogherà. Non saprò ripeterli, ma forse potrò avere una vaga idea di cosa sono. Basterà assaggiarli tutti.

"Purtroppo non hai fatto in tempo a conoscere Tersilia, la regina della cucina bianca, oltre che della locanda. Era l'anima di questo paese, la nostra Tersilia. Ci ha lasciati otto anni fa. A centoun anni. Dico, cento e uno."

Non saranno in molti a nascere, qui, ma nemmeno a morire... almeno non prima dei cent'anni. Anche Eliseo mi pare uno che potrebbe arrivarci.

"Dev'essere stata davvero felice per aver vissuto così a lungo," commento.

Eliseo ridacchia. "Ha amato molto, questa locanda soprattutto. L'amore è una bella medicina, ti fa venir meno voglia di andare di là. Certo, ci vuole anche fortuna, e il fisico, ma, dico, l'amore fa la sua parte. L'amore è la seconda regola per campare cent'anni felici."

La prima qual è? E poi l'amore quale? Io ne ho avuti tre, prima di Enrico, uno peggio dell'altro.

Alla fine, glielo chiedo.

"L'amore," sospira. "L'amore per un compagno, per l'alpe, per l'animale, per la musica, per l'estate, per il fuoco nel camino, per un figlio... L'amore."

"Ah, quello."

Mi avvicina il cestino del pane. "Cotto in uno dei due forni comuni, che ormai usiamo solo per le feste. E il vostro arrivo per noi è una festa."

Lo ringrazio chinando il capo. Sono onorata. Mi dispiace solo che Enrico si stia perdendo tutto questo. È come un abbraccio. Quest'uomo sprizza affetto, e non credo che finga. Anzi non finge per niente. Sembra circondato da un'aura.

"Faremo del nostro meglio per meritare la fiducia," gli assicuro.

Butto nuovamente un occhio sulla strada, ma niente. E il telefono continua a non prendere.

Sono passate le dodici e mezzo, arriverà in tempo per la grappa?

"E ora un ringraziamento a Elena e Giovanni Battista detto Baciccia," esclama Eliseo, "che hanno cucinato tutto questo per noi."

I due, con il grembiule ancora addosso, ricevono l'applauso alzandosi in piedi.

"Io so fare solo gli streppa e caccia là, la variante dei pastori," ammette Eliseo. "Si butta la pasta strappata a pezzetti nell'acqua bollente con patate, rape e foglie di cavolo. Facile, facile. A cucinare era mia moglie e, certo, anche mia madre. Io in cucina non ci so fare. Mio figlio sì, ma ha altri difetti..." Si alza. "È arrivata l'ora della prova del bruss."

Un'altra prova! Adesso mi chiederà che cosa significa bruss. Bruss... brusio? Brusco? Br...

Ma Giovanni Battista detto Baciccia mi ha già messo davanti una ciotola con dentro del formaggio simile alla ricotta.

"*Mac l'amor a l'è pi fòrt che 'l bros*," commenta Eliseo, passandomi una fetta di pane. "Soltanto l'amore è più forte del bruss."

"Ah, è per vivere a lungo?" azzardo.

"In eterno," dice lui, tutto illuminato.

In realtà, a me piacciono i formaggi non formaggi, quelli spalmabili che non sanno di niente... ma mi guardo bene dal confessarlo, gli occhi dei commensali sono tutti puntati su di me, in attesa che io affronti la prova.

Spalmo il bruss sul pane.

Se continuo ad aver coraggio in amore, devo avere coraggio anche in questo.

L'odore ricorda il gorgonzola. Lasciato al sole. Ed è ancora distante mezzo metro dal mio naso.

"Lo chiamano anche il formaggio che cammina," sorride Baciccia.

"Per i vermi," mi sussurra Elena.

I vermi?! Scruto la mia fetta di pane. Dopo le lumache, pure i vermi? Ma in montagna non si mangiavano polenta e salsiccia? Mele con la cannella? Yogurt e frutti di bosco?

"Ai vermi, lo ammetto, non sono pronta... Enrico, lui sì che..."

"Tranquilla, quella dei vermi è la prova successiva," mi interrompe Eliseo. "Tra qualche mese. C'è tempo. Il bruss è una ricetta nata in ambito contadino," aggiunge, "dall'usanza di non buttare via niente."

Forse ogni tanto qualcosa è meglio buttarlo, vorrei rispondere. Ma non oso.

Anzi, chiudo gli occhi e addento la fetta di pane. Mastico cercando di disconnettere il cervello. Se non penso, il gusto non si sente, giusto?

Sbagliato.

"Sapore intenso, piccante e persistente," recita Eliseo, mentre gli occhi mi si riempiono di lacrime. "Frutto del grande e meticoloso lavoro del qui presente Gian Battista Acquarone, il nostro miglior produttore locale." Poi, a bassa voce: "Nonché unico rimasto".

Baciccia scuote il capo per l'imbarazzo. "Quest'anno mi ha dato una mano anche Libero."

"Mah, Libero non distingue la zangola dal tino," ride Eliseo. Poi sembra riflettere. "Andrete d'accordo, vedrai. Aprico e ubago."

"Ah." Chissà di cosa sta parlando.

"Domani c'è in programma una gita in alpeggio, prima che gli ultimi bambini partano in vista della ripresa scolastica. Vi ci porterò io."

Enrico sarà contento. Lui ama i formaggi, gli alpeggi, le greggi e tutte quelle cose lì. E anche io imparerò ad amarli. Purché non ci siano vermi, ragni o lupi.

"Allora, adesso che ho affrontato lumache e vermi..." butto lì alzandomi in piedi, "non ci sono lupi da queste parti, vero?"

"Perché non dovrebbero?" replica Baciccia.

"Sono tornati dall'Appennino anni fa," spiega Elena.

"I sentieri di montagna non hanno mica i caselli autostradali, gli animali vanno e vengono, hanno i loro percorsi," aggiunge Eliseo.

"Ce ne sono, di lupi," interviene Baciccia. "Bisogna difendere le greggi. Una volta, in alpeggio, me ne sono trovato uno davanti in pieno giorno."

Potrebbe essere stato il lupo, allora, stanotte, ad aggirarsi in giardino!

Devo trovare una scusa per recarmi alla chiesetta, dove prende il telefono, e chiamare subito Enrico. Per fortuna, Eliseo esclama: "Prima del liquore fatto da me, un bel giro del paese. Camminare è la terza regola per campare cent'anni felici, o almeno con sprazzi di felicità. Perché, dico, chi vorrebbe sempre l'estate o l'inverno? Ci vogliono quattro stagioni per fare un anno! O no?".

La visita è molto diversa da quella con la responsabile regionale. Oltre al fatto che percorriamo altri vicoli, oggi sono con un vero e proprio cicerone. Ogni pietra di questo borgo ha una storia ed Eliseo le conosce tutte.

Solo che prima ancora di finirne una passa subito a un'altra. Cerco di fargliela capire, ma mi dice di non preoccuparmi, ho tempo. Sembra confidare molto nel tempo.

È nato in una di queste case con le tegole di ardesia, sul tavolo della cucina, durante la Seconda guerra mondiale. Il padre era partigiano. Mi spiega che subito dopo, con i trattati di pace, il loro territorio, prima unito, è stato diviso tra due Stati, l'Italia e la Francia, e tre regioni, la Liguria, il Piemonte e il dipartimento delle Alpes Maritimes. Per questo, il fatto che io parli francese è stato un elemento importante nella selezione. I turisti francesi sono numerosi, così come i nordici.

"E i nordici sanno il francese?" domando.

"No, ma il francese fa sempre scena."

Benché l'identità culturale dei luoghi abbia subìto qualche differenziazione dopo la divisione, mi spiega, questa terra mantiene tuttora una forte unità grazie ai sentimenti di fraternità montanara, che si esprime nelle tradizioni, nella lingua, nella cucina, nella musica...

"E nelle pecore. La brigasca è rustica e robusta. Con il suo latte si fanno la toma e il bruss."

"Questa è una delle poche che non dimenticherò, il bruss intendo," rispondo, chinandomi ad accarezzare il gatto con l'orecchio rosso che avevo già visto ieri.

"Lui è Clarin. Sai cosa significa Clarin?"

Gli lancio uno sguardo supplichevole. Pensavo di starmene tranquilla, quassù in montagna. Invece sembra di essere a scuola. Meno male che adesso arriva Enrico, ci penserà lui a rispondere a tutte le domande... A proposito: potrò chiedere a Eliseo di arrivare fino alla chiesa?

"Clarin è il sonaglio da gregge," mi istruisce. "Termine sia provenzale che ligure. Come molti del nostro dialetto."

"C'è qualcosa che sia una sola cosa, quassù?" scherzo. "Voglio dire, e ubago e aprico, e sottano e soprano, e italiano e francese..."

"Se a Dio fosse piaciuta una cosa sola, non ci sarebbe il mondo."

"Nonno Eliseo," cinguetta Tobia. "Clarin di chi è la mamma?"

"Della prudenza."

"E Dio di chi è mamma?"

"Di tutti," dice Eliseo prendendogli la mano.

Ogni casa è addossata all'altra, quasi incastrata in quella accanto o in quella sotto, anzi sottana, come per tenersi calde in una giornata di neve.

Scale, portici, pertugi, cerco di registrare ogni cosa, però con l'impazienza di arrivare al segnale telefonico. Di raggiungere il resto del mondo. Cioè, Enrico.

"Siamo un bel gruppo, noi. Bambini, adulti e nuovi giovani come me," si pavoneggia Eliseo, accarezzando la testa di Tobia, che cammina aggrappato alla sua gamba. "Dedichiamo il nostro tempo libero a mettere il vestito della domenica al paese."

Mi segno mentalmente quest'espressione per poterla raccontare a Enrico. Mi piace.

"Non vogliamo che si perdano le tradizioni, che il paese si svuoti del tutto, sempre di più, e per sempre..."

"Certo," mi affretto a rispondere, pensando ai canti e al buon cibo che mi riempie la pancia, al corno, al coro, e notando, allo stesso tempo, le tante case disabitate che stiamo oltrepassando. La maggior parte. Anzi, quasi tutte.

"Io ed Enrico siamo qui per questo. Ci rimboccheremo le maniche. Se arriviamo alla chiesa lo chiamo, così ci dice quando arriva e..."

E alla chiesa non c'è bisogno di chiamarlo. Perché è lui a chiamare me.

4.

"Senti, caro, ma mi prendi in giro?!" protesto contro il flacone del detersivo professionale che ho comprato. "Fai promesse che non mantieni! 'Effetto antietà sulle superfici', ma dove? Le hai riportate alla preistoria!"

Le macchie sul parquet sono ancora più scure e orrende di prima. La polvere non se ne va, i ragni sgambettano negli angoli e sembra che la mia presenza li renda euforici.

Getto il detersivo contro il muro: il flacone esplode in un fuoco d'artificio, inondando il pavimento di liquido azzurrino.

Mi accascio a terra, nel profumo di eucalipto, senza più la forza di muovere un dito.

Non dovrei drammatizzare, giusto? Invece sto drammatizzando. Non posso farci niente. Non riesco a evitarlo, non riesco a prendere le cose con leggerezza. Con più distacco. In modo adulto e responsabile. È che ci sono troppe cose da fare, mi paiono una montagna, e come si sposta una montagna? Che ne so, ci sono sopra. Dovrei forse affrontarle a una a una, le cose, come fossero sassi singoli, ma con che spinta spostare il primo sasso di mille? A voglia poi a dire: "Ne mancano solo novecentonovantanove!".

Fuori si è fatto buio. Il vento fischia. Mi alzo per controllare di aver serrato bene le persiane. La porta d'ingresso l'ho chiusa a più mandate e ci ho appoggiato contro la credenza. Addossato a quella che dà sul giardino, il pianoforte a muro (per fortuna aveva le ruote e ho potuto trascinarlo). Quella della cantina l'ho bloccata con l'unico sci a disposizione, incastrato di traverso.

Sono qui da sola, per la seconda notte. Ed è ancora più spaventosa della prima.

Ora *so* che ci sono i lupi là fuori.

Non sono riuscita ad accendere la stufa, di sotto. I passaggi chiave li conosco: utilizzare prima dei fogli di giornale (ho sacrificato il numero di "Focus" che mi ero portata), aggiungere dei rametti e poi i ciocchi (accanto alla stufa ce n'era una cassetta quasi piena), ventilare (ho usato una vecchia tovaglia).

E invece la carta bruciava e si spegneva prima di intaccare il legno. Al quarto tentativo ho mollato (anche perché era finito "Focus"). Niente "Focus", niente fuoco.

Vento fuori, freddo dentro. In questo casolare abbandonato tutto cigola, freme, ronza, sembra vivo, perfino l'interruttore della luce, che si spegne e si accende sfrigolando. Per non parlare dei rubinetti che gocciolano, dello sciacquone che s'incanta, degli scricchiolii della soffitta e della cantina. Del buio che si annida negli angoli. Dei maledetti ragni. E dei topi, anche se per il momento non ne ho visti. (Ci saranno topi, qui?)

Probabilmente ci saranno. Sicuramente non c'è Enrico. Nemmeno stasera.

E dopo che uno aspetta due giorni ha il diritto di essere arrabbiato, giusto?

Sbagliato, ha risposto lui, quando ci siamo sentiti. È infantile prendersela per i contrattempi. Perché ero sempre così infantile? Non potevo semplicemente sbrigarmela da sola, nel frattempo?

Conclusa la telefonata, ho tentato di godermi il tramonto sulla valle, cercando complicità in uno dei putti affrescati sulla facciata della chiesa. L'unico rimasto intatto, a dire il vero, gli altri sono tutti scrostati.

Ma rimaneva quel senso di disagio. Quella voglia di essere diversa. E non sapere proprio come.

Perché non riesco a essere una donna uguale alle altre, quelle che gli uomini se li tengono, quelle che sono e si sentono abbastanza?

Non che non ci abbia provato. Ho seguito Numero Uno nelle sue gare di kitesurf in giro per il mondo facendogli da assistente ventiquattr'ore su ventiquattro, sono stata segretaria in tailleur nella ditta della famiglia del Numero Due, ho fatto la fidanzata perfetta in camicetta di seta del Numero Tre... E ora eccomi qui, ma Enrico non è il Numero Quattro, lui non è un numero. È Enrico, è quello giusto. Siamo alla pari, in questo sogno. E poi me l'ha giurato: sono la donna per lui. Lo capisco come nessun altro, ha detto, lo ascolto come nessun altro. Siamo in sintonia.

Certo che posso cavarmela da sola per qualche giorno. Perché mai dovrei avercela con lui, se ancora non è arrivato? Siamo adulti, giusto? Perché non me ne sto un po' più calma? Perché non riprendo in mano lo spazzolone? Forza, che queste macchie scompariranno, serve soltanto un po' di fiducia. In fondo rimangono da spostare appena altri novecentonovantotto sassi.

Mi asciugo la faccia sulla manica della maglietta e riprendo a strofinare il parquet. Se non valessi niente, Enrico non starebbe con me. Devo smetterla di fare tutte queste scene. Di prendermela per ogni scemenza. È un nuovo inizio. Come in tutti i nuovi inizi, serve qualche aggiustamento.

È un nuovo inizio diverso dagli altri, però. Mi concentro su questa diversità. Non sento quel senso di disagio, di inadeguatezza quando sono con lui, perlomeno non molto. Diciamo quasi mai. Va bene, a volte lo sento, ma perché il problema è in me. Sono io il problema. E non devo pensarci. Devo concentrarmi sul da farsi. Uscire dalla testa, sciacquare via tutto questo detersivo.

Quando Enrico arriverà, troverà la stanza che scintilla. Sarà casa. Casa nostra. Cosa voglio di più? Voglio soltanto che arrivi. C'è bisogno anche di lui. Che nido può essere quello con un solo uccello?

Strizzo lo straccio e lo stendo nuovamente sul pavimento.

Cerco di non pensare al letto umido che cigola e agli aloni di muffa alle pareti. Penso alla vista sul giardino e sulla valle, semmai. In fondo, è proprio come stare in un castello. E anche i castelli sono freddi e pieni di spifferi. Però proteggono e tengono al sicuro (se non proprio al caldo).

I sogni si realizzano mattoncino dopo mattoncino.

Abbiamo appena cominciato.

5.
Il Numero Uno: Beniamino, il Beach Boy

Ho delle colpe, molte. Questo però non vuol dire che le abbia tutte. Non è tutta colpa mia, giusto? Ho le prove. (Qualcuna.)

Beniamino l'ho seguito in capo al mondo, come sua assistente personale. Se non ci credi, non ti impegni così *a fondo*. Personal Assistant suonava molto professionale, quasi prestigioso. Ma segretaria-balia si avvicinava di più alla realtà.

Prenota i biglietti, cambia i biglietti, chiedi il rimborso se il treno ha un ritardo di più di trenta minuti, non ottieni il rimborso perché la pagina del sito non si carica e tu perdi la linea perché sei in cima alla duna di Pilat e il vento dell'Atlantico è così forte che sta per portarti via, cerca di ricomprare i biglietti, carica sui social le nuove immagini della gara con hashtag #kitesurf, che però non si caricano, hanno la didascalia sbagliata, ottengono delle critiche nei commenti, utenti che vanno bloccati, e poi i messaggi privati incoraggianti che richiedono risposta, quando non sono *avances* di giovani fan, le informazioni da condividere, mentre la pagina della compagnia aerea per il prossimo viaggio è andata in down, e lui ha bisogno di applausi dopo ogni acrobazia, e sorrisi di sostegno, e il poncho portafortuna in microfibra sempre pronto ad avvolgerlo quando esce dall'acqua, ma senza sfregarlo troppo sulla pelle, movimento morbido e rotatorio, non in senso orario che porta iella, solo antiorario. A volte, lo ammetto, non facevo in tempo a lavarglielo per la prova successiva, così glielo allungavo con gli aloni di sale incrostato, ma se aveva fatto una bella gara non ci badava (per fortuna era bravo).

Durante la settimana del Mondial du Vent a Leucate, mi sarebbe piaciuto visitare i castelli dei Catari. Quéribus, Peyrepertuse, Puivert, Montségur. Nomi fatati, rovine romantiche su rupi con vista panoramica, e la leggenda del Sacro Graal che aleggiava su tutto.

Fortilizi e manieri, roccaforti e baluardi, li ho sempre amati fin da bambina, quando mio padre mi raccontava le favole, a modo suo, va detto, e io mi immaginavo di ritirarmi lì, in uno di quei castelli, e non saperne più niente del mondo. Guardarlo da un torrione, mentre il vento mi portava via i pensieri.

Avevamo due giorni liberi, prima delle gare. Ma a Beniamino i castelli non interessavano per niente. E che diavolo era il Graal? Per lui contavano solo le spiagge e il vento giusto.

D'altra parte il waveriding è spettacolare, impossibile non innamorarsene. Pensate al surfista tipo e aggiungete altri chili di fascino dati dal coraggio dello sport estremo.

Lo vedevo scomparire nell'onda e riapparire come una specie di Zeus. (O Poseidone?)

L'acqua salmastra sulla pelle ha un effetto particolarmente afrodisiaco. Almeno, su di me.

A mio padre, al telefono, dicevo: "È la volta giusta, lo sento! L'amore è questo, una passione travolgente, adorarsi come nell'Olimpo!".

"Vuoi dire 'rotolarsi'," rispondeva lui, che ha sempre avuto un modo tutto suo di essere diretto.

Da adolescente cercavo di tenere mio padre lontano dai miei amici, temendo che se ne venisse fuori con una delle sue frasi strampalate. Per non parlare del suo lavoro, ma quello non potevo nasconderlo. Si sapeva.

Tra alti e bassi, la relazione con Beniamino è proseguita fino a quando non ho dovuto ammettere che per lui solo il kite era la vita, io non ero che un accessorio. La mia funzione era assisterlo nelle sue necessità, appunto. E punto. Nient'altro che una ragazza carina per dire di avere una ragazza. Senza dimenticare di specificare sussurrando, nelle situazioni giuste, che lui non credeva nella monogamia. Non era mica il Medioevo, non c'erano più castelli e quell'altra cosa, com'è che si chiamava? Gal? O frac?

A scanso di equivoci, continuavamo a vivere ognuno a casa propria. E quando ho avuto la malaugurata idea di chiedere il perché, mi ha risposto che a trent'anni eravamo giovani per le catene. Che l'amore doveva rimanere una scelta quotidiana.

Io, che ero ancora ben lontana dai trent'anni, mi sentivo meno giovane di lui, evidentemente, oppure ero fatta per quelle che lui chiamava catene, e io banalmente legami, forse perché c'era qualcosa di medievale in me. Ma se l'amore non era costruire un nido insieme, avere un progetto comune, allora che cos'era?

D'accordo la scelta quotidiana, ma a volte ci vuole anche un domani per sentire meglio l'oggi.

Avevo sacrificato le scarpe stringate per le infradito, accettato la vita di gruppo durante le trasferte, i malumori e gli scoppi d'ira per i quarti di minuto, il vento granuloso degli oceani che incrostava i capelli, la mancanza di tempo per qualsiasi cosa mi riguardasse.

Il presente era già il futuro per me. Ma lui cosa pensava? Rimaneva indecifrabile. Sempre un passo distante. Perso dietro alle gare e ai record.

Con gli sportivi è così, mi dicevo. Una vita sotto pressione. Devo capirlo.

In cambio di tutto quello che davo, ricevevo qualche bacio all'acqua salata, qualche stanca notte di passione o, cosa ancor più rara ma più importante, qualche slancio d'affetto.

Aiutarlo mi dava soddisfazione, intendiamoci. Un senso di appagamento: era fare bene il mio lavoro, vederlo brillare come Zeus (o Poseidone). Le sue acrobazie in acqua producevano stupore in chiunque, quindi anche in me. Finivo per sentirmi parte di quel piccolo miracolo.

Alla fine vivevo anch'io per il suo kite. Per il Mondial du Vent. Per l'Air Time, la scala di Beaufort, l'angolo di incidenza, il vento apparente, il body drag, la finestra di volo. Per quel mondo di creme protettive, occhiali specchiati, balsamo al burro di karité, giacche antivento, mute in neoprene. "La comunità dei kiters è la tua famiglia," non faceva che ripetere lui.

Io vivevo per tutto questo, ma niente di tutto questo viveva per me. Dovevo farmi bastare qualche occhiata condiscendente. Ero quella che non poteva capire, che non si allenava, già pronta a diventare vecchia, forse già vecchia.

La voragine dentro è tornata, ci ero cresciuta e pensavo di essermene liberata, e invece eccola, con me a ogni passo: avevo ripreso a vivere con il terrore di precipitarvi dentro.

Beniamino non era un appiglio abbastanza saldo.

Eppure, se Matteo non mi avesse sorpresa a piangere davanti alla toilette di un aeroporto e non mi avesse offerto un fazzoletto, forse oggi sarei ancora lì sulle dune a contemplare le onde con il binocolo, aspettando che Zeus (o Poseidone) emerga dall'acqua spumeggiante.

6.

Guardo le mie scarpe da ginnastica affondare nel fango e faccio un certo sforzo per non impantanarmi. Un attimo di distrazione e sono finita sulla parte sbagliata del sentiero.

Eliseo ha parcheggiato la jeep lungo la strada principale e ci siamo avviati in salita dentro un fitto bosco. In alto, attraverso l'intrico delle foglie (che si chiama canopia, scopro), si intravedono le cime delle montagne intorno, scogli grigi nel cielo, di quelli che con qualche scalpellata potrebbero ricordare i volti di vecchi saggi. Mi sembra che veglino su di noi.

"Il cittadino guarda le vette," tuona Eliseo con Tobia per mano. "Noi guardiamo gli alpeggi."

Non siamo gli unici sul sentiero. Poco davanti a noi cammina una famiglia con tre bambini, ci seguono una coppia di camminatori nordici con un neonato nel marsupio e due donne sulla sessantina che sembrano conoscere i dintorni, perché ogni tanto si allontanano e poi ce le vediamo rispuntare in questo o quel punto della nostra piccola colonna. La processione ravviva il bosco imponente, altrimenti silenzioso. Osservo le chiome degli alberi (le canopie, pardon) ondeggiare nel vento, che invece qua sotto è appena una brezza.

"Larici," mi informa Eliseo. "Questo è un bosco in parte ancora pascolato. In passato era un pascolo arborato."

"Capisco," dico, anche se non ho capito un bel niente.

Ma so che se domando spiegazioni, probabilmente capirò ancora meno.

"Si viveva di pastorizia, in queste terre. Il larice si preferiva all'abete proprio per questo: fa meno ombra, così sul terreno cresce più erba. Nel contempo, fornisce legname di qualità. Vedrete quanto larice vi servirà, quest'inverno."

Sorrido, immaginando Enrico alle prese con un'ascia. Spero sappia usarla.

"Se l'uomo continuerà ad abbandonare le montagne, i larici quassù scompariranno, cedendo il posto agli abeti che resistono meglio al rialzo delle temperature, ma non permettono i pascoli. Anche gli ultimi alpeggi chiuderanno... e la natura selvaggia si riprenderà tutto. Spariremo senza lasciare traccia."

L'ha detto con una rassegnazione stanca, e allo stesso tempo quasi epica.

"La gente di città pensa alla natura selvaggia, noi pensiamo alla natura umana," spiega. "La pacifica convivenza è la quinta regola della vita felice e centenaria."

Mi sono persa la quarta. E non mi ha ancora detto la prima. Vorrei chiederglielo, ma inizia a mancarmi il fiato.

Tobia fa molta meno fatica di me a salire, e non si lamenta. Così anche io tengo la bocca chiusa e gli occhi sul sentiero. Il cuore pompa, però, e le gambe iniziano a dolere. Sono decisamente fuori forma, perfino per una breve passeggiata. Almeno, spero sia breve. In realtà non ne ho idea. L'aria è fresca e pulita, mi concentro su questo, piena di profumi che non riconosco.

Per la verità non riconosco quasi nulla di quello che mi sta attorno, non so i nomi dei fiori né degli uccelli, per esempio. Nemmeno uno.

"Nonno, una scheggia di ardesia!" esclama Tobia, di tanto in tanto. "Un ginepro nano! Nonno, una pigna di pino mugo!"

Si china a raccoglierla e la consegna a Eliseo.

"Si usano per lo sciroppo contro il raffreddore," lo istruisce suo nonno. "E queste sono fragoline di bosco. Usa più delicatezza nel raccoglierle... Chinati, tu che sei piccolo, prendine ancora lì nel cespuglio...”

“Cosa sei tu, un segugio?” dice invece a me, vedendomi annusare i fiori, le pigne, le cortecce.

“Esploro il paesaggio,” sorrido.

“Vedrai adesso, quante cose da annusare. Soprattutto il formaggio!”

L’alpeggio si apre oltre il limitare del bosco, una morbida distesa di erba punteggiata di rododendri. C’è una casa in pietra vicino alla parete della montagna. (Di sicuro la casa non si chiama casa e la montagna non si chiama montagna, ma mi sono dimenticata il quadernino degli appunti.) La casa: tetto spiovente, pareti a secco, tutta di pietra. Romantica e puzzolente, a giudicare dal recinto accanto, in cui scorgo tre o quattro maiali. Le pecore e le capre brucano disperse, mentre due dozzine di mucche bianche ruminano e scacciano le mosche con la coda.

“Razza piemontese,” spiega Eliseo con orgoglio.

Sto ancora pensando a qualcosa di carino con cui replicare, quando ci viene incontro a passo sicuro un uomo sulla quarantina, barba di qualche settimana, un cappellino blu sbiadito con visiera, maglietta stinta con il nome dell’alpeggio. Fisico da calciatore, però in panchina.

“Libero,” mi dice, come fosse un aggettivo scelto a caso.

Poi mi tende la mano, così capisco che è il suo nome.

“Lucilla,” rispondo allora, allungandogli la mia.

Reggo l’urto della stretta con un sorriso.

Libero saluta Eliseo con un cenno del capo e si abbassa fino a Tobia. Gli fa un verso che lo fa ridere tantissimo. Dev’essere un linguaggio segreto tra loro.

“Andiamo a salutare Baciccia,” dice Eliseo a Tobia, poi mi punta contro l’indice: “Voi parlate di business, e non lasciarti fregare. O almeno non troppo”.

Tobia gli trotterella dietro mentre raggiungono Baciccia, che sta armeggiando con dei secchi bianchi a ridosso dell'alpeggio.

"Com'è che si chiama, lo steccato delle pecore?" chiedo a Libero.

"Steccato delle pecore," mi risponde. "Il vecchio ti ha già stordito con la sua toponomastica? Non gli badare."

"È simpatico."

"A qualcuno," fa lui. "Lascia stare i nomi e guarda la sostanza."

Indica il casolare con orgoglio: "Pietre a secco e tetto di segale. Non si usa più, ma noi l'abbiamo ricostruito secondo la tradizione antica. Architettura naturale in contesto naturale".

"È affascinante..." commento, un po' perché è vero, un po' perché penso sia quello che vuole sentirsi dire.

"Più che altro, è pratico. Solido ed efficace."

Annuisco prontamente.

"Ma non eravate in due?"

"Sì, siamo in due," mi affretto a rispondere, "solo che il mio compagno ha avuto un contrattempo e... arriverà stasera."

In realtà non ne ho la certezza. *Non voglio dare false speranze*, ha scritto stamattina, *ancora la situazione del furgone non è chiara. E senza furgone come le porto lassù le cose?*

"Ancora la situazione del suo furgone non è chiara," spiego.

"Oh," Libero schiocca la lingua. "D'altra parte, i furgoni sono esseri misteriosi e insondabili."

"Non capisco se è una battuta."

Schiude le labbra nel suo primo sorriso, scoprendo denti bianchissimi.

"Non mi permetterei mai, con una sconosciuta."

Uno sciame di bambini con zainetti colorati ci supera per avvicinarsi al recinto delle pecore. Devono essere saliti poco dopo di noi.

"Porte aperte, oggi," commenta. "Hai mai visitato un alpeggio?"

"Non... che io ricordi."
"Allora non l'hai fatto. Te lo ricorderesti. Mi sembri... sensibile agli odori."
"Mi ero solo chinata ad annusare queste margherite giganti."
"Sono carnivore, sai?"
"Carnivore?!"
"Adesso sto scherzando."
Scuoto la testa con una smorfia. "È che non si nota la differenza, tra quando scherzi e quando no."
Questa non se l'aspettava. Ride ancora, ma in modo diverso.
Una nuvola ha oscurato il sole, eppure le cime delle montagne intorno sono ancora illuminate, come se il quadro in cui siamo fosse in movimento, il dipinto di un paesaggio idilliaco che ha preso vita.
"Avviciniamoci..." dice Libero.
"Mi pare che siamo già fin troppo vicini."
"Al recinto, intendevo."
"Lo vedi? So scherzare anch'io."
Lui si sfila il cappellino e poi se lo rimette, scuotendo la testa. Ha capelli lucenti, castano chiaro.
"Quello è Omar, ti dà il benvenuto," spiega ora indicando un montone con le corna ricurve che mi fissa dal centro del gregge. "Pecora brigasca doc... in via d'estinzione, come tutte quelle che vedi. Le migliori produttrici di latte per formaggi in circolazione."
"Pure per il bruss?"
"Te l'hanno già fatto provare?"
"Ieri ho superato la prova dell'assaggio. Ma ho fallito quella del dizionario."
"Come l'hai trovato?"
"Non camminava, ma era piuttosto... forte."
"Se vuoi, puoi fare il bis oggi. Magari con i sügeli."
"La polenta con salsiccia l'avete finita?"

"Tendiamo al vegetarianesimo. Verdure e formaggi. Più una buona spruzzata di alcol, per ammazzare i microbi."

Si infila due dita in bocca e lancia un incredibile fischio all'indirizzo di Baciccia, che gli fa cenno di raggiungerlo. "Di business parleremo a pranzo, va bene? Adesso devo occuparmi dell'*open day*."

"Massì, forse anche meglio aspettare Enrico, per il business... Siamo qui insieme e..."

"E lui non c'è. Il furgone in avaria..."

Sta cominciando a irritarmi. Facendo leva con una mano si è slanciato agilmente oltre lo steccato. Ma se voleva fare colpo non ci è riuscito. Quando hai visto per anni il tuo fidanzato cavalcare onde alte come un palazzo, il salto di un recinto non ti fa molta impressione.

Non glielo dico, ha l'aria di uno permaloso.

"Se ho capito bene, tra un mese l'alimentari apre," continua. "I furgoni hanno i loro problemi, noi i nostri."

Non protesto. In fondo ho lavorato come segretaria amministrativa, dovrei essere in grado di condurre una trattativa. Enrico mi ha già messo in guardia: *Cercheranno di approfittarsene, saremo i nuovi arrivati, non sarà facile integrarci, piemontese falso e cortese*. Io ho precisato che sono liguri, lui ha giurato che sono piemontesi.

"Libero. Tu sei ligure o piemontese?"

"Francese..."

"Francese?"

"Ma no, stavo finendo la frase classica. 'Ligure, piemontese o francese?' Te l'ha raccontato, il vecchio? Ti consiglio di non fare questa domanda in giro, okay? Siamo sul confine, lo saprai. Alla gente di qui non piace definirsi una cosa o l'altra. Cosa cambia? Al di là delle elezioni regionali, c'è un'unica differenza: le strade. Sulle piemontesi si buca, sulle liguri si vola, sulle francesi si balla. Quanto a me, mi chiamo Libero. E questo è quanto. Le pecore, se glielo chiedessi, ti risponderebbero che sono brigasche, questa è una garanzia."

Mentre lo ascolto sento la voce di Enrico nella testa: *È tutta una tecnica per venderti il bruss. Punta sui brigaschi per incensare le pecore che hanno solo loro, sono speciali, se ne ricava un formaggio unico e via che il prezzo lievita. Lui te lo vende a cento e tu non puoi certo rivenderlo a duecento, così chi è che ci perde?*

Libero mi sta osservando come se non c'entrassi niente con il paesaggio (non ha tutti i torti), e questo lo divertisse (che è ciò che mi agita).

"Sono così buffa?"

"Abbastanza," ammette, lanciando un'occhiata alle mie scarpe da ginnastica infangate. "Hai l'aria di una che prende la montagna con un po' troppo romanticismo."

Alzo le spalle. Poi indico il prato, che probabilmente non si chiama prato. "Non è male, qui," faccio per cambiare discorso.

"È bellissimo, puoi dirlo. Non loderai me. Non c'entro niente, io."

"Pensavo lavorassi per l'azienda."

"Per l'azienda, non per l'alpe. E poi do solo una mano, temporaneamente. È una delle tante cose che faccio quassù, in attesa di capire che cosa fare laggiù," dice osservando l'orizzonte dove la montagna scivola nel mare.

"Che fai di altro? A parte saltare agevolmente steccati, fare battute sui furgoni e provare a vendermi il bruss?"

"Porto i turisti sulla Via del Sale con la jeep, ma la stagione è quasi finita. Guido anche le escursioni a piedi, e in mountain bike."

"Sei del genere sportivo," commento, come se fosse una colpa.

Lui non può sapere il perché, io sì.

"Sono del tipo che mi piace quello che mi sta attorno. E poi è un periodo... sabbatico questo, almeno credo. Insomma, chi lo sa?"

Non aggiunge altro, ma si rabbuia.

"Ti seguo?" gli chiedo.

"A tuo piacere."

Metto un piede sullo steccato e salto di là, ma l'altro piede mi rimane impigliato e volo in avanti. Lui è lesto ad acchiapparmi.

"Vedo che anche tu sei del genere sportivo," mi fa, poi si volta verso le capre che pascolano in libertà dalla parte opposta del prato.

Io mi guardo attorno. Nessuno ha visto la mia performance, per fortuna. Solo lui.

"Devo riprendere l'allenamento," dico.

Libero fa un gesto senza voltarsi, come a dire che non importa, vado bene così.

Intanto ha attaccato a raccontarmi dell'azienda. "Abbiamo qui una settantina di pecore, una trentina di capre, quaranta vacche e tre maiali."

"Alla Fiera dell'Est..."

La mia battuta lo fa ridere, ma non perde il filo del discorso.

"Toma, sora, bruss," conta con le dita. "Latte appena munto. Tutto fatto qui. A breve, una piccola dimostrazione e la prova di mungitura. Prima vedere, poi comprare."

Già immagino la vetrinetta del piccolo spazio alimentari della locanda stipata di prodotti caseari. Forse mi fregherà sul prezzo, pazienza, è il valore che conta.

7.
Il Numero Due: Matteo, il geometra dei sentimenti

Matteo mi aveva fatto una promessa, e io gli avevo creduto: avrebbe rimesso a posto la mia vita, ero la donna perfetta per lui.

Mi emozionava perché era l'opposto di Beniamino. Prendeva la vita con razionalità. Non lasciava spazio agli imprevisti. Solo grazie a Matteo ho capito *quanto* stavo male con Beniamino. Molto più di quanto fossi disposta ad ammettere a me stessa.

In pochi giorni mi si è parata davanti una vita nuova, regolare, sicura, a suo modo appagante. Non ero una surfista, e nemmeno una nomade. Avevo bisogno di radici.

La villetta a schiera di nuova costruzione, in cui ero arrivata appena in tempo per aiutarlo a scegliere le finiture. L'impiego come segretaria nel mobilificio della sua famiglia, cortesia e professionalità. La revisione annuale della macchina, la palestra nel centro commerciale, le tessere fedeltà nei negozi.

La spesa ragionata: i detersivi all'ingrosso, gli alimentari ogni tre giorni per evitare sprechi. Ferie ragionate: villaggio turistico pacchetto Senza Pensieri, due settimane in estate, mai a cavallo di ferragosto che paghi il sovrapprezzo allocchi, due dopo capodanno, per la stessa ragione. Attività fisica ragionata: zumba tre volte a settimana, il corso più completo, mentre lui era a calcetto. Attività sessuale ragionata: solo il weekend nel primo pomeriggio, per non perdere ore di sonno. Pranzi dietetici con le nuove amiche, fidanzate di, o colleghe, in cui scambiare opinioni su anelli di fidanzamento, fondi pensione e Suv elettrici.

La domenica dai suoi a mezzogiorno, ogni volta pensare a qualcosa di diverso da portare in dono, diverso nel senso di variato all'interno di poche scelte canoniche: certi fiori, certe bottiglie, certi regalini per la madre, che nel frattempo aveva aperto un conto risparmio per i futuri nipoti. Commentare con garbo le ortensie del giardino. Provare ad abbracciare il loro schieramento politico. Salvo poi, nel chiuso della cabina elettorale, tirarmi indietro, ma senza confessarlo mai. Se non si confessa, non è peccato.

A mio padre, al telefono, dicevo: "È la volta giusta, lo sento: posso fare affidamento su di lui, l'amore è un foglio Excel ben strutturato". Papà mi chiedeva che cosa fosse un foglio Excel, un foglio di carta pregiata, eccellente?

Decidere di interrompere la pillola per dare il via a una famiglia. Prima il figlio, poi il matrimonio, per loro funzionava così. Ma quella strana sensazione al ventottesimo giorno. Non sapere in realtà cosa sperare. Avere già il nome pronto: Anna Micol o Edoardo Raniero. Una combinazione dei nomi dei suoi nonni. La culla in eredità da un cugino, la stanza pronta di fronte alla nostra.

La seconda lineetta che non si faceva vedere. Aspettare, col cuore in gola e un vago senso di colpa. Lo volevo davvero? E il verdetto: che cosa valevo? Ci ero riuscita?

Matteo si vergognava che i figli non arrivassero. Aveva iniziato a considerarmi responsabile, anche se non lo ammetteva apertamente. Doveva essere il mio utero, il problema, lui era sempre stato sano. Negli esami del sangue, fin da bambino, mai un valore sballato. Nemmeno nei miei, se era per quello. Ma lui ne aveva fatti di più, era stato *seguito*, non era stato *lasciato a sé stesso*. Lui aveva tutte le carte in regola per quella vita, ne aveva pieno diritto.

Mentre io?

Ero giovane, non avevo nemmeno trent'anni. Forse era la mia alimentazione, il troppo sport o la mancanza di sport, il troppo sonno o la mancanza di sonno... C'era sempre di mezzo un più o un meno. Si tornava sempre lì.

All'improvviso, il modo in cui svolgevo il mio lavoro in azienda sembrava lasciare a desiderare.

E le occhiate della madre. Mi scrutava come se non riuscisse a capire dove stesse il mio problema: mi avevano dato tutto, mi avevano accolta come una figlia. Anche lei era convinta ci fosse qualcosa che non andava in me, un errore di programmazione. Non *convincevo* più.

La mattina mi specchiavo nell'ascensore dell'ufficio con i miei tailleur buon rapporto qualità-prezzo, un tocco di matita sugli occhi e i punti luce ai lobi, ricevuti a Natale. "È importante presentarsi in un certo modo, mettere in risalto le proprie qualità," aveva sentenziato la madre una delle prime volte che mi aveva vista. Ero carina, dovevo imparare a valorizzarmi. Non bastava sorridere, ci volevano gli accessori giusti.

D'altra parte io una madre non ce l'avevo, come avrei potuto sapere certe cose?

Poverina.

Ogni mattina misurare la temperatura basale, cercare di non farsi fagocitare dall'idea dei fogli Excel pieni di numeri muti e inutili che mi aspettavano in ufficio e non avevano più niente di affascinante. Sentirsi improvvisamente in un flusso di corrente che trascina senza niente a cui aggrapparsi. Smettere di pensare solo grazie agli psicofarmaci, che nascondevo nel cruscotto della macchina. Prima mezza pastiglia, poi una. Arrivare a due in vista del pranzo della domenica.

Stava accadendo, mi avevano smascherato. Sei meno, ecco quanto valevo.

Se non fosse arrivato Pierre, la mia vita chissà che piega avrebbe preso. È che Pierre aveva bisogno di un'enorme boiserie per la sua casa di campagna, per cui si era presentato in show room con un loden consunto e stivali incrostati di fango, le cifre ricamate a mano su una camicia lisa e aperta sul petto.

E quel giorno per me è cambiato tutto.

8.

Se mi chiedessero che cosa ho provato: la pelle viscida sotto le dita, il tanfo, la tenerezza, tutto mischiato.

Quando Libero mi ha detto "ora tocca a te", la prima cosa che ho temuto è stata di fare male a Belinda, la pecora. Perché qui ogni pecora ha un nome e una personalità, mi ha spiegato. La seconda è stata di sporcarmi le mani, ma a quel punto era evidentemente troppo tardi, perché Libero si è scostato dallo sgabello con una sola gamba, per lasciare che io prendessi il suo posto, si è messo a cavalcioni sulla pecora e mi ha fatto segno di afferrare la mammella.

Non avevo previsto una cosa, però. Stare in equilibrio su uno sgabello con una sola gamba non è così naturale. Niente pare esserlo qui! Però sono scivolata a terra solo due volte. E soltanto in una mi sono davvero sporcata.

Libero non ha mosso un muscolo per aiutarmi. "Credi di potercela fare alla terza?"

Ce l'ho fatta, trattenendo il respiro e puntando i piedi. Ma non ho avuto il tempo di gioirne, perché senza potermi sottrarre ho sentito le sue dita forti sulle mie per guidarmi nel movimento.

Sarà che non ho capacità manuali, sta di fatto che quando mi ha lasciato fare da sola non è uscito nemmeno un goccio di latte. Al contrario, la pecora ha iniziato a scalciare. Sudavo cercando di tenerla ferma, mentre mi sgusciava via la mammella e guardandomi dall'esterno mi chiedevo perché, che cosa ci faccio qui, perché sto disperatamente cercando di mungere una pecora che sembra un montone e non ne vuole sapere di farsi mungere, perché?

Adesso nel mio secchio si intravede una sottilissima pellicola di latte. I bambini, con i loro pieni per più di metà, sono stati molto più abili.

Fingo nonchalance. Ho altre doti. (Non chiedetemi quali, non è cortese.)

"Se non altro, la pecora è ancora viva," commenta Libero, terminata la tortura.

"Per sua fortuna, non sono io a dover fare il formaggio," sospiro.

"Almeno adesso sai che non sei capace di mungere una pecora."

"Grazie tante, cos'è? Una strategia di business?"

"Una constatazione, e un modo come un altro di farti acclimatare. Sapere di non sapere è un buon punto di partenza."

Mi sa che non lo sopporto.

"Vieni, dai. Ora Baciccia vi mostra come fa i formaggi."

Tecniche e attrezzi della tradizione. La tradizione millenaria della transumanza.

Baciccia infila parole dialettali e specifiche che mi sfuggono. I bambini lo ascoltano rapiti. Loro sembrano afferrare tutto. Mi perdo a metà della storia, controllo il cellulare, mi è arrivato il messaggio di benvenuto in Francia, ma niente, non prende. I bambini si alzano in punta di piedi per sbirciare nel paiolo sul fuoco al centro della stanza, mentre Baciccia illustra tutti i passaggi, gli arnesi e i segreti delle lavorazioni. Infine, indica le botti di larice dove fermenta il famoso bruss.

Bruss con cui condiscono i sügeli che ci offrono una volta seduti tutti insieme al lungo tavolo sul prato. Bambini, genitori e nonni, turisti, camminatori, villeggianti, Eliseo, Tobia, Baciccia, Libero e io.

Non ho portato un cappello, così sopporto il sole che mi picchia sulla testa. Complice il vino, poi il liquore alla genziana, me ne dimentico. Per un attimo non c'è altro che la nostra tavolata allegra, le mucche e le pecore che riposano sull'erba, la montagna accarezzata dal sole, i pascoli fioriti lisciati dal vento, il blu del mare all'orizzonte e una sensazione di leggerezza.

Con un certo stupore, mi scopro contenta. Contenta come nei momenti in cui, da bambina, m'illudevo che tutto andasse bene, senza sapere che poi tutto sarebbe precipitato.

Penso a Enrico, alla vita che stiamo per cominciare. Questa, è la volta giusta. E l'idea riesce perfino a farmi sopportare il pizzicore del formaggio sulla lingua. Scruto nella ciotola e mi sembra di scorgere microscopici filamenti gialli in movimento.

"Sono vermi!" grido.

"Non ti preoccupare," mi rassicura Libero. "Quassù non ci sono controlli, nessuna multa."

E tutta la tavolata ride.

Libero mi raggiunge mentre sto salendo sulla jeep di Eliseo.

"Spero ti sia stata utile, la visita."

"Quantomeno, ho capito perché il paese si è spopolato."

Si acciglia. "Perché?"

"Per la tua simpatia," dico, e chiudo la portiera.

Lui scoppia a ridere.

Eliseo parte subito. "Non ci badare. Non è un cattivo ragazzo, è solo che non ha trovato ancora il suo centro. E quando non hai un centro, ondeggi di qua e di là, e finisci per urtare gli altri."

Se chiudo gli occhi sento ancora quel pizzicore sulla lingua. La struscio contro il palato per pulirla. Ora mi sembra di sentire un solletico anche in gola.

La situazione peggiora al *bip* del mio telefono. È il benvenuto in Italia, ed è seguito, subito dopo, da un nuovo *bip*.

Ho parlato con il meccanico. Ci vorrà qualche giorno. Tutto bene lì? Ci sentiamo presto.

Il furgone di Enrico non sembra volerne sapere di ripartire. Invece la jeep di Eliseo fila dritta sulla scenografica strada a tornanti in parte scavata nella roccia. Tobia ripete una breve filastrocca in dialetto e ride ogni volta che sbaglia. Sbaglia apposta, è chiaro.

Fuori, il paesaggio incombe, magnifico e al tempo stesso terribile, tutto rocce e cielo e alberi. E io non riesco a dire niente. Non so nemmeno che cosa pensare.

Ci sentiamo presto. Neanche fossimo due che si sono appena conosciuti. Abbiamo un progetto insieme!

Le emozioni della giornata mi paiono d'improvviso irreali. Rimane solo l'odore di stalla e di erba, i fitti boschi verdi fuori dal finestrino e un gusto aspro in bocca.

"Allora?" mi fa Eliseo, lanciandomi un'occhiata. "Niente male la vita quassù, eh?"

Non voglio deluderlo, eppure qualsiasi parola mi costa un'enorme fatica.

"Interessante," dico.

"Secondo me hai già capito la cosa più importante. La vera differenza."

"Ah sì?" faccio per nulla convinta. "E qual è?"

"Che qui non parliamo delle lampadine, ma dei fulmini."

La mia faccia gli strappa una delle sue tonanti risate. "E poi hai già fatto varie esperienze, chiamiamole così. Tutte storie che potrai raccontare ai turisti, in stagione. Ci stiamo lavorando, arrivano sempre più persone. Tanti turisti. L'hai visto anche tu, oggi. C'è una vasta rete di sentieri per passeggiate, c'è la straordinaria Via del Sale... Ma insomma, avrete modo di conoscere tutto."

"Tanti turisti?" La mia voce suona incredula.

"Sì, anche duecento."

"Alla settimana?"

"Nell'intera stagione."

"Così pochi?"

"È che siamo finiti un po' fuori dalle rotte canoniche... Ma sono certo che i viaggiatori aumenteranno, grazie a voi. In fondo non abbiamo posti letto, appena una dozzina di case in affitto stagionale. La locanda ci aiuterà."

"Ha quattro stanze."

"Appunto. Fanno almeno otto persone al giorno."

Mi strappa un sorriso, mio malgrado. "Ci tieni molto."

"I paesi mi piacciono abitati. Altrimenti che paesi sono? Ci vuole la giusta misura, certo. La montagna non può essere invasa. Ho imparato con gli anni l'importanza della giusta misura. È l'ottava regola per la felicità centenaria."

E la prima?, chiederei, se ci riuscissi. Ma ho un tale peso sul cuore...

Ripenso al viaggio di andata di tre giorni fa, al sole, al tratto in corriera seduta vicino al finestrino, ai paesi incontrati salendo, ai buoni propositi, e mi sembra tutto così lontano.

"Stasera vi lascio tranquilli," continua Eliseo. "Basta lezioni e sermoni, come direbbe mio figlio."

Non ho il coraggio di dirglielo, di chiedergli di smetterla con questo dannato plurale.

"Domani passo a darvi qualche indicazione sul da farsi. In montagna bisogna sapersi preparare, l'autunno è alle porte, le gelate possono sorprendere. D'inverno non nevica più come un tempo, ma nevica, dobbiamo essere pronti a tutto. Non ci sono più regole neanche in montagna. E poi c'è da curare l'orto, fare la legna. Un battito di ciglia e la locanda sarà aperta."

Sarà aperta, giusto?, mi domando io.

9.
Il Numero Tre: Pierre, il blasonato

Per Pierre la vita era un *menu à la carte*. Che cosa mi piaceva? Dovevo optare per quello.

"Perché fai un lavoro che non ti appaga?" mi chiese di punto in bianco mentre annotavo i dati per il preventivo della sua boiserie.

Lo aveva chiesto con sincerità, premurandosi di abbassare la voce quel tanto da non farsi sentire da mio suocero.

Che poi non era mio suocero, perché ancora non portavo anelli al dito. (O catene, forse Beniamino non aveva tutti i torti...)

Pierre non era bello, ma aveva savoir-faire. Parlava con un lieve accento francese, eredità della madre, nonostante fosse nato in Italia, come deducevo dai dati fiscali.

"Se non ti piace questa vita, che cosa ti trattiene?" mi sussurrò ancora qualche giorno dopo, in mano un foglietto con le misure della boiserie.

Lui proprio non capiva. Però aveva capito che non mi piaceva la mia vita. E io mi innamorai di lui per questo.

Mi innamorai del suo modo di fare, delle vecchie camicie con le cifre, dell'auto che odorava di bosco e di polvere, del gilet coperto di peli di labrador.

Pierre era l'opposto degli obiettivi, dei budget, dei fatturati. Non sapeva cosa volesse dire sudarsi qualcosa, sbarcare il lunario, fare un sacrificio. Era slegato dal mondo esterno. Questo mi faceva ammattire dal desiderio. Tanto che avevo accettato, sotto sua insistenza, di occuparmi personalmente del lavoro, supervisionando il nostro artigiano.

Appeso all'ingresso della sua villa in disordine perenne, spiccava l'albero genealogico incorniciato: un'enorme quercia acquerellata, tra le foglie targhette con nomi e date di nascita che risalivano all'anno mille o giù di lì. Cavalieri di Malta, casate reali, forse anche qualcuno andato in cerca del Graal.

Pierre parlava quattro lingue e i suoi amici appartenevano a una grande tribù di famiglie, ognuna con la sua quercia secolare appesa all'ingresso.

E voleva vivere con me.

Me lo disse stravaccato sul divano, con la sicurezza di chi non ha mai ricevuto un rifiuto, mentre me ne stavo impalata davanti a lui, con il mio tailleur azzurro buon rapporto qualità-prezzo, l'ombretto sugli occhi e i crampi premestruali che annunciavano una nuova sconfitta. Impalata nel salotto dove vecchi dipinti erano accatastati accanto a vasi e bastoni da passeggio, con un cane ai miei piedi che rosicchiava un osso sbavando su un tappeto persiano da museo.

Gli interessavo *io*?

"Che cosa ti trattiene?" mi ripeté prendendomi dolcemente per il polso.

Che cosa mi tratteneva? Una promessa, un progetto di vita di cui però non ero all'altezza, come non mancava mai di farmi presente Matteo, con le sue occhiate e la rabbia repressa. Matteo, che da settimane tornava a casa tardissimo, con addosso un profumo nuovo e qualche capello biondo, fine, appeso al colletto della camicia.

"Lo so che mi ami," decretò Pierre, a lavori conclusi.

Solo in quel momento mi accorsi che erano giorni che non prendevo più gli psicofarmaci.

Quando varcai la porta del mondo dorato di Pierre mi sentii alleggerita di tutto. Degli anni, dei fallimenti, della carriera inesistente, dei tentativi di maternità. Niente di tutto ciò aveva più importanza.

Il suo era un mondo pieno di fascino, non intaccato dalle preoccupazioni, e mi dava uno strano conforto.

Nei weekend in campagna dai suoi amici, me ne stavo seduta per ore su divani stile Impero in magioni ottocentesche, insieme ad altre fidanzate, mogli, sorelle, cugine (queste persone sono piene di cugini), amanti che piluccavano i blinis con salsine ricercate e tracannavano champagne, mentre parlavano delle feste e dei matrimoni a venire.

"Papà, è la volta giusta, lo sento: avresti mai pensato di avere una figlia nobile?" gli dissi al telefono.

"Mobile, semmai... Poi mi farai avere il nuovo indirizzo."

Mentre mio padre faceva finta di non capire, io avevo dismesso il mio guardaroba per vestire con cerate dei nonni di Pierre, pantaloni di velluto a coste, camicette di seta dimenticate da zie che erano state ospiti vent'anni prima, stivali da cavallo e maglioni di cashmere con qualche buco. (Le tarme, in casa di Pierre, la facevano da padrone, perché qualche buco nei tessuti di lusso, in verità, ci stava bene. La chiamava: sprezzatura. Era una parola magica, per lui. Se avevi sprezzatura, potevi permetterti tutto.)

Il suo sguardo su di me mi inorgogliva, ma allo stesso tempo mi faceva provare vergogna per la me stessa di prima. Desideravo non aver mai ceduto alla villetta a schiera. Al villaggio turistico. Alla zumba. Non essere cresciuta dove ero cresciuta, ma aver fatto danza classica e trovare il mio nome scritto su una targhetta tra i rami delle loro querce acquerellate.

Fino alla sera in cui, seduta a una grande tavola con candelabri di cristallo, mi sono lasciata sfuggire che mio padre era il proprietario di una giostra di paese. La vergogna è stata diversa dalle altre volte: gli sguardi su di me non sembravano di pietà, ma di sarcasmo venato di lieve disprezzo, un disprezzo paternalistico. Nessuno di loro era pronto a riconoscere la magia di quel lavoro. Quella sera, Pierre mi chiese di non raccontarlo più. "Puoi dire piuttosto che è nel business dei parchi divertimento... Che ne pensi?"

Avrei potuto, ma non sarebbe stato onesto. Non sarei stata io. Quella che gli piaceva, almeno così credevo.

Fu l'inizio della fine. Aveva smesso di desiderarmi. Tra le gite fuori porta e le celebrazioni con il clan, gli mancava il tempo, diceva: provai a lanciarmi in qualche *avance* che però dovette apparirgli buffa, perché rideva invece di saltarmi addosso. Così ci ritrovammo ad augurarci la buonanotte con un bacio a stampo e a dormire schiena contro schiena nello scricchiolante letto a baldacchino, peggio che nel Medioevo.

Era tornata la voragine, dentro. Forse era il caso di imparare a conviverci, mi dicevo. In fondo ero fortunata, Pierre mi aveva scelta. Dovevo solo *adattarmi*. E così cercai di fare.

Passavo le giornate a sistemare la casa in preda alle ruminazioni interiori, visto che non avevo un lavoro. Ne avrei tanto voluto uno, ma niente sembrava all'altezza. Niente valeva la pena, ai suoi occhi. A breve ci saremmo sposati mi diceva, e poi avremmo messo su famiglia, e io rivivevo l'incubo delle lineette fantasma sui test di gravidanza, e mi chiedevo se la volevo davvero, una famiglia, forse volevo solo un lavoro, ma quale? E se i figli, dopo esserci sposati, non fossero arrivati? Non potevo omettere di averci già provato. Mi avrebbe sposato lo stesso? Vivevo con il terrore di scoprirlo.

La mente assorbita da elucubrazioni che mi sfinivano senza portarmi da nessuna parte. Non riuscivo a capire cosa c'era di sbagliato in me.

Finché non è arrivato il giorno in cui Pierre mi ha lasciata. Davanti a una portafinestra affacciata sul giardino della villa in cui ci trovavamo, poco prima che cominciasse una battuta di caccia alla volpe.

Non ero io, era lui. Cioè, era *un'altra*. Me lo disse lì, con la giacca rosso fuoco, i pantaloni da equitazione e i guanti bianchi. Si erano conosciuti da poco, ma aveva capito che era la donna della sua vita. Non che io non lo fossi stata, ma appunto lo ero stata, lei lo era ora.

Me la indicò. Un'amazzone altissima, con i capelli biondi lunghi e setosi, l'accento austriaco, il pedigree, un inarrivabile gusto estetico. Dieci più.

Che cosa potevo dire? Potevo solo farmi piccola e incassare, cercare di far finta di niente mentre venivo gentilmente spinta fuori da quel mondo dorato, che mi era sembrato così seducente. L'intuito in quel momento mi diceva che nessuna di quelle persone sarebbe rimasta mia amica. Sarei passata agli annali, tutt'al più, come "Ti ricordi la ragazza di Pierre, la figlia del giostraio? Pensa se avesse sposato lei! Meno male che è arrivata Kristin, sono una coppia così bella, così giusta...".

E lo erano. Li vidi avvicinarsi ai cavalli fianco a fianco, forse si sussurravano già qualcosa, e non potei che pensare che erano perfetti. Avrebbero avuto un esercito di figli bellissimi ed elegantissimi, iscritti a equitazione e danza classica e alle scuole internazionali... E lei non avrebbe lavorato un solo giorno in vita sua. (Oppure avrebbe aperto un negozio di vestiti vintage con la coda fissa fuori dalla porta.)

Mentre mi perdevo in questo tipo di ragionamenti, qualcuno mi urtò per sbaglio.

Ed era Enrico.

10.

Qualcuno strombazza dalla strada. Mi affaccio sulla soglia con la scopa in una mano, mentre con l'altra mi riparo dal riverbero. Anche stanotte non ho quasi chiuso occhio, la luce mi abbaglia più del dovuto.

Il clacson suona di nuovo. È Libero, al volante di una jeep blu impolverata.

"Buongiorno, locandiera!" mi saluta abbassando il finestrino, con un sorriso a trentadue denti che sembra nuovo di zecca.

Il sorriso di uno che pare averlo tenuto a riposo per tanto tempo.

Controllo d'istinto il mio riflesso nella portiera della jeep, per il timore di avere qualcosa fuori posto, che ne so, tipo il reggiseno sopra la maglietta, ma no, tutto in ordine, soliti jeans e maglietta, capelli raccolti in una coda. Non ride di me, evidentemente. Sorride e basta. È contento. Beato lui.

Sui sedili posteriori è sistemata una coppia con tre figli, indossano un cappellino e occhiali da sole sportivi.

"Sei pronta?" domanda Libero. "Andiamo di fretta."

"Di fretta?"

"Per la gita."

La coppia, da dietro, mi fissa.

"Sulla Via del Sale," insiste lui, facendomi un fastidioso occhiolino.

Vorrei dirgli che non so di cosa stia parlando, ma sento sguardi di riprovazione su di me.

"Ho raccontato che a breve aprirai la locanda. Sanno già tutto di te. Anche che conosci il francese... e che oggi ci farai da interprete."

"Da interprete?"

L'ho menzionato nella domanda. La conoscenza delle lingue era un punto a favore, e a me le lingue sono sempre piaciute. Soprattutto il francese. Ai tempi del liceo lo parlavo abbastanza bene. Bisognerebbe vedere cosa ricordo.

"Un po' più *vite*, però, cara. Il tempo è denaro."

Appoggio la scopa allo stipite della porta e incrocio le braccia. "Innanzitutto, *apriremo* la locanda. E poi, se per caso arriva Enrico quando sono via con voi, come faccio a..."

"Non arriva, Enrico. Stai tranquilla."

"E tu che ne sai?"

"Io so. *Je sais.*"

"Sai anche il francese a quanto pare..."

"*Un petit peu.* Ma non bene come te, e oggi si parlerà solo francese. Sbrigati dai, il tassametro corre."

Sfodera un altro sorriso da pubblicità del dentifricio. (Sarà il bruss che sbianca i denti?)

Il pater familias barbuto, dietro, sbuffa; la consorte, accanto, alza gli occhi al cielo. Cinque paia di occhiali mi fissano.

"Ho da fare, qui. Certo, la Via del Sale..."

"È l'esperienza più straordinaria che tu possa fare in zona. Forza, lavanderina."

"Non ero locandiera?"

"Dai, Lucia."

"Lucilla."

Si gira verso i turisti. "Lei è Lucilla, la nostra interprete."

Mi fa un altro fastidioso occhiolino per indicarmi che è fatta: devo solo sbrigarmi a salire.

Cosa fare? La Via del Sale devo conoscerla, me l'ha detto anche Eliseo, e di Eliseo mi fido. Un passaggio in jeep non capiterà tutti i giorni, immagino. A piedi riesco ad andare poco lontano, al momento, la passeggiata di ieri me l'ha dimostrato. Della mountain bike, non ne parliamo. Solo a vederne una mi fa male dappertutto. (Ma è soltanto questione di allenamento, giusto?)

Qui alla locanda c'è da fare, stavo per aprire le stanze al piano di sopra, non nascondo il timore di cosa avrei potuto trovarci dentro. Forse è meglio prendermi un paio d'ore di pausa. Per aprire le stanze c'è tempo. Magari lo farò con Enrico.

Torno dentro a recuperare gli occhiali da sole e, non trovando di meglio, prendo un fazzoletto da legarmi in testa. Scrivo un biglietto a Enrico (volesse il cielo che arrivi), saluto Mastro Lindo, lascio la porta aperta. E... gita!

Superiamo una sbarra dipinta di bianco e rosso. Libero scende a riabbassarla alle nostre spalle. L'asfalto termina pochi metri oltre. La stretta strada bianca sale dritta per il vallone, poi percorre il crinale della montagna (che forse si chiama in altro modo), poi scende attraversando altre vallate, snodandosi tra sfumature di ocra e di verde, protuberanze calcaree, campi fioriti, pascoli erranti, antichi fortini, paesaggi incantati, per salire ancora, fino a toccare le nuvole, sotto distese di cime.

Traduco quello che mi dice Libero. Da dietro arrivano le domande dei bambini. Chiedono quando vedremo gli animali feroci.

"Vogliono i leoni," riferisco.

"Spiegagli che se saremo fortunati incontreremo camosci e caprioli."

"Il padre sostiene che sulla brochure ha letto anche di cinghiali e cervi."

"Quelli sono a quote più basse, nei boschi."

"Pare che l'opuscolo non lo specifichi."

"Digli che se fanno silenzio forse incontreremo un lupo."

Glielo dico e si zittiscono di colpo.

"Ma è vero?" gli sussurro.

Lui mi sorride, complice.

Dopo un'ora ci fermiamo e scendiamo in un piccolo belvedere, una curva a gomito che fa da balcone su un precipizio.

La famiglia francese si allontana per scattare le foto, Libero mi viene incontro.

"Be', è veramente incredibile," ammetto, respirando a pieni polmoni.

"Sì, ma che ci fai con una tovaglia in testa?"

"È un fazzoletto. L'ho trovato alla locanda."

"A me sembra più un tovagliolo."

"Nel bando non parlavano del servizio di interpretariato, comunque."

"Ma di adattarsi sì, o almeno credo. Qui la flessibilità è una dote, e tu te la sei cavata. Ti farò lo sconto sui formaggi."

"Grazie tante."

"In montagna siamo fermi al baratto. Non era specificato?"

"Forse è una clausola nascosta."

"Senti, vacci piano con questi respironi, stai inalando la polvere dello sterrato."

Mi scappa qualche colpo di tosse, mentre sbuffo.

"Dai, non puoi negarlo, è una gita divertente," dice lui. "Lo è anche per me, che sarà la trecentesima volta."

"Soprattutto è stato divertente quando hanno intonato le canzoni di Charles Trenet."

"Il padre ha quel modo di guardare di sbieco, mi mette ansia."

"Secondo me soffre di vertigini. Stringeva la mano della moglie come se stessimo per cadere."

"Può essere. Ha prenotato la gita un mese fa e non c'è stato giorno in cui non mi abbia mandato una mail con qualche richiesta di informazioni. Uno di quei tipi che vuole avere tutto sotto controllo. È proprio così che ti viene la paura del vuoto."

"A proposito di mail: a te prende il telefono?" domando.

Una parte di me, in realtà, spera di no. Mi sto quasi abituando all'idea di non essere raggiungibile. All'idea che potrei anche non possederlo, un telefono, e la mia vita forse non cambierebbe. Sarebbe una bella rivoluzione.

Libero ha sfilato dalla tasca un vecchio smartphone. Annuisce dopo aver controllato lo schermo. "Qui, sì."

Tiro fuori il mio, e anche il mio, miracolosamente, prende. *Bip*.

"Notizie dal furgone?"

"Proprio così," balbetto.

Ho ricevuto un messaggio di Enrico. Sarà arrivato. Io vado in gita e lui arriva. Comunque ho lasciato la porta aperta, un biglietto, a breve tornerò. La locanda è pulita, l'aria dentro è fresca, ho fatto asciugare al sole il materasso del nostro letto, lavato le lenzuola, rimosso (quasi) tutte le ragnatele, il frigo trabocca di formaggi, c'è la bottiglia di rosso che ho comprato per lui, il liquore alla genziana di Eliseo. C'è tutto.

"Tra poco andiamo, giusto?" chiedo a Libero aprendo il messaggio.

Ma mi ero sbagliata.

Il messaggio di Enrico è arrivato, soltanto non è quello che mi aspettavo. Le dita mi tremano mentre fisso lo schermo.

Lucilla, non vengo.

I suoi piani sono cambiati, scrive. Piani di vita, precisa, come se ce ne fosse bisogno. Ormai lo capisco anch'io che il problema non è più il furgone. Prosegue chiedendo di chiamarlo, dice che può spiegare. Che non è come penso. (Come penso? Non so più che cosa penso. Io penso?)

Oppure non chiamarmi e ci salutiamo così. Buon tutto.

Buon...

La famiglia francese si avvicina sorridendo, Libero salta sulla jeep. Mi fa segno di salire.

...tutto?

Mi avvicino all'auto. Libero mi dice qualcosa, non riesco a sentirlo. Non sento più nulla. Non sono più nulla.

Non chiamarmi e ci salutiamo così?

Cerco di muovermi con disinvoltura, mentre apro la portiera, ma non so bene cosa sto facendo. Nella mia mente si è creato uno sfasamento. Un vuoto di senso.

In qualche modo mi sistemo nell'abitacolo. Mi abbandono sul sedile.

Enrico non viene?

Libero mette in moto. Mi aggrappo alla cintura di sicurezza, quasi che sotto di me potesse aprirsi una voragine. Continuo a stringerla con entrambe le mani, le nocche bianche per lo sforzo.

Non viene più?

Mi parlano, ma non riesco a partecipare alla conversazione né a tradurre niente. Non lo so nemmeno più, il francese.

"Non sto tanto bene," mi giustifico guardando avanti, con gli occhi ammutoliti. "Dev'essere per i tornanti o forse l'altitudine," provo a spiegare. Fisso la fine della strada, che si avvicina mentre io mi allontano. Mi allontano. Mi allontano...

"Qualcosa non va?" mi domanda Libero.

"Qualcosa," rispondo, e intendo...

TUTTO.

11.
Il Numero Quattro: Enrico Grandi Sogni

Enrico era in salopette e maniche di camicia e indossava un cappello da pescatore piuttosto imbarazzante, considerando il contesto. Ma era muscoloso, sicuro di sé, e teneva in mano delle cesoie, il che spiegava almeno in parte la sua *mise*. E gli dava un ruolo: il giardiniere. Lavorava, santo cielo!

Scoprii in seguito che era più complicato di così, faceva parte di un'associazione di cura del verde che mirava a reintegrare ex carcerati e soggetti fragili. Lui non era appena uscito di prigione né soffriva di turbe psichiche, perlomeno non accertate: era lì in veste di membro dell'associazione, ci tenne a specificarlo.

La caccia alla volpe era cominciata, così io e lui ci ritrovammo soli in un rigoglioso giardino all'italiana, tra siepi di bosso e roseti, a parlare dei massimi sistemi; o meglio: lui parlava e parlava e parlava e io trovavo affascinante il suo essere impegnato nel sociale, nutrire grandi ideali, voler rendere il mondo un posto migliore. Era rassicurante.

Enrico non mi faceva domande, ma disse che ero brava ad ascoltare, che dovevo essere una persona molto sensibile, e di certo gli sembravo più interessante di chiunque, là dentro, tra cugini e cugine di Luigi XIV.

Poteva essere lui l'uomo per me, mi dissi carezzando i petali carnosi di una rosa. Lo capivo da come mi guardava.

"Andiamocene da qui," esclamò d'un tratto.
"Dove?"
"Altrove."
"Mi piace."

Saliti sul Fiorino azzurro cielo dell'associazione, siamo spariti in una nuvola di polvere.

Un trancio di pizza lungo la strada, baci appassionati nel parcheggio nonostante il basilico tra i denti. Enrico non si era minimamente preoccupato di come sarebbero tornati a casa gli ex carcerati e i due psicologi giardinieri con cui era venuto.

E io non tornai mai a prendere le mie cose da Pierre.

Quel giorno stesso mi trasferii nel monolocale di Enrico. In frigo barbabietole e birra, alle pareti un ritratto di Henry David Thoreau, l'autore di *Walden ovvero Vita nei boschi*. (Era felice che lo avessi riconosciuto.) Cartine e briciole di tabacco disseminate ovunque.

Sognava di lasciare tutto, mi diceva ogni giorno, per una vita più vera, in un posto incontaminato, intoccato dal capitalismo. Voleva lavorare la terra, coltivare l'orto. Un'esistenza più concreta. Primordiale.

Iniziai a immaginarmi in questo nuovo scenario e a pensare che in fondo non ci sarei stata male. Basta passato che bussa alla porta, basta ripercorrere tutti i miei sbagli. Cosa avrebbe contato, lì, chi ero stata? Chi non ero riuscita a essere? Era un modo per ricominciare. Per smettere di rimuginare, per smetterla di tornare ancora e ancora sul mio dolore.

Per lui era stato un colpo di fulmine, mi disse. Ne era certo: ero la donna giusta.

12.

Il putto dipinto sulla facciata della chiesa mi guarda di sbieco, sembra voglia chiedermi che ci faccio qui, mentre conto gli squilli con il cuore in gola. Gli squilli vanno contati, è un modo per non perdere la calma. Sono a otto, temo a breve di perdere la linea. Nove. Smetti di guardarmi così. Sei solo un bambino con le ali, che ne sai tu della vita? Dieci. Risponderà, almeno questo me lo deve. La pianti di fare l'angioletto, tu? Undici. Okay, scusa. Scusa, intercedi per me: che risponda! Non ho nessuna intenzione di rifarmi tutta la salita tra mezz'ora. Dodici. I miei polpacci non reggerebbero. Per non parlare delle ginocchia. Tredici. In questo borgo sopravvivi solo se ti trasformi in un essere mezzo uomo e mezzo stambecco. Quattordici, okay, adesso cade la linea. Hai ragione tu, angioletto, sono senza speranza. Ora chiudo.

"Pronto?"

Ho chiuso. Ma perché sono così stupida?

Richiamo. Uno squillo. Due. E dai! Rispondi. Ce l'hai lì, il telefono! Tre. Ora lancio il cellulare contro il muro. Ah, hai ragione, farei male a te, angioletto. No, lo lancio più in alto. Contro la campana. Così ci sente tutto il paese. Quattro. Giuro che lo faccio. Cinque. Giuro. Lo faccio. Sei.

"Eccomi, scusami, Lucilla."

"Ciao... Enrico."

È la sua voce. È lì. Cioè qui. Siamo insieme. In un tempo-spazio che non si vede, ma c'è.

Ora mi dice che ha sbagliato, che ha capito di essere in errore. E io lo perdono. Sono cose che capitano. Ancora non ha visto qua com'è...

"Certo che ti scuso, Enrico," inizio a dire. "Ti sei lasciato prendere dallo sconforto o dalla pigrizia. Magari dalla paura del salto nel vuoto, ma ti posso assicurare che qui è bellissimo. Vieni, così lo vedi con i tuoi occhi."

"Sono contento che sia bellissimo. Per te. Io non vengo. Questo progetto è nato da te e io..."

"Da me? Sei tu che mi hai dato la brochure e..."

"E cosa? Mi assillavi. Con un progetto. E un sogno insieme. E un progetto insieme. E fare qualcosa che avesse un senso. Ma chi ne aveva voglia? Chi se ne frega della montagna? Non mi è mai piaciuta la montagna."

"Come non ti è mai piaciuta la montagna? Ma Walden, e la natura..."

"È diverso, non c'entra, e poi sono cose vecchie. Questo progetto non mi ha mai interessato."

"Non ti ha mai interessato? Sei impazzito? Hai battuto la testa? È successo qualcosa?"

"Sì, è successo che ho aperto gli occhi, Lucilla."

"E quindi? Devo raggiungerti?"

"Raggiungermi? No, no..."

"Ma è il progetto o sono io?"

"Perché me lo vuoi far dire?" sbotta. "D'accordo, te lo dico. Non voglio stare con te e non voglio aprire nessuna fantomatica locanda in cima a un cucuzzolo tra i pecorari."

"Ma... sei stato tu a scegliere..."

"Tu non mi lasciavi vivere. Come hai fatto a non accorgertene?"

No, non avevo affatto capito, io sono da sei meno, questo è stato lui a non capirlo.

“Sei un’egoista. Pensi che tutto ti sia dovuto. Non ti preoccupi di come stanno gli altri. Pensi solo a te stessa.”

“Io?”

Ho il corpo ricoperto di brividi e sto tremando. Forse perché è andato via il sole e l’aria fresca s’insinua sotto la maglietta. Più probabilmente per le parole che ho appena sentito. Conosco questi brividi. Cerco di abbracciarmi.

“Ho trovato chi mi ama veramente,” continua Enrico.

“In tre giorni? Deve conoscerti a fondo.”

“Puoi tenerti la locanda e tutto quel che ne consegue.”

“Ma io non voglio la locanda. Non da sola. Non è questo che intendevo, venendo qui. Questo era un progetto condiviso, pensavo che ci credessi anche tu...”

Mi aggrappo al putto con lo sguardo. Sto per vomitare.

“Mi avevi detto che ero la donna della tua vita, che saremmo stati insieme per sempre...”

“Era quello che volevi sentirti dire. E io te l’ho detto. Ho fatto tanto per te, ma ora basta. Ti auguro il meglio.”

Enrico chiude. Io vomito nel ritaglio di prato accanto alla chiesa.

Che schifo. Che schifo Enrico, che schifo io. Che schifo l’amore. Che schifo... tutto. Che schifo tutto!

Provo una sensazione irreale, le cose che mi circondano hanno perso i contorni, mi sento mancare, vorrei scomparire. Barcollando vado a lavarmi la faccia alla fontana, cerco un contenitore da riempire per lavare via il vomito dal prato, avevo una borraccia nello zaino... Poi guardo il cielo, che si è coperto di nuvoloni scuri. Penso che la pioggia stia per venirmi in aiuto. Si è alzato il vento.

Spero di prendermela tutta, l’acqua, di inzupparmi fino alle ossa, mentre mi incammino per il paese, verso la locanda. Sarebbe la giusta conclusione. Una bella broncopolmonite. Magari una sincope.

Mi stringo e mi strofino per riscaldarmi, ma continuo a sentirmi scossa dai brividi.

È successo davvero?

Passo sotto un arco tra due case, sbuco in un vicolo che non credo di aver mai visto, in fondo trovo un giardinetto privato, torno indietro, prendo una ripida scalinata, mi sono persa, non riconosco questo angolo del paese, prendo un'altra scalinata, passo sotto un arco più stretto e finalmente mi trovo sulla strada principale, anche se non nel solito punto, trecento metri più a monte.

Me lo meritavo?

È colpa mia? Penso solo a me stessa? Ho preteso troppo? Se Enrico ci teneva a noi, perché non mi ha parlato prima? Perché aspettare che arrivassi quassù e piantarmi nel bel mezzo del nulla?

Perché sono così incapace di scegliermi le persone o di tenermele? Così incapace di vivere?

Cammino verso la locanda, sul ciglio della carreggiata, comunque non passa nemmeno una macchina. Goccioloni di pioggia hanno finalmente iniziato a chiazzare l'asfalto, cerco le chiavi, ho chiuso la porta quando sono ritornata dalla gita e ho fatto bene, visto che non aspetto più nessuno.

Ma dove le ho messe quelle stupide chiavi, mi sto infradiciando, proprio come previsto... Alla fine le trovo, apro, e richiudo la porta alle mie spalle a doppia mandata.

Fuori tutti, maledizione! Fuori, maledetto mondo!

Solo dopo, scorgo Libero seduto sulla sedia a dondolo, vicino alla stufa.

13.

"Sei scesa dalla jeep con la faccia scura e sei corsa via senza salutare. Volevo solo essere sicuro che stessi bene," dice regolando il soffietto.

Lui è riuscito ad accenderla. Quella stramaledetta stufa.

Si è cambiato la maglietta e sopra indossa una camicia a quadri aperta. Ha anche un cappellino diverso, stinto pure questo. Dev'essere stato verde bottiglia, un tempo.

"Oltre al baratto, anche violazione di proprietà privata?"

"Proprietà privata... Ora non esagerare. Qui siamo socialisti."

"Non hai pensato che mi sarebbe potuto prendere un colpo?"

Ci riflette. "No, perdonami, francamente no. Per fortuna, però, non mi sembri spaventata."

"Solo perché mi è appena capitato qualcosa di peggio."

Lui fa un cenno come a dire che allora ha fatto bene, a venire. "Ho bussato e aspettato. Poi ha iniziato a piovere e ho pensato di scaldarti un po' l'ambiente. Qui fa freddo pure in estate: non vorrei mai ti scoraggiassi."

"Scoraggiarmi, io?"

No, non voglio raccontargli niente. Non ora. Non gocciolante, sulla porta, con la testa che scoppia, mentre lui si crogiola tranquillo accanto alla stufa.

"In ogni caso, come hai fatto a entrare?"

"Dal magazzino. Potevi evitare di barricare tutte le porte e le finestre, eh. Non siamo mica a Manhattan."

"Giusto, a Manhattan non ci sono i lupi."

Ride. "I lupi non sono scassinatori seriali né suonano il campanello vestiti da Cappuccetto Rosso. E poi tu non hai bestie, Lucilla. Neanche una gallina. A proposito, come farete con le uova?"

"Ce le fornisci tu, giusto?"

"Posso farlo. Non sottovalutare le galline, però, possono diventare ottime amiche."

"Le galline?"

"Io ne ho tre: Pianta, Sezione e Facciata. Chiacchierano un sacco."

Cala il silenzio. Dovrei ridere, ma non ne ho proprio la forza. Dire che mi è passato sopra un tir non renderebbe abbastanza l'idea. Vorrei solo scomparire, e ho la tachicardia.

"Quindi, va tutto bene?" mi chiede Libero con un altro tono. Caldo, come il tepore della stufa.

"Certo." Tento di sorridere. "Sono corsa via perché avevo da fare. Ci sono un mucchio di cose da fare, qui dentro, non so se lo hai notato..."

Annuisce. "Infatti."

"E sono molte più di quelle che sembrano. Perché non è solo questione di pulire e riordinare... Ci sono anche danni strutturali, credo si dica così, o forse non strutturali, ma c'è un tubo rotto e la caldaia dev'essere riparata o sostituita, adesso non ricordo, e..." Sento che sto per scoppiare a piangere.

Tutto questo non mi riguarda più.

Non per molto, almeno, ma non so se la notizia mi faccia stare meglio o peggio.

"La caldaia non va sostituita. Manca il GPL, devi chiamare il camion di rifornimento. Non c'è il gas di città qui. Non hai visto il serbatoio, fuori?"

"Non c'è nessun serbatoio."

"Solo perché una cosa non la vedi, non è detto che non ci sia."

Penso che vale anche il contrario. Non è detto che solo perché una cosa la vedi, ci sia. Come l'amore tra due persone. Io credevo di vedere Enrico, e invece Enrico non c'era. Non l'Enrico che mi ero immaginata. E di certo non c'era l'amore.

Forse travisando la mia espressione, Libero aggiunge: "È interrato, il serbatoio, ma spunta la valvola. Così non gela. E poi devi cominciare a tenere accese per qualche ora al giorno le tre stufe, le due al piano terra e quella al piano di sopra. Le pareti assorbiranno il calore e lo tratterranno per le prime gelate, che qui possono arrivare all'improvviso, anche a fine ottobre. Ti basta regolare al minimo la presa d'aria, come ho appena fatto io, per non consumare troppa legna. Tra l'altro, sopra c'è anche un sistema canalizzato per l'aria calda prodotta dalla stufa".

"Ne sei sicuro?"

Come fa ad avere tutte queste informazioni?

Se non altro, mi sta distraendo dal mio dolore. Pulsa sempre, e forte, ma tengo la mano lontana, e il fuoco brucia meno se non lo tocchi.

"Le certezze non sono il mio forte. Però conosco la locanda e, casualmente, sono un architetto."

"Tu?"

Mi è uscito un tono decisamente troppo sorpreso.

"Già, non faccio solo il formaggio. Comunque amo fare il formaggio, non fraintendermi."

"Fraintenderti? Non faccio altro, da quando ti conosco."

Non capisco mai quando scherza o quando è serio, e ora non capisco se vuole aiutarmi o solo prendermi in giro.

"A proposito, ne vuoi un po'? Anche se forse è strano offrirti il formaggio che hai fatto tu stesso."

"Economia circolare."

"Ho anche del pane in cassetta."

"Che cosa aspetti a mettere in funzione il forno a legna?"
"C'è un forno a legna?"
"Tu che dici?"
"Io non l'ho visto."
"Non me ne stupisco."
"Forse è sotto terra, e spunta solo una valvola o un termostato o che so io?"
Libero apre una finestra e mi mostra una casupola in pietra. "Ti presento il forno."
"Pensavo fosse il ricovero degli attrezzi."
"Con il tetto a cupola?"
"Non sono mica un'architetta, io. Allora, lo vuoi questo formaggio?"
Tutto pur di non stare sola in questo momento. Sola con i miei pensieri. Sola a tempo indeterminato, da adesso.
"Un aperitivo di fine giornata," dice. "Non chiedo di meglio."
"Dammi un attimo, faccio un salto in bagno."

Mi tampono velocemente i capelli con un asciugamano, davanti allo specchio. La criniera ispida e voluminosa, gli occhi impiastricciati di mascara, le guance rosse: ho un'aria stregonesca. Penserà che sto perdendo la testa. E avrà ragione.
Non mi interessa davvero, non mi importa più di niente, ma cerco di recuperare un aspetto presentabile il più rapidamente possibile, e non faccio in tempo ad affacciarmi di nuovo sulle scale che Libero ha già riattaccato a parlare di tubi, condotte, impianti, coibentazioni, lana di roccia...
"A che serve la lana di roccia?" rispondo, scendendo.
"È un isolante. Per non far entrare il freddo da fuori."
"Be', proprio quello che mi servirebbe."
Adesso armeggia intorno alla finestra. Ha un paio di attrezzi in mano.
"Da una parte era uscita dai cardini. Ora dovrebbe tenere

meglio. Gli spifferi sono nemici dell'isolamento termico. Ho anche abbassato la spazzola sotto la porta d'ingresso."

"Che spazzola?"

"Ogni porta ne ha una, in basso. Basta un cacciavite a taglio, per azionarla."

"Tu giri sempre con il cacciavite?"

"C'è una cassetta degli attrezzi nella nicchia dietro il banco bar."

È preparato... ben più di quanto mi aspettassi.

"Allora, un po' di vino?" chiedo, alla ricerca della bottiglia.

"Un goccetto non si rifiuta mai."

Fruga nei cassetti dietro il bancone e mi passa un cavatappi. Gli faccio segno di stapparla lui, che è meglio.

"E quando la locanda sarà aperta, come farai?"

"Del vino si occuperà Enrico," replico ostentando una sicurezza che non ho.

Solo pronunciare il suo nome, infatti, mi fa sprofondare nello sconforto. Tornano la nausea e i tremori. Passo falso.

Verso il vino nei bicchieri, cercando di concentrarmi soltanto su questo. E non sul fatto che avrei dovuto essere in compagnia di qualcun altro. Mi lascio scivolare su una sedia, mentre Libero si siede per terra, con la schiena contro la parete. Altre sedie non ce ne sono (manca a tutte almeno una gamba). Beviamo in silenzio per un po'. Pilucchiamo i formaggi. La stufa sfrigola.

"È meglio che vada, mia moglie mi aspetta," annuncia alzandosi, a un certo punto.

Di già? Quanto tempo è passato? Non ci sono orologi in questa stanza e mi sono dimenticata il cellulare di là. Nemmeno mi serve più, un cellulare. Non aspetto più nessuno, nessuno verrà più.

Anche Libero è sposato. Sono l'unica a trovarmi sempre scompagnata. Sono come un magnete che finisce per respingere, invece di attrarre. Non so neanche come faccio. Una specie di legge fisica indiscutibile. Fosse un talento, almeno potrei vantarmene.

"Grazie per i miei formaggi. Deliziosi." Si gira di nuovo, sulla porta. "Arriverà quel famoso furgone, stasera?"

"È quasi certo..."

"Siete a corto di legna. Se avete bisogno dimmelo, ve ne porto un po' della mia. In attesa che vi organizziate."

Ancora con questo maledetto plurale.

"Grazie. Ricambieremo."

"Magari del fragrante pane fatto in casa, la prossima volta... Ci vuole il pane giusto, per il formaggio."

"Del pane fatto in casa. Certo."

"Nessuna fretta. Il baratto non è una transazione immediata."

Penso con rabbia che non accenderò mai quel forno. E non avrò neanche bisogno della legna di Libero.

Controllerò i documenti per capire a quale penale andremo incontro, sì, perché c'è una penale, come se non bastasse la pena di tutta la faccenda, la dottoressa Parodi me l'ha ricordato più volte. Sbrigata la burocrazia, farò i bagagli. Non so con quale coraggio lo dirò a tutti loro.

Prima devo trovare il coraggio di dirlo a me stessa.

Dove andrò? Come? E perché?

C'è un perché in tutto questo?

Mi arrovello girandomi e rigirandomi nel letto freddo in una notte lunghissima. Fuori, un incessante temporale.

L'acqua che batte sui teloni, sui balconi, sui tetti di ardesia. Il vento tra i vicoli, negli orti, tra i fili della luce. La coperta in cui mi sono avvolta punge e non scalda. Refoli d'aria s'insinuano tra le fessure della finestra, tanto che sbatte la porta della camera. Sobbalzo, accendo la torcia. Mi alzo per prendere un maglione.

La valigia rosa è aperta sul pavimento, con dentro i calzini di Enrico e le sue canottiere, i miei jeans e le mie magliette, quel vestito a fiori troppo leggero, scelto per apparirgli bella e ora inutile, i suoi libri di botanica, un gomitolo di lana e l'uncinetto in attesa del momento buono per imparare a usarli...

Ha trovato una migliore. C'è sempre una migliore, d'altra parte.

Fuori dalla finestra la notte è scurissima, senza luna, senza stelle, senza lampioni. Ripenso alla notte più lunga e fredda della mia vita. I brividi mi hanno accompagnato per settimane intere, mettevo tre o quattro maglioni, ma non scomparivano. Ed era estate.

L'estate in cui ho perso mia madre.

14.

"La lista di cose a cui pensare è lunga e siamo già in ritardo su tutto," m'informa Eliseo, seduto davanti a me al tavolo da picnic.

Su tutto cosa?, mi verrebbe da chiedergli, ma lascio perdere. Forse si riferisce all'arrivo dell'autunno o all'apertura del bar ristorante della locanda, che non aprirà, ma questo non posso rivelarglielo. Oppure siamo in ritardo e basta. Come dargli torto? È una vita che sono in ritardo, e in ritardo su tutto nella mia vita.

Eliseo ha strappato una pagina da una vecchia agenda e impugna un mozzicone di matita:

Progetto scorte per l'inverno, scrive.

Orto.

"Si trova poco più sotto, vicino al vecchio forno. Io ve l'ho impostato, ma sta a voi coltivarlo e difenderlo," precisa alzando lo sguardo dalla lista. "Dovete stare attenti alle malerbe, ricoprire i camminamenti tra le aiuole, raccogliere e congelare. Ai roditori e agli animali selvatici inutile pensare, per il momento..."

"In che senso?"

"Ci penserete se nell'orto ci sarà ancora qualcosa da mangiare..."

Continua a usare il plurale nel rivolgersi a me, ed è troppo da sostenere. Ma d'altra parte ho inventato un'altra scusa per

Enrico, un altro contrattempo, perché non ho il coraggio di dire la verità.

È così umiliante.

Il contratto parla chiaro, l'ho riletto, anzi, si può dire che l'ho letto davvero per la prima volta: dobbiamo essere in due. E io sono qua da sola. Quindi, me ne dovrò andare. A meno che Enrico non ci ripensi. Ma lo farà? E io, lo voglio?

Non so più che cosa voglio.

Ho passato la notte in bianco e ora mi gira la testa, gli occhi mi bruciano. Non so quando andarmene né come andarmene da qui. E, peggio ancora, non so dove andare.

Non ho un lavoro, alcuna solidità o certezza. Scelgo una città a caso e ricomincio daccapo? Sola e completamente disorientata? Torno da mio padre? Riprendo a occuparmi di lui come facevo da bambina, quando non riusciva ad alzarsi dalla sedia e a parlare, se non di mia madre?

Raccolta erbe spontanee, annota ancora Eliseo.

"Ortica, polmonaria, fiori di tarassaco, piantaggine, spinaci selvatici, menta, salvia. Pigne di mugo. Fiori di iperico."

Le cicale cantano intorno a noi. La pioggia di stanotte si sta asciugando. Stamattina, appena alzata, ho visto una marmotta. Era una marmotta? Dalla mia descrizione, Eliseo ha confermato. L'estate è pieno di marmotte, qui. E di caprioli, cervi, camosci, fagiani, aquile reali, mi ha detto.

Raccolta frutti di bosco.

"Vi indico io, dove andare a cercare."

Annuisco appena, mentre continua ad aggiungere voci alla lista. Penso a tutti gli animali che non vedrò. Comprese le lucciole. Pare che ci siano sere speciali in cui illuminano il paese a festa.

Mi perdo tre o quattro voci dell'elenco, sto ripensando alla telefonata con Enrico.

Non riesco a credere di non aver notato i segnali. Ci saranno stati dei segnali, giusto?

"E io che pensavo che qui in montagna si rallentasse," dico a Eliseo, constatando la lunghezza della lista.

"In montagna non si va mai di fretta, ma non ci si ferma mai. C'è una bella differenza. È la fretta che ti frega."

Già, forse la fretta di trovare la felicità, il proprio posto nel mondo, l'anima gemella. Fretta, fretta, e intanto passano gli anni, forse la vita. Ecco la fretta.

Mettere in funzione la stufa.

"A quello ci ha pensato Libero, ieri sera."

"Libero?" Sembra incredulo. "E non si è nemmeno bruciato le mani?" sghignazza divertito, quindi riprende ad annotare.

Raccogliere la legna.

"Non c'è niente di peggio che trovarsi senza legna in inverno, te lo assicuro. Fai le proporzioni, sono facili. In montagna occorre una montagna di legna. E occorre subito perché possa stagionare. Bisogna agire d'anticipo."

"Ma c'è il GPL."

"Le strade sono spesso interrotte, d'inverno. E stai tranquilla che nevica proprio il giorno che deve arrivarti il camion con il rifornimento. E poi il GPL è GPL, e la legna è legna."

La lista si allunga ancora:

Controllare i tubi dell'acqua.

Aggiustare i mobili e i complementi d'arredo. (Io posso aiutarvi.)

Trovare i fornitori.

Sistemare il bar e la cucina.

Vorrei dire a Eliseo che non sono stata in grado di tenermi nemmeno il Numero Quattro e da sola non posso fare tutto questo. Ma mi guarda con quel sorriso fiducioso e allegro. Ha la faccia di un ragazzino in partenza per la gita scolastica.

"Avete un mese per aprire l'alimentari, mentre il bar ristorante dovrà aprire entro Natale, se non erro..."

"Qualcosa del genere."

"Senti, vai giù all'apiario da Valentina. Accordati con lei per il miele. Fa un millefiori di alta montagna straordinario. E anche di castagno e di acacia. Senti un po' cosa le è rimasto."

Mi fissa in attesa di una reazione.

"Con 'giù' intendi..."

Indica la strada in direzione opposta a quella da cui sono venuta. "A Pietra Sottana. Continui per questa strada. Dieci minuti al passo."

"Va bene, magari domani vado."

"Tra qualche giorno Valentina riporterà le api a valle. È una maestra elementare, giù, ha il suo da fare di questi tempi: tra poco riaprono le scuole. Conviene muoversi subito."

"Con subito intendi..."

"Facile: subito." Sorride soddisfatto, piegando in due la lista. "E non dimenticarti questa."

La prendo, ringraziandolo.

Mi chiedo se posso evitare di andare all'apiario, ma penso sia pericoloso sottostimare le sue antenne.

"Se hai bisogno, sai dove trovarmi," dice infine.

"Sì... Dev'esserci anche il tuo numero di telefono sulla..."

"Ma quale numero! Sono là," indica la cima del paese, "passato l'arco, dopo le scale di legno sulla destra, c'è del ciarpame sul poggiolo, tanta legna nel sottoscala. E il vessillo brigasco appeso alla staffa dello stendibiancheria. Se sei indecisa, fai un fischio, io mi affaccio."

"Sei sempre a casa?"

"Se non mi trovi, sul terrazzo della locanda c'è un'asta con una bandiera. Quando hai bisogno di me innalzala, e io arrivo. È visibile da qualunque punto della valle."

Si solleva dalla panca di legno in tutta la sua altezza, proprio come un vichingo con le gambe da stambecco.

"E Tobia?" chiedo.

"In questi giorni è con la mamma. Il nonno è in vacanza! Abbiamo una locanda da aprire e un paese da salvare, noi!"

15.

Le api di Valentina dimorano su un'altura oltre la strada, ai margini di un boschetto di pini silvestri, una serie di casette colorate davanti a una vista mozzafiato. Nella curva sopra, una macchia di arbusti e fiori colorati.

"I fiori da bottinare sono a monte, in modo che le api cariche di polline volino in discesa per tornare all'alveare," mi spiega Valentina con voce briosa. "Così fanno meno sforzo e rimangono in salute più a lungo."

"Chiamale sceme," scherzo, tenendomene alla larga.

"Oh, sono tutto meno che sceme, le api," esclama lei. "Sono esseri intelligentissimi, principalmente in quanto femmine."

"Sono tutte intelligenti o c'è qualche eccezione?" Domando delle api, ma intanto penso a me.

"Se tu vedessi come sono organizzati gli alveari! Il buon funzionamento di un alveare deriva dal fatto che ogni ape ha il proprio compito. E lo svolge con dedizione e amore. Tutti i compiti sono importanti. Ciascuna ape è indispensabile alla comunità."

Penso a questa comunità. Penso al borgo, alle mie speranze di diventarne parte. Costruire qualcosa. Invertire la rotta rispetto al mondo. Ritornare a dare valore allo scambio, alle cose più semplici: coltivare un orto, accogliere qualcuno, vendere il formaggio (e vabbè, anche il bruss se proprio ci tengono!). Guardare il mondo dall'alto. Come in un castello. Ce l'avevo quasi fatta. Nel senso: avevo fatto il primo passo, che poi sarebbe quello fondamentale.

In fondo, sono qui. È Enrico che non c'è.

"Un'ape da sola non può vivere: sopravvive solo grazie allo sciame. Non è una grande lezione di vita?" mi chiede Valentina aprendo un barattolo di miele.

"Be', lo è di certo," ammetto. "Il problema è impararla."

È come se mi avesse letto nel pensiero, ma credo stia parlando a sé stessa. Benissimo, lei parla a sé stessa, io parlo a me stessa, tutti noi parliamo a noi stessi, e ogni tanto, forse per caso, capita che ci diciamo qualcosa. O forse sono solo fuori di testa. Ma cosa ci faccio ancora qui? Dovrei essere già ripartita. La mia vita va a picco e io compro del miele. Almeno affogherò con dolcezza.

"Io ne ho due, di sciami a cui appartenere..." confessa Valentina, sorridendo. "E non so mai decidermi. Quando sono su, mi mancano i bambini, quando sono giù mi manca il tempo qui con le api."

Sentirsi di non appartenere pienamente a nessun posto, a nessuno. Ne so qualcosa anche io.

"Io non ho sciami," ammetto.

"Non ancora." Mi porge un cucchiaino per l'assaggio. "Senti che miele."

Sono venuta con l'idea di fare una passeggiata. Di fare esperienza, finché sono qui. In ogni caso, ho pensato, chi prenderà il nostro posto avrà meno tempo per aprire la locanda, forse non riuscirà nemmeno a conoscere Valentina, che a breve tornerà a valle fino alla prossima primavera, e rimarrebbe senza miele da vendere. Posso portare avanti questo piccolo compito per loro.

Altro che passeggiata, però: ci ho messo quarantacinque minuti. Non certo dieci come aveva detto Eliseo. Solo che dopo venti minuti ho pensato che fosse più facile andare avanti che tornare indietro, era la saggezza dell'avventuriera. E anche dopo trenta. A quaranta ho pensato di aver sbagliato strada (anche se ce n'è una sola!) e che, saggezza o meno, sarei dovuta tornare indietro, altrimenti correvo il rischio di mettermi in un guaio, tipo perdermi dove il cellulare non prende e non passa nessuno mentre scoppia un temporale all'improvviso.

A ogni curva mi convincevo di essere arrivata, invece rimanevo delusa. La discesa mi sforzava le gambe, sentivo cedere un ginocchio. Ho rasentato la disperazione quando ho capito che sarebbe stata comunque un'impresa tornare indietro, in salita, con niente nello stomaco, allora tanto valeva andare avanti. Ma avanti per quanto?

Poi ho avvistato le casette colorate.

Non c'era un cartello, un'incisione su un tronco, una freccia dipinta su una pietra, niente.

Solo io e il paesaggio, che però era di una bellezza da levare il fiato. Lo scenario di un teatro.

Infine ho scorto anche il paese, cento metri più sotto, che paese è dire tanto, un grappolo di otto o nove case posate su una sorta di morbido pendio, in una posizione incredibilmente suggestiva. Erano quasi tutte ristrutturate, con giardini curati e arredati in modo fantasioso. Ti aspettavi di intravedere le fate, dalle porte socchiuse, e invece da una di queste è uscita Valentina.

Bionda, minuta e piena di vita, tanto da sembrare lei stessa una bambina troppo cresciuta.

"È buonissimo," confermo ora, restituendole il cucchiaino.

Capisco all'improvviso che si aspetta di trovare un accordo circa la fornitura, allora torno in me. Torno alla locanda e al suo piccolo alimentari, dove sarà in vendita il miele. Presto non avrò più niente a che fare con tutto questo, ma devo ancora fingere.

Quindi, quanti barattoli voglio? Inizio a pensare ad alta voce, nella speranza che lei mi venga in aiuto.

"Siamo una locanda in un punto strategico," dico usando

il pluralis maiestatis per darmi un po' di grinta, "proprio all'incrocio delle uniche due strade della vallata, una che scende verso il mare e l'altra, cioè questa, che serpeggia verso l'entroterra, o non so bene dove. Siamo in un punto equidistante da tutti i paesi limitrofi, che poi sono frazioni. L'unica locanda dell'intera montagna, anche se qui non si chiama montagna. Il miele è un prodotto molto usato, il freddo fa venire mal di gola..."

"Si vive di miele, qui," m'interrompe Valentina.

"Dovrà durare fino all'anno prossimo," le faccio eco io.

"Ed è un ottimo souvenir per i turisti."

"Fantastico per accompagnare i formaggi," dico, sperando disperatamente in un numero.

"Antibatterico naturale."

"Senti, dimmi tu," capitolo infine.

Ci accordiamo su dieci vasetti per tipologia, per cominciare. Vorrebbe darmi lo scatolone ora, seduta stante, ma le spiego che non ho la macchina.

"Allora te li porto domani."

"E per il pagamento?"

"Quando avrai i soldi, me li darai," risponde. "Tanto, non scappi mica."

Questo, in realtà, è più che possibile.

Concludiamo così, sulla parola. Se Eliseo mi avesse dato il suo numero di telefono avremmo potuto parlarne comodamente ognuna a casa propria. Ma non avrei visto le api, la frazione, il panorama e tutto il resto. Non sarebbe stato lo stesso. Restare a casa non è mai lo stesso.

Sto cominciando a entrare nella mentalità del posto. Al punto che, gambe in spalla, torno indietro e non mi lamento. Se non altro, ho quasi finito un vasetto a forza di cucchiaiate. L'energia non mi mancherà, giusto? E una cosa è certa: non posso sbagliare strada.

16.

Non mi lamento, ma arranco. Il ginocchio pulsa, non so che sta succedendo là dentro, ma non credo che reggerà ancora per molto. Sento le fitte farsi più ravvicinate. I tornanti identici si susseguono uno dopo l'altro, i profumi degli alberi mi accompagnano, nessuna traccia umana.

Sta imbrunendo. Potrebbe tranquillamente essere la fine del mondo. Solo io e il bosco che costeggia la strada, animato da strani rumori, forse qualche marmotta curiosa che fa capolino. I cervi e i cinghiali di cui parlava Libero. O il lupo.

Mi vengono i brividi.

Le bestie di Baciccia scompaiono con regolarità, ma io non sono una bestia, mi dico, mentre cerco di accelerare il passo. Cioè sono una bestia pelle e ossa, che cosa se ne fa un lupo di una come me?

Forse una parte del mio inconscio vagheggia di essere assalita, una morte eclatante che riscatti una vita insulsa.

All'improvviso sento davvero una specie di ruggito, o forse è un barrito? O un tronco che cade? Fatto sta che la mia fantasticheria finisce subito, e via spedita, con il ginocchio ormai sul punto di cedere, su per la salita. Sto per stramazzare.

Dopo un po' mi calmo. Il rumore, qualunque ne fosse l'origine, non mi ha seguito. Alzo gli occhi. Il cielo trattiene la luce. Sembra due ore indietro rispetto al bosco.

Mi supera un furgone a velocità spedita, sparisce oltre la curva. Poi fa retromarcia. Si ferma proprio alla mia altezza.

Una donna con una lunga treccia e le guance arrossate si sporge dal finestrino.

"Sei quella della locanda?" mi chiede, sovrastando le urla di alcuni bambini all'interno dell'abitacolo.

"Sono quella."

"Salta su."

Non ho idea di chi sia, ma è un'occasione che non posso lasciarmi sfuggire. Mentre annuisco si abbassa anche il finestrino di dietro, dal quale sbucano una testolina scompigliata e una piccola mano che mi saluta. "Si chiama Lucilla, mamma!"

"Sono Nives," si presenta la donna, buttando l'occhio allo specchietto retrovisore prima di immettersi in carreggiata. "Qui le macchine non passano mai, a parte la volta che non guardi," mi dice.

Il furgone è invaso di polvere, rametti, sassolini, e sul sedile dietro sono seduti tre bambini.

Tobia è il più piccolo. Gli altri devono essere i suoi fratelli.

"Tobia dice che sei una strega perché hai sempre la scopa in mano," mi fa uno di loro.

"Dice che forse sei anche una pirata perché ti metti i tovaglioli in testa come una bandana," mi fa l'altro.

"Dice che sei molto bella e hai fatto scendere Libero dall'alpe," aggiunge il primo.

"La tua fama ti precede," commenta ridendo Nives, senza distogliere gli occhi dalla strada. "Abbiamo sentito parlare molto di te."

Di già?, vorrei chiederle, ma una fitta al ginocchio mi distrae. Nives lo nota.

"Ti fa male?" mi chiede indicandolo.

"Un po'."

"Vieni da noi, ti passo l'olio di iperico."

"È che non sono abituata a camminare. Eliseo mi aveva detto che erano dieci minuti..."

"Dalla locanda? Eliseo ha un concetto tutto suo di 'distanza'."

Eliseo è suo padre? Non si somigliano e l'ha chiamato per nome. Però è nonno di Tobia. Dev'essere suo suocero. Parla tanto, ma non mi ha detto niente di sé, quel vichingo gentile ed estroso. Mi dispiace lasciare questo posto senza riuscire davvero a conoscerlo.

"L'iperico risolverà ogni cosa," conclude Nives.

Non so cosa sia l'iperico, ma decido di fidarmi. Non che abbia molta scelta. A dirla tutta, se fosse per me non mi alzerei più da questo sedile.

Osservo Nives di nascosto, con la coda dell'occhio. Il pile color salvia e i jeans scuri, la treccia che le ricade sulla spalla in modo casuale e femminile. Guida il furgone con naturalezza, perfettamente in controllo della situazione. Dev'essere all'incirca mia coetanea, ma ha già tre figli. Sa cos'è la vita. Ho voglia di affidarmi. Socchiudo gli occhi immaginando di essere lei.

La casa è vicino al lavatoio, sul lato del paese in ombra al pomeriggio.

È molto graziosa, come la maggior parte delle altre, composta da due piani, che forse sono tre, non si capisce mai troppo bene, con i ripidi dislivelli, e le porte e le finestre messe qui e là. Non c'è davanzale che non abbia un vaso di fiori. Si entra dal primo piano, una scala esterna di legno porta a un ballatoio su cui affaccia l'ingresso. Mi fanno strada i bambini, mentre Nives sistema cose, passando: afferra un maglione abbandonato sul corrimano, con il piede spinge una palla in un angolo, impila delle scatole di legno. Poi, ci segue dentro. Nel grande soggiorno vige un caos di giochi, fogli da disegno, matite colorate e vestiti. La stufa, al centro della stanza, è spenta.

"Vieni con me," mi dice Nives, con una bracciata di giochi e indumenti che ha raccolto lungo il tragitto.

I bambini hanno preso a fare la lotta sul divano.

"Ancora due minuti," si raccomanda la madre, "poi doccia e scendere a cena. Aiutate voi Tobia."

"Mamma, ce la faccio da solo," protesta lui.

"Lo so, piccolino mio."

La seguo fino alla cucina al piano di sotto, ombrosa e inaspettatamente ordinata.

Nives sale su uno sgabello per raggiungere una mensola dove sono allineati barattoli di vetro e scatole di latta, ognuna con un'etichetta scritta a mano. *Erba della Madonna*, *Stregonella*, *Arnica montana*, *Genziana*, *Pino mugo*...

L'olio d'iperico è rosso, il barattolo quasi pieno. Nives lo posa sul tavolo prima di aprirlo.

"Vedrai che con questo starai meglio." Mi fa segno di porgerle il ginocchio.

Intinge le dita nell'olio e inizia a massaggiarmi con un tocco esperto, attenta a non macchiarmi gli shorts. Imprime una certa pressione, ma riesce a essere delicata. La lascio fare, anche se l'improvvisa intimità mi provoca un po' d'imbarazzo.

"Mi ha insegnato tutto una strega, qui vicino," spiega intanto. "L'ultima ancora viva. Le chiamano streghe, ma sono solo donne che conoscono il potere delle erbe. Poi, certo, Antonietta sa anche segnare il fuoco e scacciare il malocchio, ma soprattutto guarisce con le piante..."

Per un secondo mi vedo dall'esterno, in cima a una montagna, in casa di una sconosciuta, a sentir parlare di streghe, il telefono che non prende, senza più un futuro, e neanche un presente, a dire il vero. Senza più un compagno, senza più un progetto. E fuori sta per farsi buio.

"La gente ha paura di quello che non conosce," continua Nives, insistendo con lievi movimenti circolari. "Penso che sia questo, il problema. Che cos'è una strega se non una donna con un potere? Dimmi una sola donna che non ce l'ha."

"Be', a dir la verità una mi verrebbe in mente."

Lei scaccia l'idea con un gesto lapidario. "Devi solo trovare il tuo, tutte ne abbiamo uno."

"In ogni storia che mi raccontava mio padre c'era una strega. Una leggeva nel pensiero, un'altra prevedeva il futuro, un'altra ancora era capace di trasformarti in qualunque cosa... Non sempre erano malvagie, ma potenti sì."

"Perché conoscevano sé stesse," sorride Nives.

Ha un'aria stanca ma concentrata, non è da nessun'altra parte. Non si lascia distrarre nemmeno dal rumore proveniente dal piano di sopra: i bimbi che saltano e si rincorrono.

Io non ho nessun potere, vorrei dire, nemmeno su me stessa, e avrei proprio bisogno di una strega che mi rimettesse in sesto. Tutta, non solo il ginocchio.

"Dove abita Antonietta?"

"Nella valle accanto. Due chilometri in linea d'aria, e venticinque in auto."

"Insomma, ci si arriva prima a piedi."

"Eh no, perché c'è un passo da superare. Sono otto ore di cammino, più o meno, per i sentieri. Qui non si arriva facilmente da nessuna parte. Tanto vale godersi il posto in cui si sta."

"Sei nata in questo paese?"

Annuisce. Intinge ancora le dita nell'olio e riprende il massaggio. "È sempre stato la mia casa, non lo lascerò mai. Dovessi rimanere l'unica. Certo, lavoro giù a valle, in un ristorante, i ritmi sono intensi, i miei figli vanno a scuola poco lontano, hanno lì le attività, hanno lì gli amici, mentre mio marito lavora nel capoluogo sulla costa e sale solo un giorno o due a settimana. Non è facile, ma si tira avanti. Per fortuna, Eliseo bada a Tobia. La sera ci ritroviamo tutti qua, e il fine settimana non ci siamo per nessuno, solo per la nostra montagna. Facciamo tribù. No, non cambierei mai. Mai."

Dicendolo sembra quasi che io gliel'abbia chiesto, di cambiare. Forse con la mia domanda ho toccato un nervo scoperto, ho interrotto un dialogo interiore. In effetti dev'essere doloroso sentire di appartenere a un luogo che tutti stanno lasciando. Forse peggio di non appartenere a nessun luogo, come nel mio caso.

Di me sembra curiosa, ma non osa chiedere. Gliene sono grata, perché in questo momento non riuscirei a dire niente di sensato, potrei solo mettermi a piangere.

Indico il ginocchio. "Penso di stare già un po' meglio, possibile?"

"Potere di strega," sorride lei. "Aiutare gli altri, questo è il mio."

"Be', non so che dire, grazie."

"Rimani a cena?"

Dopo quasi mezza bottiglia di liquore di pino mugo, di lei so tutto. (O il tutto che si può sapere.) Che ama il marito, ma litigano di continuo, perché si vedono troppo poco. Che lasciare Tobia con Eliseo la fa sentire in colpa, ma deve lavorare, non può farci niente, che una volta ha affrontato un cinghiale, che mal tollera il suo datore di lavoro, che sa fare il pane e verrà a farlo da me, nel forno della locanda (anche lei con questo pane! E con questo forno!), che si sente sola quassù ma è contenta di aver trovato un'amica. Ho qualcosa di luminoso, ed è come se ci conoscessimo da sempre. (A volte si diventa amiche prima ancora di conoscersi. Così quando ci si incontra ci si riconosce al volo.) Peccato che di me non dico niente. Ma non devo preoccuparmi. Avremo tutto l'inverno. Che l'hanno inventato a fare, se non per stare accanto al fuoco a chiacchierare? (E ogni tanto controllare che i bambini non rompano pezzi di casa o di sé stessi?)

Poi pare ripensarci, in fondo non siamo nemmeno in autunno, e allora mi lancia qualche domanda, ma senza incalzare per le risposte. Quali sono le mie radici? Da quanto stiamo insieme io ed Enrico? Perché non è ancora arrivato? Perché abbiamo scelto questo posto? Preferisco il miele o lo sciroppo d'acero? Il bagno in mare a maggio o a ottobre? Le verdure o gli ortaggi colorati? Sci o trekking? Latte di capra o di mucca?

Tutte domande a cui non trovo risposta. Ma lei non se l'aspetta. La sua è una cantilena, un incantesimo in cui mi trasporta attraverso il mare dei miei pensieri verso la terraferma. In fondo non c'è altro modo per arrivarci.

Mi sento meglio, poi mi guardo indietro e torno giù, a fondo. In mezzo al naufragio.

Ho avuto conferma che abbiamo la stessa età, proprio la stessa! Lei però ha tre figli, un marito, un lavoro, una casa. Tutte cose che io ho solo sfiorato e mai ottenuto. La guardo, così adulta, con tutti i sacrifici che fa, e mi sento inadeguata. Non tanto per le cose che non ho, ma per quello che non sono. Come se non fossi riuscita a trovare il giusto compromesso con la vita e mi fossi intestardita a non accontentarmi. O forse è la vita che mi ha respinta, ogni volta. Forse non ho l'abito giusto per l'invito. (O magari l'invito.)

Asciugo i piatti gocciolanti che mi passa, li impilo sul ripiano accanto al lavello mentre lei mi racconta con trasporto dei figli, del loro carattere e di come avrà a che fare con il loro destino. Mi dice cosa faremo insieme in questa o quella stagione, in questo o quel mese. Ha in mente il futuro, e in una parte di questo futuro ci sono anch'io.

Io la ascolto in silenzio e penso con dolore e un senso di tradimento al fatto che non la vedrò mai più, perché domani telefonerò alla responsabile del progetto per disdire l'impegno che ho preso. Per lasciar andare ancora una volta un sogno.

Lasciar andare anche questo.

17.

I trucioli ricoprono il pavimento. L'odore di segatura che riempie la stanza dà un senso di casa. Eliseo, seduto su uno sgabello con un pezzo di legno in mano, mi dà il benvenuto. Gli occhiali verdi gli sono scivolati sul naso.

Voglio andarmene, dirò semplicemente. Ho letto il contratto, dobbiamo restituire l'anticipo dei tre mesi già versato sul nostro conto, più una penale di altri tre mesi. Spero che Enrico almeno metta la sua parte.

Chiameranno qualcun altro, contatteranno i secondi classificati, che saranno meglio dei primi. Perfino gli ultimi saranno meglio dei primi. Perché i primi eravamo noi.

Mi dispiace, dirò, non ce l'abbiamo fatta. Non eravamo le persone giuste.

Quelli che arriveranno al posto nostro si troveranno se non altro la locanda pulita e una buona scorta di miele.

A quel punto Eliseo alzerà gli occhi su di me e mi dirà che capisce. Capisce benissimo. Gli ho fatto perdere tempo, ma non troppo. E soprattutto, questo non potrà dirlo ma lo penserà: sono sostituibile. Magari tirerà anche un sospiro di sollievo. Non sarò io a dovermi occupare della loro locanda, ma qualcuno più preparato, che conosce le parole giuste, qualcuno con spirito pratico, che ci sappia fare con la gente, qualcuno più forte e in gamba di me.

Sì, sarà sollevato e cercherà di nasconderlo. Ma vederlo sollevato sarà un sollievo anche per me.

Tutti questi sollievi ci porteranno a una sorta di levitazione.

Il senso di colpa e di fallimento evaporerà lieve nell'aria.

Dove andrai?, mi chiederà, perché è attento, si cura degli altri, di certo spera che io non esca troppo distrutta da questa esperienza.

Ammetterò di non saperlo, ma gli racconterò di avere un padre, in un paese sulla riviera opposta a questa, di non essere del tutto sola. Riemergerò anche da questa mareggiata, gli assicurerò, senza fargli capire di non esserne troppo convinta.

Poi fuggirò via, richiuderò la valigia rosa e troverò un modo per tornare a valle.

A valle ricomincerò.

Un'altra volta.

"Sto lavorando alle sedie per la locanda," mi informa Eliseo, con quel suo sguardo intenso e al contempo sbadato, come se avesse mille cose per la testa e pensasse già a quella dopo. "Benvenuta nel mio mondo."

La stanza è piena di oggetti in legno e in vimini: piccoli animali, taglieri, ciotole, ceste, scatole intagliate, personaggi del presepe. Sul banco di lavoro sono sistemati attrezzi di ogni tipo, alle pareti composizioni fantasiose di pigne e fiori. Sotto la finestra, alcune ceste contengono ciocchi grandi e piccoli.

Mi aveva detto che faceva riparazioni, ma non avevo capito che fosse un artista.

Ha trasformato il suo soggiorno in un vero e proprio laboratorio.

"In questi giorni passo a vedere come siamo messi con gli altri mobili, così li aggiustiamo in tempo. Non faccio altro che sognare la riapertura della locanda. Sogno di fare incontri impossibili. Per esempio: ritrovare mia moglie. La vedo al bancone che parla con te, ride con la sua chioma corvina che ondeggia, mentre beve birra rossa. Sempre rossa, la beveva. Diceva che faceva buon sangue."

Sua moglie è morta? Ha parlato di incontri impossibili, ha usato il passato. Potrebbe anche essersene andata, ma non mi azzarderei certo a chiederglielo. Sicuramente la ama, si vede da come ne parla, la ama ancora.

"Mi dispiace che non ci sia più," dico dopo averci riflettuto: è vero e non troppo invadente, mi pare.

"Attraverso la locanda sarà di nuovo con me," esclama lui. "Questo paese sta per tornare a vivere. A vivere la *sua* vita. Avrai visto gli impianti sciistici, sull'altro versante, o almeno quello che ne resta." Si è fatto improvvisamente serio.

"Li ho visti."

Non confesso di averli trovati un po' inquietanti, come scheletri di giganteschi cetacei su una spiaggia, o le strutture di quel parco giochi abbandonato, a Consonno, dove andai con un'amica per un concerto segreto, che poi non si tenne.

"A me non sono mai piaciuti. Un tempo portavano gente, però. Sembrava il progresso. Gli anni sessanta e settanta sono stati un periodo florido per il turismo, quassù. C'erano quattro ski-lift e una seggiovia, che è stata per anni la più lunga d'Europa. Siamo stati i primi a permettere lo sci notturno. C'era anche la pista di pattinaggio. I due alberghi erano graziosi, nel ristorante si mangiava bene. Poi ha iniziato a nevicare meno, sempre meno, da ultimo la frana..." Sospira e torna al lavoro.

Intaglia in silenzio per un po', tanto che mi chiedo se mai ricomincerà a parlare. O forse la storia è finita e il resto devo immaginarmelo?

"La frana?" azzardo infine.

Era menzionata nella storia del luogo allegata al bando.

"C'è stata una violenta alluvione a cui è seguito un terribile smottamento del versante nord, il paese è rimasto isolato. Così, si è svuotato definitivamente. Però... c'è un però."

Gli si sono illuminati gli occhi, dietro le lenti.

"Da qualche mese, anche quel paese ha un residente."
"Davvero?"
"Sì. Uno. Il primo."
"Be', è fantastico," commento, cercando di condividere il suo entusiasmo. "Veramente una grande notizia. E... chi è?" chiedo, come se sapere il suo nome potesse fare qualche differenza.

Dentro di me sospetto che sia Libero. Ce lo vedo, ad abitare in un borgo fantasma.

Eliseo si spinge in avanti con il busto, sembra che voglia sussurrarmi un segreto.

"Un giapponese."
"Un giapponese?"
"Proprio così." Annuisce solenne.
"E che ci fa lì?"
"Nessuno l'ha ancora capito. Non parla una parola di italiano. Lo si vede camminare nei boschi per giornate intere... C'è chi ipotizza sia un monaco, chi un dissidente politico, chi giura che è solo un po' matto. Ha spesso un libriccino in mano."

Mi giro e rigiro in testa la questione. Ammetto di essere curiosa.

"Comunque a me è simpatico, anche soltanto per il fatto che sta lì," confessa Eliseo. "Chi se ne importa del perché, no? Ognuno ha la sua storia. Non per forza bisogna sbandierarla." Scrolla le spalle. "Tu parli giapponese?"

"No, il giapponese no, mi dispiace. E poi non era elencato nel bando..."

Si lascia andare a una delle sue risate tonanti. "Prima o poi riusciremo a comunicare con lui, ne sono certo. Al più tardi, quando aprirete la locanda. Abbiamo di nuovo un futuro davanti. Grazie a voi. Siamo immersi in un parco naturale, un territorio meraviglioso, non dimenticarlo. È perfetto per le famiglie, ma anche per chi vuole fare escursionismo, arrampicata, mountain bike, scialpinismo, ciaspolate..." Si batte la fronte. "A proposito, ricordiamoci che dovrete procurarvi delle mountain bike, potrebbe essere una fonte di reddito. E per le gite guidate, accordati con Libero. Anche se ti consiglio di non contarci troppo."

"C-certo, le mountain bike..."

"Ormai non esistono più solo la montagna dell'inverno e la montagna dell'estate. C'è chi in autunno cerca il posto giusto per godersi il foliage, e vedrai che spettacolo è il foliage qui da noi... E vogliamo parlare della fioritura dei rododendri in primavera? Interi versanti si tingono di rosso!"

Eliseo si è commosso. Si tampona gli occhi con la manica della camicia.

"Lo vedrai, lo vedrai. Scoprirai tutto da te. Il passato è alle spalle," annuncia, quasi più a sé stesso, alzandosi in piedi. Pianta i suoi occhi acquosi, screziati da capillari, nei miei. "Voglio solo che tu sappia quanto è importante qua la tua presenza. Quanto già piaci a tutti."

"Io?"

"Tu!" fa lui abbrancandomi con le sue grandi mani e scuotendomi allegramente.

E poi tutti chi?, penso, ho parlato con cinque o sei persone. Però su quindici fanno quasi la metà, a rifletterci bene. Quelli delle altre frazioni non li ho conosciuti.

"Siamo fiduciosi. E voglio che tu sappia che siamo a disposizione per qualsiasi cosa. Puoi contare su ognuno di noi," sancisce mettendosi una mano sul cuore, come se intorno a lui ci fosse il coro del primo giorno. "E aspettiamo Enrico, adesso."

"Ehm, ecco. Ecco, Eliseo. Proprio di questo volevo parlarti..."

"Dimmi, che succede?"

"Enrico non verrà."

Una ruga si fa largo sulla sua fronte.

"Si è tirato indietro."

"Indietro dove?"

In effetti, è una bella domanda.

"Non verrà. Me l'ha detto al telefono. È passato ormai qualche giorno e non cambierà idea. E io non posso rimanere qui da sola, capisci..." Mentre lo dico, il senso di responsabilità si abbatte su di me insieme al senso di colpa. Vorrei tanto non essere in una situazione del genere.

Eliseo brontola qualcosa che non riesco a sentire bene. Forse è in dialetto, parole che non ha fatto in tempo a insegnarmi. Ha perso la sua aria bonaria. E adesso? Tuonerà? Mi farà una lavata di testa? Dirà che gli ho fatto perdere tempo, che potevo scegliermelo meglio il fidanzato, che non valgo niente, che...

"Che balengo!"

Il sopracciglio alzato gli dà un aspetto temibile, come Zeus irato pronto a scagliare un fulmine. Ma all'improvviso si addolcisce.

"Meglio così, i pesi inutili meglio lasciarseli a valle, si sale più leggeri. E poi pensa se avesse mollato dopo un mese o, peggio, dopo sei. Sarebbe stato terribile, no? Invece così è come se non fosse mai esistito. In questo luogo, intendo. Nessun ricordo di lui legato a questo posto, che resta incontaminato per te. Sei libera, capisci?"

"Non proprio..."

"Non abbiamo bisogno di lui. A che ci serve? Non è neanche riuscito a salire quassù. Come dico sempre: solo chi arriva in cima ha diritto a godersi il panorama."

"È che sul contratto è scritto che dev'esserci una coppia..."

"Ma sì, i contratti sono pezzi di carta! Non si mangiano e non si bevono. E nemmeno ci si fa all'amore. Che restino a valle anche i contratti. Che cosa contano?"

Forse per lui non tanto, ma questo è un progetto regionale, con dei fondi europei, non posso certo imbrogliare, ci saranno dei controlli, la dottoressa Parodi è stata categorica, rimanere qua da sola è escluso.

"E poi, sai, io credevo davvero che fosse l'uomo..."

"Uomo? Un ragazzino! Inaffidabile. Te l'ho detto. Nemmeno il coraggio di affrontarti di persona. Che rimanga a valle. Quassù ci sei solo tu, ed è arrivato il momento di imparare a goderti il panorama. Tutto il resto arriverà."

"E se..."

"Lucilla, ascoltami: se fuggi dalla montagna, fuggi da te stessa. Se accogli la montagna, accogli te stessa."

Va bene, va bene la filosofia. Ma poi c'è la realtà delle cose.

"Sono da sola!"

"Ma che sola e sola! Ci siamo noi."

"Io ti ringrazio, ma..."

"Mi rimane soltanto un dubbio." Si sfila gli occhiali per guardarmi meglio. "Come farai con la legna?"

18.

"Anche questa volta non ho visto i campanelli di allarme."

"Sentito..."

"Papà!"

"Non è una cosa da poco, sbagliare le parole."

Già, lui le dosa così bene che ne usa pochissime. Non come me che tendo a parlare a ruota libera, soprattutto con lui. Forse per riempire il vuoto. O si dovrebbe dire il silenzio? Insomma, il mio è un modo per fargli sentire che gli voglio bene.

"Prova a cambiare a caso le parole di una favola," insiste.

Raccontare favole è la sua specialità, l'unica occasione in cui con le parole abbonda. Quando ero piccola mi portava con sé in terre lontane, popolate di streghe, fate e principi senza pietà, bambini vittime di maledizioni e orchi pigri, elfi e giganti, animali parlanti, chiavi, pozioni, prove ed enigmi. E quando protestavo perché il lupo mangiava una bambina o Cenerentola non perdeva la scarpetta ma l'intero piede, lui mi ripeteva che le favole non svelano che esistono i mostri, quello ogni bambino lo sa, ma che i mostri si possono sconfiggere.

"Se la storia non è lieta, non è finita," ripeteva. "Pazienta."

Paura, giustizia, sventura, e tanta speranza. Ecco perché la sua giostra era diversa da tutte le altre. Sopra c'erano fate e folletti, maghi e gnomi, Biancaneve, ma anche la matrigna, Peter Pan e Capitan Uncino, Cenerentola e le sorellastre, Alice e la

Regina di Cuori. La sua giostra piaceva tanto ai bambini e nel tempo era rimasta l'unica del paese, fatta eccezione per quando, a ferragosto, arrivava il luna park. È ancora l'unica.

Mio padre con la sua coda di capelli bianchi e la cravatta fantasiosa, la camicia colorata e un libro sempre in mano, da leggere nelle pause. La musica classica che intratteneva i piccoli mentre giravano e allietava i genitori, teneva anche a questo.

Dirgli che Enrico non è venuto gli darà un dispiacere, lui che il dispiacere fa fatica a digerirlo. Ma se non posso mentirgli, posso edulcorare. L'ho sempre fatto, del resto.

Ometterò che poco fa ho controllato il conto aperto con Enrico, quello su cui la Regione ha versato l'anticipo di tre mensilità, e l'anticipo non c'è più. Zero euro, anzi meno nove, perché sono state addebitate le spese di tenuta conto.

Appoggiata alla chiesa, sotto lo sguardo condiscendente del putto, ho caricato e ricaricato la pagina della banca.

Clarin, il gatto con l'orecchio rosso, mi si era accoccolato accanto, crogiolandosi al sole. Per non spaventarlo sono rimasta immobile. Me ne sono stata lì, sbigottita, a fissare il meno nove finché il nove ha smesso di essere un tondo con una gambetta ed è diventato un cerchio, poi un buco nel quale ho iniziato a precipitare.

"Quindi, ora che il principe azzurro non viene più come ti senti?" mi chiede mio padre.

"Come Alice nella tana del coniglio."

"Be', è da lì che iniziano le sue avventure." Fa una pausa, come se facesse fatica a trovare le parole. Come sempre. "Tutti desiderano una vita piena di avventure."

Queste non sono avventure, sono problemi! Enrico ha prosciugato il conto. Non ci sono più i soldi. Come faccio a renderli, se non li ho? Per non parlare delle tre mensilità di penale. Sei mesi da ripagare.

Solo l'idea di sentire Enrico mi dava la nausea, ma l'ho chiamato. Lui è stato lapidario: non mi renderà l'anticipo. Per il disturbo che gli ho creato, ha spiegato. Ha detto di fargli causa, se voglio, e tutta un'altra serie di cose che non posso ripetermi, ora.

Accarezzo l'orecchio rosso di Clarin per cercare di placare la rabbia. Il gatto è ancora qui accanto a me.

Come faccio ad andarmene se non posso restituire l'anticipo, tanto meno pagare la penale? Dovrei trovare un avvocato, ma sarebbe un'altra spesa. D'altra parte, che cosa posso fare qui? Non ho soldi, non ho la macchina, non ho esperienza, non ho il compagno previsto dal bando... Un'interminabile sfilza di *non*.

"In montagna, comunque, si sta bene," dico a mio padre per rassicurarlo.

"Sempre meglio di un mobilificio! Con quei tailleur da rappresentante di confetti..."

Prendo un respiro per non replicare.

Papà parla come se conoscesse il mondo, ma sono trent'anni che non lascia il suo paese. Che non devia dal tragitto casa-giostra-casa, con una sosta settimanale al mercato e in farmacia. A volte nemmeno, quando si arena sulla sedia e la giostra rimane chiusa.

Allora sta a me motivarlo a riprendere a vivere. Convincerlo a piantarla di fissare la parete o il televisore spento (rotto da anni) o a chiudere il libro, per tornare là fuori, nella vita reale.

Più passa il tempo, più diventa difficile.

"Papà, ho scritto al medico. Ti manderà le ricette dei farmaci sul cellulare, come sempre. Ricordati."

"Quando mai me ne sono dimenticato?"

"L'unica volta in cui mi sono dimenticata di ricordartelo."

"Appunto. Lo sai che non posso stare senza."

"Sono i farmaci del buon umore. Ma potresti anche fare un po' di moto."

"Intendi quell'orribile cosa che chiamano jogging?"

"Per esempio..."

"O forse lo chiamano footing."

"Comunque lo chiamino," taglio corto. "A proposito, qua usano tutta una serie di parole che ti piacerebbero. Qua sì che non staresti un attimo fermo. C'è un gran da fare."

"Va' là."

Eccolo, il suo "va' là". Quel "va' là" significa che posso risparmiarmi esortazioni, consigli e incoraggiamenti. Tanto è uguale. Non si alzerà da quella sedia finché non sarà lui a deciderlo. Fino a quando qualcosa non gli darà la spinta necessaria, lui rimarrà ancorato lì. E immaginerà di essere altrove. Magari in una delle sue favole.

"Magari" è un'altra delle sue parole preferite.

Dice che esiste solo in italiano, ed è intraducibile.

Deriva dal greco *makários*, "felice", ed esprime un forte desiderio senza un obiettivo preciso. Una parola tutta desiderio.

"Magàra", dice, alla romagnola, e per quei pochi secondi sembra felice.

"Magàra", lo sussurra ogni tanto, per farsi forza.

Ma non funziona sempre. Anzi.

E se, un brutto giorno, smettesse di funzionare del tutto e lui non trovasse più un motivo per alzarsi?

"Papà..." Vorrei chiedergli come sta, come sta davvero, a parte i "va' là" e i "magàra", aiutarlo a trovare qualcosa di bello nella sua vita, ma sono costretta a interrompermi perché Libero sta camminando su per la salita, venendomi incontro.

"Papà, scusami, ti richiamo," dico allora, prima di mettere giù.

"Cerchi di nasconderti o di prendere la linea?" mi chiede Libero.

Lancio uno sguardo al mio amico putto. "Forse tutti e due."

"Sono venuto per la legna."

"La legna," ripeto, come se fosse una parola magica.

E forse qui lo è davvero. Tutti dicono "legna", ma intendono *abracadabra*.

"Avete il chiodo fisso della legna."

Lui si gira con un'espressione quasi ammirata. "Se è un gioco di parole, non è male. Comunque, a parte la legna, sono qua anche per avvisarti che c'è qualcuno alla locanda."

"Qualcuno chi?"

Non so cosa temere né cosa sperare, mentre ci incamminiamo per il paese.

"Hai visto per caso..."

"Nessun furgone."

Annuisco. Nessun furgone.

Ormai conosco la strada: due scale di pietra, un vicolo stretto come una fessura, il vecchio forno, gli orti (non ho ancora individuato il nostro), il passaggio coperto che sembra non portare da nessuna parte, e poi la strada asfaltata su cui dà la locanda.

"Libero, non rimarrò," annuncio di punto in bianco, finite le scale. "Immagino tu abbia saputo... Il mio compagno si è tirato indietro."

"Mai creduto che sarebbe arrivato."

"Perché?"

"Be', sarebbe stato con te dal primo giorno. Se uno è insieme è insieme, no?"

Dunque non sono l'unica a pensarla così. Per quello che vale.

"E credo anche un'altra cosa. Che tu non mollerai. Pure Tersilia ha gestito la locanda da sola, Bruno era impegnato in politica..."

"Sì, ma qui c'è un contratto. E io non sono Tersilia, e..."

Davanti alla locanda è parcheggiato un pick-up arancione, da cui salta fuori Valentina, in stivali e mantella.

"Buongiorno, Lucilla!" esclama con voce squillante, poi tira fuori uno scatolone dal bagagliaio. "Ti ho portato il miele."

"Ah, certo," balbetto, prendendo lo scatolone che mi mette tra le braccia.

Il peso mi fa sbilanciare in avanti, Libero lo afferra prima che cada.

"Com'era la storia dello sport?" mi chiede.

Credo che avrò bisogno di Nives e di uno dei suoi unguenti per il mal di schiena.

"Se mi firmi la bolla siamo a posto. Pagherai solo quello che vendi, non preoccuparti." Valentina mi porge un foglio su cui sono elencati i prodotti contenuti nello scatolone.

Non so che cosa fare.

"Perdonami se sono di corsa," m'incalza, "ho un'altra consegna."

"Oh, certo," rispondo, cercando un posto dove appoggiare il foglio per firmare o un modo per informarla di quello che è successo. Nel frattempo, il cassone del pick-up arancione metallizzato si è rivelato un appoggio perfetto e lei mi ha passato una penna.

Libero mi fa uno dei suoi occhiolini. Prima di firmare, lo fulmino.

Valentina mi ringrazia, riprendendosi il foglio.

Guardo i suoi abiti. "Pioveva, da te?"

"No, ma pioverà a breve."

Sembra una bella giornata di sole: soltanto sul mare, lontano, qualche nuvola.

"Me l'hanno detto le api," spiega lei. Poi ci guarda inclinando la testa. "Siete carini. Adesso scappo, scusatemi! Ci vediamo presto, se vi va. Lucilla, magari beviamo qualcosa insieme, prima che io parta!" urla dal finestrino, dopo aver già messo in moto. "O quando torno!"

Il pick-up arancione metallizzato scompare oltre la curva.

"Quindi, non te ne vai." Libero mi osserva eloquente. "Visto?"

"Non è questo, è che..."

"Non hai trovato il coraggio di dirlo a Valentina."

"Non è nemmeno questo, è che..."

"È che non sai cosa fare."

Sospiro. “Immagina di dover scegliere tra due cibi che non ti piacciono.”

“Magari poi scopri che ti piacciono entrambi, se li assaggi.”

“E il problema non cambia.”

“Problemi, problemi... Hai una visione problematica delle cose. Assaggia, e non ci pensare.”

“Senti, architetto pastore, non intendo dire che non mi piaccia qui. Anzi. A essere sincera ci si sta benissimo, o almeno bene, non male insomma...”

Sarei rimasta. Questo profumo nell’aria, la sensazione di leggerezza, cambiare prospettiva. E sì, assaggiare la vita, anziché rifletterci sopra finché l’istante da prendere al volo è passato. Ma al di là della burocrazia, delle difficoltà oggettive, della paura, al di là di tutto questo, ora c’è una ferita. Come faccio a rimanere qui dove mi è crollato il mondo in testa? Qui che, tra l’altro, non è neppure casa mia.

Anche se, a dire il vero, io una casa nemmeno ce l’ho più.

“Al telefono Enrico mi ha detto che la montagna non gli è mai piaciuta. Che lo assillavo con l’idea di un sogno insieme. Che lui non ne aveva nessuna voglia, non glien’è mai davvero importato. Insomma, era tutto nella mia testa. Ma se è stato lui a scegliere, a mostrarmi il bando! Mi sembra di diventare pazza. Non so più... Non ho più certezze. Volevo venire qui? Lo voleva lui? Perché sono qui?”

Ho parlato in fretta, incespicando nelle parole. Non so nemmeno perché l’ho fatto.

“Nessuno firma per un’esperienza del genere, se non lo vuole davvero. O non pensa di volerlo. La verità è che non sa come scaricarti: si sente in colpa, e così la ributta su di te. Le persone cominciano a odiarti proprio quando ti hanno fatto qualcosa di male.”

“Dici?”

“Non credo tu sia una che assilla la gente, una a cui manca la sensibilità di capire se stai imponendo qualcosa a qualcuno.

Credo piuttosto che lui si stia servendo di questo giochetto per pulirsi la coscienza. A nessuno va di essere il cattivo, nemmeno ai propri occhi."

"Ha detto che sono un'egoista. Che penso solo a me stessa."

Sento un lieve tremore, mentre lo ripeto. L'idea di trovarmi in una strada senza uscita.

"Ti conosco da poco, ma posso dire senza dubbio che sei un po' pigra e rinunciataria... Probabilmente avrai altri difetti. Molti, di sicuro."

"Molti?"

"Lasciami pensare. Mi pare che ti lamenti troppo, per esempio. E non sai camminare in salita, e scommetto nemmeno in discesa. Per non parlare del tuo accento, che suona davvero strano..."

"*Solo* questi difetti?"

"Non ho ancora avuto tempo di studiarti bene," ammette. "Ah, ecco, hai un'ironia discutibile..."

"Che però ti fa ridere."

"Perché sono discutibile pure io. E poi quel nome bizzarro."

"Sarà normale il tuo."

"Lo vedi? Discutibile. Insomma, hai parecchi difetti di cui vantarti, però, ecco, egoista non mi sembri. Anzi, proprio l'opposto, sai? Dovresti pensare un po' di più a te stessa. L'egoista è lui."

"E tu come lo sai?" sospiro.

"*Je le sais.*"

Ci sorridiamo.

Le sue parole forse non sono la verità, ma hanno avuto un effetto calmante. Il tremore è scomparso.

La vallata, oltre la strada, si colora via via che arriva il sole. Non ci avevo mai fatto caso, ma il sole è decisivo nel ridefinire i contorni. Qui, basta una diversa esposizione per ritrovarti in un altro mondo. Bosco o brughiera (si chiamerà brughiera?), verde o bruno, caldo o freddo.

"Non ti meritavi quest'attacco," continua Libero, guardando lontano davanti a sé, quasi come se non parlasse a nessuno in particolare. "Bisogna imparare a difendere il proprio spazio interiore."

"Che intendi?"

"Tracciare un cerchio dentro di noi," dice toccandosi il petto. "Non importa quanto grande. Ma niente di ciò che dicono o fanno gli altri deve penetrare in quel cerchio."

"E tu l'hai fatto?"

"Ogni giorno lo traccio daccapo." Quindi aggiunge in un sospiro: "Abbiamo il diritto di stare bene".

Stare bene.

"È che io non so nemmeno più chi sono," ammetto.

E forse è proprio questo il punto.

19.

"Lucilla, luce dei miei occhi!"

Questa volta non è il corno alpino di Eliseo a tirarmi giù dal letto, ma la sua voce baritonale.

L'orologio appeso al muro segna le cinque del mattino. Sono sveglia da ore, forse non ho mai davvero dormito, solo un po' di dormiveglia, girandomi e rigirandomi sotto le coperte, con la mente in modalità maratona: in cerca di una soluzione alla mia vita.

"Giù dal letto, forza!"

Capisco dal tono che non è un'emergenza, ma se Eliseo è sotto il mio balcone a quest'ora ci dev'essere un motivo. E ho paura di scoprire quale sia.

Mi avvicino alla finestra. Ha accostato la jeep verde bosco proprio davanti all'entrata della locanda ed è vestito con pantaloni e giacca mimetici.

Agita in aria il cappello per farmi segno di scendere.

"*A la sèira lion, a la matin plandron!*"

La sera leoni... Magàra, vorrei dirgli. Qui il felino ha altre dimensioni. Almeno quello che mi sono ritrovata in casa. (Non so nemmeno perché la chiamo casa.) Ho passato la notte con Clarin, che dev'essere entrato nella locanda da qualche pertugio e non ne ha più voluto sapere di uscire. Gli ho offerto del cibo, ma l'ha rifiutato. Cercava solo un letto. E voleva stare comodo. Una zampa sulla mia guancia, l'altra sul petto, la coda che mi solleticava il naso, le unghie che a tratti scattavano...

"Quindi, che cosa succede?" chiedo, una volta in strada.

Eliseo mi squadra con sospetto. "Sembri un bombice del gelso."

Sotto la coperta in cui mi sono avvoltolata, indosso ancora il pigiama.

"Forza, che facciamo tardi," insiste, come se avessimo avuto appuntamento.

È un vizio del luogo, evidentemente, dare per scontati gli appuntamenti. Qui ci si aspetta sempre di incontrarsi, e di avere qualcosa da fare insieme.

"Tardi per cosa?" domando, trattenendo uno sbadiglio.

Faccio davvero fatica a trovare un buon motivo per sentirmi in ritardo.

"Settembre è cominciato: dieci gradi di notte, diciotto di giorno. Il terreno è umido, ma non zuppo. Tiepido, ma non freddo. La pioggerella della settimana passata avrà dato frutto, ne sono certo. La chiave è nel giusto equilibrio tra sole, acqua e assenza di vento."

"La chiave di cosa?"

Alza un indice. "Indossi capi idrorepellenti?"

"Idro..."

"Traspiranti?"

"Be', quello lo spero..."

"Sei vestita a strati?"

"Intendi... sotto la coperta?"

Il suo sguardo si posa sulle mie pantofole, ma questo non lo ferma dalla domanda successiva: "Porti scarponi con gambale alto per proteggerti dalle vipere?".

"Dalle cosa?"

Deglutisco.

"Il bosco appartiene anche a loro, Lucilla. Sbrigati, vai a cambiarti. Abbiamo fretta. Sta per nascere il sole."

Non riesco a trovare una motivazione valida per rifiutarmi di fare come dice Eliseo né la forza di protestare, così mi trascino fino al piano di sopra, in cerca di qualche indumento più appropriato. (Appropriato per cosa?)

Prima di venire quassù sono stata in un outlet di articoli sportivi – da sola, perché Enrico aveva da fare – e ho vagato per i corridoi illuminati al neon in cerca dei tre o quattro acquisti irrinunciabili per un trasferimento in montagna. I capi dovevano essere scontatissimi, perché il mio budget era prossimo allo zero. Dopo i due anni di convivenza con Pierre non mi era rimasto niente: avevo dato fondo ai miei pochi risparmi per potermi permettere il suo stile di vita. Sono uscita dall'outlet con una maglia termica ultima generazione taglia XL e un pesante giaccone da uomo fine serie, taglia XS.

Li indosso e mi infilo le scarpe da ginnastica con un paio di calzini spessi, pregando di non incontrare vipere.

Da vicino l'abbigliamento mimetico di Eliseo mi incute un po' di soggezione. Eppure è contrario alla caccia, ne abbiamo parlato, dunque non può essere a caccia che stiamo andando, per fortuna.

Ma allora dove?

Sul sedile posteriore scorgo un enorme zaino dalla forma svasata e un cesto di vimini.

"La cesta è per te," commenta lui, mettendo in moto. "Il resto è tutto nel mio zaino: coltellino, bussola, torcia, fischietto... E ovviamente i bastoni."

Coltellino, fischietto, bastoni... La mia mente cerca inutilmente un nesso logico.

"Dimenticavo." Stacca una mano dal volante per frugare in un taschino. Mi allunga un foglio stampato. "Il tuo titolo per la raccolta."

"Il mio...?"

"Il titolo, per la raccolta."

"Titolo?"
"So che ci tieni alla burocrazia..."
"La burocrazia?"
Cosa c'entra la burocrazia col bosco?
"Dove pensi che stiamo andando?"
"Avevo la domanda sulla punta della lingua."
Lui scuote la testa. "Sul bando, però, hai barato!"
"Era Enrico che..." Mi blocco.

Troppa malinconia e troppo spaesamento per ripetere ancora una volta che sapeva tutto lui. Come ho fatto a metterci tanto a capire che sono io a dover sapere qualcosa, che posso contare solo su di me? Come ho fatto ad affidarmi completamente a qualcuno che conoscevo da appena sei mesi, in preda a romantiche illusioni? Il passato non mi aveva insegnato niente? Perché avevo continuato a credere di poter essere salvata?

Papà lo dice sempre: le persone non fanno molti errori, ma lo stesso molte volte. Mi sa che ho finito per impararlo, e nel modo sbagliato, ovviamente.

"Avvisteremo qualche animale?" chiedo a Eliseo, per strapparmi dai miei pensieri.

Magari camosci, cervi e caprioli dal manto magnifico. O il cinghiale, o il lupo? Come dimenticare il lupo! Non c'è giorno in cui qualcuno non me lo ricordi (insieme alla legna).

"Potrebbe capitare di vedere qualche animale, certo," risponde lui, accelerando dopo una curva.

"Cioè, potrebbe succedere che incontriamo il lupo?"

Mi gelo.

"Lucilla, gli animali sono liberi di muoversi come gli pare. Quindi, sì, potrebbe succedere. In ogni caso, noi non ci faremo distrarre, rimarremo concentrati sull'obiettivo."

"Che devo fare se incontro un lupo?"

"Non ci pensare, fa tutto lui."

Non è rassicurante, ma è inutile dirglielo.

Siamo arrivati. Eliseo si infila in una piazzola ai margini del bosco. Dopo aver parcheggiato, mi fa cenno di scendere nell'umidità dell'alba. Metto i piedi a terra con un lieve capogiro, non so se per i tornanti, l'altitudine o la confusione mentale. Più probabilmente, una combinazione delle tre.

Il cielo sta iniziando a rischiararsi, ma lui accende comunque la torcia.

"Seguimi!" Un sorriso compiaciuto si fa strada attraverso la sua barba da vichingo.

"Ora siamo ancora un po' bassi, ma si sale in fretta. Guarda com'è ripido," sbuffa mettendo in moto il suo corpaccione. "Posti da capre."

Stiamo praticamente scalando un terreno viscido e impervio, senza l'ombra di un sentiero. Ciuffi di vegetazione offrono ancoraggi incerti, ai quali non manco di aggrapparmi per non rischiare di cadere all'indietro. L'attività fisica mi fa sudare, il dolore al ginocchio torna a farsi sentire, ma non posso fermarmi e perdere il ritmo o, peggio ancora, perdere Eliseo, che procede spedito aiutandosi con il bastone.

"Pensavi di andare nel campo a cogliere gambe secche?" borbotta divertito, quando mi lamento per la fatica.

Che ha detto? Gambe secche?

Facendosi luce con la torcia, Eliseo fruga alla base degli alberi, sotto i licheni, nelle macchie d'ombra.

"Io non seguo certo le tabelle su internet aggiornate in tempo reale," spiega. "Ancora un po' e ti localizzano i funghi uno per uno. Peccato che poi loro non si facciano trovare. Si mimetizzano, cosa ti credi. Si scelgono i loro raccoglitori."

I funghi!

Come ho fatto a non arrivarci?

"Porcini. Ne avrai bisogno per il ristorante. *Chili* di porcini."

"Chili?"

"Li surgeli, li metti sott'olio, li fai seccare... Dovranno durarti tutta la stagione."

Non ho mai cucinato un porcino in vita mia. Né li ho mai surgelati, messi sott'olio o fatti essiccare. Ma non posso certo dirgli che non so cucinare. Che è anche per questo che mi giro e mi rigiro nel letto, di notte.

Sono due settimane che mi tormento, cercando di prendere una decisione.

Mi piacerebbe rimanere, è innegabile, e significherebbe non deludere chi mi ha accolto qui. Eppure, forse è meglio partire adesso per non deluderli più avanti, se dovessi essere costretta a mollare. Peccato che significherebbe fargli perdere l'occasione di riaprire la locanda per un bel po' di tempo. E dover rendere l'anticipo che non ho più, insieme alla penale.

Rimanere, d'altra parte, implica venir meno a una clausola del contratto, quella che prevede una coppia a gestire la locanda. Agli abitanti del luogo non interessa, ma alla Regione sicuramente sì. Significa rischiare una sanzione per violazione del regolamento. Se non dover fare le valigie da un momento all'altro.

Così, eccomi tornata al punto di partenza. Quando mi sembra di aver trovato la forza di partire, mi viene in mente una buona ragione per restare. E quando mi decido a restare, sento l'impulso di fuggire. La pioggia rallenta la decisione. L'idea di non avere un'alternativa, pure.

Nel frattempo, l'apertura dell'alimentari è vicina. Le temperature si sono abbassate, è perfino iniziata la stagione dei funghi, a quanto pare.

"Qui è il paradiso dei porcini. Io ho i miei luoghi, so i nascondigli. Conosco questi boschi come le mie tasche. Anzi meglio, perché io sono di quelli che si ficcano cose in tasca a manciate, non si sa mai di cosa puoi aver bisogno quassù."

"Monete per i parcheggi?"

Eliseo ride. "Erano i boschi dei partigiani questi, sai? Tra loro c'era anche Bruno."

"Il marito di Tersilia?" chiedo con l'affanno, per dimostrare che lo so.

"Certo, Bruno e Tersilia. Chi altri?"

Ma la luce della torcia ha illuminato qualcosa celato dal fogliame, così Eliseo si distrae. Il fungo ha una forma tondeggiante e rifinita.

"Guarda, guarda," esulta. "Cosa ti avevo detto?!"

Scava intorno alla radice, estrae il porcino con delicatezza.

È talmente grande che gli ci vogliono tutte e due le mani per tenerlo. Bello e perfetto, quasi commovente.

"Mezzo chilo, almeno," commenta trionfante. "Ottimo. Quando si parte bene si finisce meglio. Sarà una buona annata, te lo metto per iscritto."

Sto dietro a Eliseo per quello che mi pare un tempo infinito.

"Ma che ore sono?" gli domando a un certo punto.

"Lascia perdere l'ora. Quassù ti basta sapere la stagione."

Superata la pendenza iniziale la salita si fa più dolce, e all'improvviso il miracolo: il bosco ci regala un'infinità di porcini, ce ne sono così tanti da non saper dove guardare! Sembra di essere in una delle fiabe di mio padre.

Scovarli è un gioco in cui torno un po' bambina, e il piacere della scoperta mi dà un certo batticuore, prima di rendermene conto sto già correndo di qua e di là, dimentica di tutto.

Imparo a raccoglierli senza rovinarli, a scartare quelli con le lumache ("Quelli sono del bosco"), a pulirli e adagiarli nella cesta.

Non serve più la torcia, il sole è alto, non saprei dire quanto tempo sia passato da quando siamo arrivati, non ci penso neanche più, sono pienamente dedita a quest'operazione, macché operazione, a questa magia!, non penso a nient'altro. Finché non alzo gli occhi per annunciare che la mia cesta straripa, e mi accorgo che Eliseo ha tirato fuori la bussola.

La consulta camminando in cerchio e parlottando tra sé e sé. Alza la testa, annusa l'aria.

"Ci siamo persi?"

La parte del bosco in cui ci troviamo è particolarmente fitta di larici antichi, tanto che la luce del giorno trapela a fatica. Il cielo si è annuvolato e l'aria si è fatta fredda all'improvviso.

"Perdere la bussola, ogni tanto, è la ventunesima regola della felicità."

L'ombra, intorno, mi fa venire i brividi. Sembra un altro bosco, un'altra stagione, un'altra montagna. Inizio a temere l'incontro con qualche animale feroce. Un cinghiale, un'aquila reale (si avventurano tra gli alberi?), il lupo.

"E poi come si ritrova la strada?"

Eliseo continua a fissare i punti cardinali oscillanti sulla bussola come se potessero magicamente mettersi a parlare. "Non la si *ritrova*. La si *trova*."

La strada può essere nuova, giusto. Mai percorsa prima.

"Ma come trovarla?"

Eliseo si lecca l'indice e lo alza sopra la testa. Rimane in attesa. Infine, indica una direzione con il braccio teso e riprende il cammino.

"Semplicemente, mettendo un piede davanti all'altro."

Gli vado dietro, adesso in discesa. Anche questa volta, senza seguire alcun sentiero. Trotterella davanti a me appoggiandosi al bastone per non perdere il baricentro, il passo adesso è sicuro. Cerco di imitare la sua andatura. Di distribuire bene il peso. Di affidarmi.

Sembra sempre tutto semplice, con lui. Mettere un piede davanti all'altro. Trovare la strada anche senza sentiero. Solo con l'aiuto di una bussola. Oppure nemmeno, perché no? Perdere la bussola è una regola della felicità. Forse perché ci costringe a fidarci dell'istinto? A mettere da parte le antiche certezze? A smetterla di analizzare?

Penso al bosco in cui siamo immersi, anche qui tutto è semplice. I porcini tra le foglie, le lumache che li mangiano o li risparmiano, la pioggia e il sole, un ecosistema che funziona senza bisogno del pensiero. O di chissà quali decisioni.

Avanzo assecondando il terreno irregolare e scivoloso, e a un tratto mi ricordo di respirare. L'odore del muschio e del terreno umido, il canto di qualche uccello, la luce che penetra attraverso le canopie (ormai questa la so).

Continuo a camminare senza perdere di vista lo zaino della mia guida, che mi precede ignara dei pensieri che mi si agitano dentro.

Ho già fatto molti passi, a pensarci. Ho preso contatto con i fornitori, firmato i primi ordini, sistemato la cassa, ridipinto l'insegna... Certo, non è una sfida da poco. Non ho mai gestito un alimentari né un bar ristorante, né ho mai lavorato in un albergo, fatto la legna o il pane.

E non ho mai vissuto così isolata. Non ho mai vissuto da sola, in verità.

Ma non aver fatto tutte queste cose non significa che io non possa iniziare a farle, giusto? Altrimenti nessuno avrebbe mai cominciato nulla, nel mondo. Sono i principianti che inventano le meraviglie.

Forse non devo riflettere, non serve trovare una logica, solo seguire l'istinto. Anche quando non si vede il sentiero.

"Arrivati!" esclama Eliseo, poco avanti a me.

Finalmente, tra gli alberi si intravedono lo spiazzo dove abbiamo parcheggiato e la sagoma della jeep.

"Settantasettesima regola della felicità: ritrovare la macchina. Soprattutto in montagna!"

Ride sfregandosi le mani, poi apre il bagagliaio.

"E raccogliere tutti questi funghi," aggiungo io, mentre infila dentro lo zaino e mi fa cenno di passargli la cesta. I chili di porcini se ne stanno lì a testimoniare che abbiamo fatto qualcosa, che siamo persone un po' diverse da stamattina. Eliseo si lascia scappare uno sbuffo compiaciuto e parte sgommando.

"Felice di tornare a casa?"

"Felice," ripeto, e mi scappa un sorriso.

Perché non saprei dire quando, esattamente, ma ho deciso.

Me ne sono sempre andata, questa volta resto.

Autunno

20.

Non sono ancora le sei, ma sono già in piedi. Ho dormito poco o niente, stanotte, per il senso di anticipazione e l'ansia.

Ho pensato a tutto, giusto? O mi è sfuggito qualche dettaglio fondamentale? Non è saltata la luce, vero? Altrimenti perderei le provviste stipate nel frigo e nel congelatore! Sulla cassa mi è tutto chiaro? Ho appeso i cartellini con il prezzo ai vasetti di composta di frutta arrivati all'ultimo momento o sono rimasti sul banco?

Sono passati in molti, nei giorni scorsi, a chiedermi quando avrei aperto.

Certo, molti in senso relativo. Qui sì che la matematica è un'opinione. Matematica d'alta quota.

Siamo sempre in sedici, in paese, a parte i turisti e i proprietari delle seconde case, che ho iniziato a conoscere di recente. Alcuni ricordano ancora Tersilia, la *sua* locanda.

Mi domandano quando riaprirò anche la parte del bar ristorante, se anch'io cucinerò i sügeli. Assicuro a tutti che sarà pronta per Natale, mentre dentro di me mi sento un puzzle di mille pezzi impossibile da ricomporre. Non sono una cuoca, non sono una barista, non sono un'albergatrice...

Potrei scrivere una lista lunga un metro delle cose che non sono, ma in fondo, mi dico, che importa? Qualcosa sarò pure, e questo potrebbe essere il posto giusto per scoprirlo. (Se non altro, ci sono talmente tante cose da fare che per forza scoprirò di saperne fare qualcuna.)

Per il momento archivio la questione, non ho scelta: devo concentrarmi sull'alimentari.

Oggi è il giorno di apertura e io sono pronta (cioè, abbastanza pronta). È già un traguardo. Cerco di pensare solo a questo.

Doccia calda, vestiti puliti e doppio golf, perché qui dentro si gela, una sniffata dell'olio essenziale che mi ha regalato Nives per calmare i nervi, e sono di sotto.

Dispongo a capanna i ciocchi di legno nella stufa. Ho ancora quelli che mi ha regalato Eliseo. Nel centro arrotolo un cono di carta con all'interno due cucchiaini di zucchero e qualche goccia di olio, come mi ha insegnato lui. Il fuoco prende alla prima. Mi riempio i polmoni del suo profumo, regolo la presa d'aria e resto a controllarlo per un po'. Mi trasmette pace e al contempo voglia di muovermi, quasi di ballare. Mi piacciono le cose che ti spingono da una parte e dall'altra. Mi tengono viva!

È arrivato il momento. Apro solennemente le porte della stanza adibita ad alimentari e la osservo con un pizzico d'orgoglio. Piccola, ma ordinata. Rischiarata dalla luce che inizia a filtrare dalla finestra. Ceste di mele rosse e ortaggi colorati. La vetrina frigo così vecchia da sembrare d'epoca.

La mano di bianco alle pareti è stata facile. L'ho data insieme a Libero una settimana fa.

Si è presentato senza avvertire una tarda mattinata, con un rullo dal manico allungabile, pennelli di svariate dimensioni, un secchio di vernice e due birre. Il sole ci avrebbe allietato per due giorni, ha detto. E chi eravamo noi per snobbarlo? Mi ha fatto indossare una sua vecchia tuta e messo in mano il rullo. Cantava canzoni d'amore, mentre lavoravamo.

"L'amore è una vera tragedia," ho commentato io a un certo punto, scendendo dalla scala.

E ci credevo – ci credo – davvero. Quante storie d'amore finiscono bene? Ben poche, bisogna ammetterlo. In ogni caso, tutte finiscono. Quando cominciano.

"Opera lirica docet," ho specificato.

"Ci si può fare parecchio male a vicenda, sì," ha sospirato lui, pulendo un pennello con la carta di giornale.

"Ma insomma, neanche la solitudine è tanto allegra," ho aggiunto.

"Tu sembri piuttosto allegra, nonostante tutto."

"Oh, non lo faccio apposta."

Libero scuote la testa divertito.

"All'inizio la solitudine è drammatica," conviene, "ma dopo un po' diventa piacevole. Ecco come la vedo io. In fondo, è la vera libertà. L'uomo è felice solo quando è libero."

"Ma tu che ti chiami Libero sei sposato!"

"Ah, già..." Ed è scoppiato a ridere.

Stava ridendo di sua moglie?

Questo fatto mi ha lasciato contrariata per tutto il giorno. Come se avessi trovato una mosca in una zuppa che cominciava a piacermi.

Ma la mattina successiva la stanza risplendeva e io gli ero grata, a Libero, nonostante tutto.

Era un marito che rideva della moglie, forse, e rideva anche di me, di sicuro, ma era anche un amico che nel momento del bisogno si era fatto vivo senza nemmeno essere stato chiamato. E poi era simpatico, a suo modo, certo (e con lui non lo avrei mai ammesso).

Era tutto una contraddizione, ecco. (Come il fuoco, per dire.) Era difficile da inquadrare, ma avevo il tempo e l'agio di provarci. Non pretendeva niente da me. Non c'era la solita fretta di arrivare da qualche parte. Qui i rapporti si vivono in un tempo diverso. Sempiterno, possiamo dire.

In fondo, se il luogo è circoscritto e il tempo quello delle stagioni, che senso ha affannarsi o affrettarsi?

Osservandolo di nascosto, mentre dipingeva, in alcuni momenti l'ho trovato attraente. Non so se fosse per la concentrazione e la cura che metteva in quell'azione così semplice, che si sarebbe potuta fare a occhi chiusi, quasi, senza riguardo, oppure per il suo profilo classico, che ricordava tempi antichi. Più antichi ancora della barba da vichingo di Eliseo. Dava l'idea di qualcuno a cui potersi aggrappare, che rimane ancorato, nonostante tutto, e non si lascerà trascinare via dalla corrente.

Ho imparato perfino ad apprezzare le sue camicie e i suoi cappellini stinti, e il vezzo che ha di grattarsi l'orecchio quando sta per dire qualcosa, o la tendenza ad avvicinare l'angolo della bocca all'occhio quando è perplesso, una smorfia buffa.

Poi se ne viene fuori con una battuta insopportabile o il solito occhiolino, e torna il Libero che ho conosciuto all'alpeggio. Uno che forse non sta così bene con sé stesso, ma cerca in tutti i modi di dirsi che va bene così.

Il giorno dopo ha fissato al muro gli espositori di legno che ha costruito Eliseo, dove poi ho disposto la merce. (Due volte: la prima ordinatamente, la seconda in modo confuso e grazioso.)

Faccio un rapido giro dentro la stanza dell'alimentari, adesso, per un ultimo controllo.

Il freezer ronza come una vespa impazzita: funziona. Inserisco una mano nella vetrina frigo: gelida. Ne approfitto per ridisporre gli yogurt, i formaggi e le bottiglie di latte fresco con un tocco di sprezzatura (qualcosa ho imparato anche dalle vicende finite male).

Scorro con gli occhi i prodotti sugli scaffali. I pacchi di biscotti, i vasi con le caramelle, le composte di frutta (il prezzo lo avevo messo!), le confetture, le salse piccanti, la frutta in liquore (procurata su ordine di Eliseo), i cereali per la colazione, i legumi, il miele di Valentina, il riso e la pasta, i sughi pronti, i detersivi e gli essenziali per la pulizia della casa, le pile, i rasoi, le creme e diverse varietà di burro di cacao (quello al karité l'ho evitato perché mi ricordava il kitesurf), i barattoli con la giardiniera di verdure, i peperoni in agrodolce, il pinzimonio sott'olio, i pomodori secchi, le barrette di cioccolato, la frutta e la verdura di stagione. C'è tutto, o almeno una mia idea del tutto (che cosa comprano i clienti quassù?).

Com'era? Qualsiasi catapecchia può trasformarsi in un castello, con un po' del famoso olio di gomito. (Prodotto che non si vende, come tutto ciò che davvero serve.) E va be', questo non sarà proprio un castello ma è pur sempre una stanza accogliente. Molto accogliente.

E io sarò utile alla comunità. Come l'ape nell'alveare.

Me lo merito: sei più più. La mia vita inizia ad avere senso.

Non devo aspettare molto perché si affacci qualcuno.

La prima è Nives, che sta per scendere a valle. Chiude le mani a conchiglia e soffia verso la stanza. "Un po' di magia e di buona sorte!" sussurra. "Più tardi passo a fare la spesa."

Subito dopo arriva Eliseo per brindare con il suo liquore alla genziana, un sorso glielo devo, mi assicura che è di buon auspicio. L'orario non importa, siamo entrambi svegli da tempo, è quasi l'ora dell'aperitivo, per noi montanari. Ha un modo buffo di muoversi per la locanda, come se fosse sua. Forse sente suo tutto ciò che è di questo paese, suo non come una proprietà da custodire gelosamente, piuttosto come qualcosa di cui sentirsi responsabile.

Qualche escursionista vorrebbe i panini per il pranzo, il pane ancora non ho iniziato a farlo, spiego mortificata (mi segno mentalmente di darmi una mossa), risolviamo con formaggi e salumi e una confezione di lingue di suocera al rosmarino.

Torneranno per assaggiare il mio pane cotto nel forno a legna, mi assicurano (e io sottolineo due volte *darmi una mossa* nel mio schema mentale).

C'è chi viene per comprare il latte e le uova (quello è facile), chi per curiosare senza comprare niente (spero non siano usciti carichi di critiche).

Intorno alle dieci, però, il flusso si arresta. Dopo aver pulito minuziosamente il banco e riordinato gli scaffali, passo due ore in contemplazione del mio piccolo regno. Non me la sento di mettermi a fare altro nella stanza accanto. Almeno, non il primo giorno.

È una mattina soleggiata, la gente ne starà approfittando. E io, chiusa qui dentro, ho già iniziato a sentirmi inutile.

Devo trovare il modo di intrattenermi, ma serve qualcosa di discreto... Certo!

Attacco un biglietto alla porta: TORNO SUBITO. E dopo cinque minuti sono di nuovo qui.

Peccato che io mi trovi davanti qualcuno. L'ultima persona che mi aspettavo al mondo (di sicuro, l'ultima che speravo).

21.

“Partiamo male, glielo devo dire.” La dottoressa Parodi fa una pausa per sottolineare il concetto. “Per carità, un’urgenza in bagno non si nega a nessuno, però insomma, il primo giorno, almeno il suo compagno avrebbe potuto darle il cambio.”

“Oh, be’, sì, ha ragione,” balbetto cercando di nascondere l’uncinetto e il gomitolo di lana nella tasca del grembiule.

Il che è un po’ difficile, dato che mi serve anche una mano libera per aprire la porta.

Mi destreggio come riesco, mentre la mia mente va a mille.

Sta di certo per chiedermi dov’è Enrico. Non che non abbia provato a prepararmi una risposta, sono giorni che ne cerco una convincente. Enrico è alle poste, è stato richiamato sotto le armi, è andato a donare il sangue... Non ho ancora trovato quella giusta. Dev’essere inaspettata ma non troppo bizzarra, e soprattutto: inattaccabile.

Quando ho chiesto aiuto in giro ho ricevuto solo pacche sulle spalle e sorrisi, tutti a dire di non preoccuparmi, che sarà mai... E sarà che ora la Parodi è qui e io non so che cosa inventarmi. Sapevo che sarebbe venuta, ma non immaginavo proprio il primo giorno. Pensandoci meglio, avrei dovuto aspettarmelo.

Dirò semplicemente che è sceso a valle. Tra l’altro, è quasi la verità. In realtà, è *rimasto* a valle. Ma sono dettagli semantici. E se mi chiedesse il perché? Per un problema familiare? O è da qualche fornitore? Forse suonerebbe più professionale, ma il problema familiare è più vicino alla verità. Il problema familiare è che non voleva una famiglia con me.

La dottoressa Parodi fa un giro della stanza con piglio deciso. Domande a ripetizione. C'è affluenza? (Ho appena aperto!) Come vanno gli orari? (Quali orari?) Ce la facciamo, in due, a sostenere il carico di lavoro? (L'ha detto apposta, vero?)

E io che cosa faccio: continuo a fingere?

Ma poi si avvicina con improvviso entusiasmo a uno scaffale. "Queste le compro per mio figlio, adora le pastiglie alla fragola. Non si trovano in giro. Gliele darò quando esce da jujitsu, stasera, un souvenir dalla montagna!"

Ha dovuto licenziare la baby-sitter, mi spiega, continuando a frugare tra i prodotti sugli scaffali, perché ha scoperto che aveva un altro lavoro, che conduceva contemporaneamente. Quale lavoro?

L'ha detto, ma me lo sono perso, intenta come sono a sperare che la mia tachicardia non si trasmetta all'esterno, come una voce fuori onda per un errore di sistema.

Lei l'ha messa in regola, ci tiene alle regole, le regole sono importanti, senza regole le società crollano, ma la baby-sitter saltava il lavoro in regola per tenere altri bambini in nero, pensa te. Ci posso credere?

Se riuscissi a concentrarmi sulle sue parole, magari sì.

Ha curiosato in modo all'apparenza svagato mentre parlava, ma alla fine tira fuori un foglio dalla sua cartellina e comincia a prendere appunti.

"Be', dai, avete fatto un buon lavoro, se penso a quando siamo entrate qui dentro la prima volta, ecco, tutto avrei pensato fuorché questo apprezzabile risultato... Anche se mi ero ben guardata dal dirlo, per non scoraggiarvi, il mio compito è sostenervi."

"Ci sentiamo già a casa," dico affrettandomi ad assecondare il suo slancio inaspettato.

"Si vede, si vede. Vi siete dati da fare... Su questo fronte, almeno. Non so il resto," fa un risolino e lancia un'occhiata al mio ventre coperto dal tascone del grembiule, "non sono affari miei, quello no." Secondo risolino.

Abbozzo in silenzio, mentre lei mi dà le spalle per rovistare ancora tra gli scaffali. Ma che cerca?

"Questi cereali stanno per scadere."

Mi slancio verso di lei per prendere in mano la confezione. "Li ho appena ricevuti."

Non ho letto la data di scadenza prima di metterli sullo scaffale! Controllo tutte le altre confezioni, tentando di non far emergere il panico. Hanno poco meno di un mese di vita.

Lei scuote la testa. "L'inesperienza può essere un problema. I fornitori si approfittano dei novizi, state più attenti." Controlla i suoi appunti e solleva un sopracciglio. "Leggo però che il suo compagno ha lavorato in un supermercato per due anni e..."

Ora mi chiede di parlargli.

"I fornitori si approfittano anche degli ingenui," sentenzia.

Ci ha declassati da novizi a ingenui, ma che ci declassi pure a sprovveduti, purché non mi chieda di Enrico.

Vedo che ha un'altra domanda sulla punta della lingua. "Il registro di cassa, se posso?"

Glielo mostro con trasporto, a ogni domanda che non riguarda Enrico non so se tirare un sospiro di sollievo o tremare per l'ennesimo rinvio del patibolo.

Ho deciso: le dirò che è a fare legna. In un bosco lontano, il cellulare non prende, ci rimane ore, nel bosco, a segare, è un lavoraccio, anche tutta la giornata, ma si sa, qui è essenziale fare scorta di legna, possono confermarglielo tutti i paesani, chieda pure...

"Come siamo messi con i lavori di ristrutturazione?" mi domanda, senza staccare lo sguardo dal registro.

"Bene, no?" faccio guardandomi in giro.

Annuisce. "Per ora. E con la parte ristorante?"

"Benissimo," mento.

"Si ricorda le scadenze? Sono inderogabili, arriveranno i controlli ufficiali. Entro il 21 dicembre dovrete aprire la parte bar ristorante. L'accordo prevede che rimanga aperta tutti i giorni pranzo e cena durante le vacanze di Natale e di Pasqua, tutti i weekend fuori stagione, e ogni giorno dal 15 giugno al 15 settembre, che qui è alta stagione. Alta, per gli standard del luogo," aggiunge con un mezzo sorriso. Poi controlla di nuovo i suoi fogli. "Le quattro stanze, invece, dovranno aprire i battenti per Pasqua."

"Sì, sì, lo ricordo," rispondo prontamente.

Alimentari, bar ristorante, alloggi, sarò l'unica persona al mondo che riuscirà a farsi venire un esaurimento nervoso in un grazioso paesino a milleduecento metri d'altitudine su una montagna incontaminata?

"Mi riservi un tavolo per il 21 dicembre," annuncia. "Verrò con mio marito e mio figlio. Desidero contribuire alla causa."

"Ah, va b-bene..."

Se sapesse che non riesco neppure a cuocere un uovo sodo! Dovrebbe essere un procedimento scientifico, eppure una volta sgusciato (sempre che riesca a sgusciarlo) sembra la luna, pieno di crateri, e il tuorlo è farinoso o troppo liquido. Certo, qui non mangiano l'uovo sodo, ma qualcosa dovrò inventarmi e...

"E ora... il signor Enrico?"

"Sì, Enrico," ripeto, senza sapere bene cosa aggiungere.

"Ho bisogno delle vostre firme."

"Vuole lasciarmi il foglio? Glielo faccio firmare non appena torna, è andato a tagliare la legna."

"Non si preoccupi, lo aspetterò. Non ho così fretta, oggi

con mio figlio c'è il papà. Quando c'è, ne approfitto. Sa, è di quelli che lavorano... Pensi lei... Come se io pettinassi bambole. Eh, ma si sa, anche il maschio più intelligente fa comunque parte di un genere sciocco, se mi consente." Si gode un'altra risatina. "Aspetterò il signor Enrico, ho bisogno della sua firma... E mi piacerebbe vederlo, *vis-à-vis*, se mi consente."

"Certo, di persona. Be', tornerà. Tornerà, prima o poi."

Cala un silenzio imbarazzante. Un conto è immaginare una bugia, un conto è dirla, un conto ancora pagarne le conseguenze. Potrei fare finta di andare a chiamarlo e di scoprire che ha avuto un contrattempo, non tornerà fino a domani e... Sì, mi sembra la cosa migliore. In fondo, lei non sa nulla, come potrebbe sospettare che non si è mai presentato? Chi potrebbe immaginare una vigliaccheria simile?

O forse sospetta? In ogni caso, non ho altra scelta. Afferro il telefono e sono già sulla soglia, quando mi imbatto in Libero.

"Buongiorno," esclama radioso, alla dottoressa Parodi, non a me.

Lei gli lancia un'occhiata di apprezzamento neanche troppo camuffata. "Buongiorno."

Libero indossa uno dei suoi vecchi cappellini da baseball calcato sulla fronte, la camicia con uno sbrego sotto un'ascella e i jeans sporchi di vernice, ma è come se lo vedessi per la prima volta. Ha un'aria sicura di sé. Sicura e serena.

La Parodi gli si è già avvicinata e gli sta stringendo la mano.

"Lei dev'essere il signor Fontana... Posso chiamarla Enrico?"

"Certamente," risponde lui senza esitazioni, e mi fa un occhiolino.

Quanto mi irriterebbe quell'occhiolino, se non mi stesse salvando!

Ho un piccolo brivido quando mi passa un braccio intorno alla vita, be', è da un po' che un uomo non mi stringe, ma non è questo che voglio. No di certo, senza dubbio. Men che mai. Meno, meno...

Faccio un largo sorriso alla dottoressa Parodi, poi mi giro verso di lui.

"Amore," mi sforzo di dirgli, accarezzandogli una guancia. "Sei tornato appena in tempo."

Be', forse di accarezzargli la guancia avrei potuto fare a meno.

"Ormai siamo così affiatati che non c'è neanche bisogno di chiamarmi... Ci parliamo col pensiero!"

Sta esagerando. D'altronde non posso che rendere grazie per il fatto che si sia materializzato proprio adesso e sia pure disposto a mettere su questo teatrino.

La Parodi ci osserva sorridendo, sembra convinta, ma poi prende a scrivere sul suo foglio, qualcosa non le torna? Mi stringo a Libero e gli lancio un'occhiata adorante. (O è un passo falso, vista l'ironia della Parodi sugli uomini? Decido di lasciar perdere l'adorazione.)

"Come le dicevo, è Enrico che si occuperà dei lavori di ristrutturazione. Potresti spiegare alla dottoressa cosa farai?"

"Guardi," fa lui, e inizia a parlare di piantine, capitolati, rilievi tecnici e altre minuziosità, come solo un architetto potrebbe fare.

Grazie al cielo *è* un architetto! Anche se in veste di pastore è più simpatico.

La Parodi lo ascolta ammirata, tutto quel gergo tecnico sembra tranquillizzarla, quindi ci fa mettere una firma in calce al suo registro.

"Bene, deduco una certa professionalità, non credevo, anzi sì, dato che vi ho, cioè vi abbiamo, selezionato tra tanti. Bene, bene, sono felice della mia, cioè della nostra, scelta."

"Esame superato?" domando allegra.

"Il mio sì."

"Perché, quale altro..."

"D'ora in poi aspettatevi anche il controllo degli ispettori regionali, verrano senza avvertire. E sono molto scrupolosi, visti i precedenti."

"Quali precedenti?"

"In altri bandi è capitato che chi aveva perso abbia poi fatto ricorso. Per questo gli ispettori sono diventati molto fiscali con i vincitori: non vogliono grane. Ma sono certa che non avete nulla da temere."

Prima di andare si sente in dovere di fare un'ultima raccomandazione: "Datevi il turno se dovete andare in bagno, il cartello TORNO SUBITO è proprio bruttino. E cercate di godervi il calore del focolare, durante il lungo inverno... Sappiate che la primavera arriva, prima o poi, non temete, e arriveranno anche facce nuove. L'amore resiste a tutto, ma la solitudine in montagna, insomma, si sa... Comunque, io tornerò il 21 dicembre, un tavolo per tre, siamo intesi...".

Libero mi mette di nuovo un braccio intorno alla vita. "La aspettiamo."

La dottoressa Parodi è uscita già da un po', ma il braccio di Libero è rimasto dov'era. Nel sentire la macchina mettersi in moto e correre via, mi abbandono alla sua presa. Questa volta l'ho scampata, ma la prossima? Quando verrà la Commissione, che cosa m'inventerò?

Libero si gira verso di me: scopro che ha un minuscolo neo appena sotto l'occhio sinistro. Faccio un passo indietro, tutta questa vicinanza...

"In realtà, ero venuto per augurarti in bocca al lupo."

"Con i lupi non ho un buon rapporto, ma potresti venire ad augurarmi in bocca al lupo ogni giorno? Sai, nel caso la Commissione..."

Lui sorride. "Sta' tranquilla, per un po' non verrà nessuno, secondo me."

"Ma lei ha detto..."

"Dovevi aprire l'alimentari, e l'hai fatto, giusto?"

"Sì, ma..."
"Te la stai cavando benissimo." Indica la tasca del grembiule da cui sbucano l'uncinetto e il gomitolo di lana blu. "E hai pure del tempo libero, vedo."
Non riesce proprio a prendermi sul serio.
"Cos'hai in mente di creare?"
"Pensavo una sciarpa. Quanto può essere difficile?"
"Molto, a occhio e croce. O dovrei dire a punto croce?"
Oh. Mio. Dio. Ma perché?
"In ogni caso: io credo in te."
"Questo sì che mi rassicura."
"Scappo."
Ma non si sposta di un passo, rimane a scrutarmi, forse sul punto di aggiungere qualcosa. Infine scrolla la testa come per riscuotersi da qualche fantasticheria.
"Ci vediamo alla festa!" esclama uscendo.

22.

Avevo comprato l'uncinetto per questa "nuova avventura in montagna", immaginandomi lavorare davanti al camino acceso nelle sere invernali, vicino a Enrico, con fuori la neve e il sibilo del vento. E invece eccomi qua sola, dietro la cassa, ferma al nodo scorsoio iniziale.

Come si fa un nodo scorsoio? Non sono mica un marinaio.

Ma la porta si è aperta, ed è entrato un uomo con una giacca a vento bianca bordata di rosso e un cappello con paraorecchie verde acido.

Il gomitolo mi cade dalle mani e rotola verso il centro della stanza.

Nel vedermi armeggiare con la lana, l'uomo fa una specie di sorriso, non si può dire che stia proprio sorridendo, piuttosto un lampo di luce ha rischiarato i suoi occhi dal taglio orientale.

"Buongiorno, arigatò," dico.

Cosa diavolo c'entra, arigatò! Vuol dire "grazie"!

Lui fa un piccolo inchino con la testa. Lo imito, sperando di rimediare alla mia goffaggine.

Se non altro, non è la Commissione regionale. (Almeno non credo.)

Forse è un monaco o un dissidente o...

Lo sguardo dell'uomo indugia con grazia sul bancone tra noi, mentre tira fuori qualcosa dalla tasca. È una specie di piccolo smartphone, su cui si mette a digitare. Le sue dita si muovono veloci ed eleganti. Una volta finito, lo posa davanti a me:

草臥て / 宿かる比や / 藤の花

Subito sotto, compare:

Stanco / entrando in una locanda / fiori di glicine.

"Oh," commento per lo stupore.

È un rebus? Non sono mai stata brava in queste cose. *Stanco. Entrando in una locanda*. La locanda non è ancora del tutto aperta, potrei spiegare, ma penso che lo veda con i suoi occhi. E il glicine non fioriva in primavera? Ma forse non è il caso di sottilizzare.

Stanco, entrando in una locanda, fiori di glicine.

Mi piace, in ogni caso. È una bella immagine, con un suo ritmo interno, tocca corde emotive.

Sorrido cercando di comunicargli tutto questo con gli occhi, mentre ci fissiamo senza dire niente. Ha uno sguardo quasi solenne, ma allo stesso tempo mi fa sentire accolta. Come se fossi io in casa sua e lui fosse felice della visita.

D'improvviso riprende a digitare.

綿棒はありますか？
Hai i cotton fioc?

"I cotton fioc?" esclamo come svegliandomi da un sogno. "Certo, da qualche parte..."

Raggiungo la parete interessata solo per rendermi conto che mi serve una scala, perché sono sullo scaffale più alto.

Cotton fioc, non li chiederanno in molti, giusto?, mi ero detta. Ed ecco che servono al primo giorno. Ho proprio la stoffa della bottegaia, mi rimprovero, accorgendomi, peraltro, che la scala non è dove l'avevo lasciata. Libero deve averla portata in magazzino.

Afferro lo sgabello vicino alla finestra e salgo su quello. L'intuito, la destrez... Anche in punta di piedi sullo sgabello, non ci arrivo.

L'uomo mi fa cenno di poter fare al posto mio. Non mi sembra molto più alto di me. Anzi, forse è più basso di qualche centimetro. Lo lascio salire sullo sgabello. In un attimo si allunga dalla punta dei piedi fino alla punta delle mani, afferra la piccola confezione e la alza in segno di vittoria. Forse è più snodato... o estensibile. (O qualcosa del genere.) Forse è davvero un monaco, in Oriente la preghiera va di pari passo con la disciplina fisica (non so se in Oriente dappertutto, però).

Ci sorridiamo. Poi, qualcosa sullo scaffale vicino alla finestra attira la sua attenzione.

"Quella è frutta nel liquore," dico. "Frutta, liquore," ripeto, scandendo bene le parole.

Lui scuote leggermente la testa. Mi passa il traduttore. Digito. Gli ideogrammi compaiono subito sotto. Annuisce con espressione soddisfatta.

Sceglie le pesche. Ne afferra un barattolo grande, che qui chiamano arbanella (o albanella?). Sistema l'arbanella (o albanella) sul bancone, accanto ai cotton fioc.

Controllo la data di scadenza: tra undici mesi. Se non altro, questo fornitore non mi ha fregata.

Prende anche un barattolo di miele millefiori di Valentina e una confezione di frutta secca.

Con un cenno del capo mi fa capire che è tutto.

Provo una sensazione strana, sono con lui da cinque minuti appena e non ha pronunciato una sola parola, siamo avvolti dal silenzio, eppure non avverto alcun imbarazzo, come se fosse la cosa più naturale del mondo. Questo signore trasmette una calma in cui starei immersa per ore.

Mi piacerebbe conoscerlo meglio.

Indico il traduttore per fargli capire che vorrei digitare qualcosa. Lui me lo porge.

Sabato prossimo c'è la festa della transumanza,
verranno da tutte le frazioni del paese.
来週の土曜日に、トランスウマンザ祭が開催され、村内各地区から
多くの方々が集まります。

Lui mi guarda perplesso.
Riprendo a scrivere.

Si festeggia il ritorno del bestiame dagli alpeggi al fondovalle.
牛の山下りをお祝いするためです。

Indica il pavimento con espressione interrogativa.
"Sì," annuisco. "Qui."
Aggiungo quello che ho sentito da Eliseo:

Mucche e campanacci.
牛とカウベル

Polenta e salsiccia.
ポレンタとソーセージ

E si accoglie l'autunno.
みんなで秋を迎えます。

L'uomo annuisce, ma sembra rattristato.
Forse non ama l'autunno. O non ama le feste.
In effetti si è trasferito in un paese disabitato. In cui non vive nessun altro dal tempo della frana e della chiusura definitiva degli impianti. Chissà chi, che cosa, lo ha portato qui.

Ogni tanto mi capita di guardarlo, quel paese fantasma, dalla finestra. Nereggia sull'altro versante della vallata, poco più in su. Un albergo scrostato e una manciata di case addossate alla montagna, i vecchi pali degli impianti mimetizzati tra i giovani alberi e i prati dove un tempo dovevano esserci le piste.

Se ti trasferisci in un posto così, hai voglia di stare soltanto con te stesso, immagino. Altro che feste e campanacci.

Ma forse dovrei farmi i fatti miei, smettere di trattenerlo, mi dico, battendo i prezzi sulla cassa e porgendogli lo scontrino. Dovrei solo lasciarlo in pace.

Lui mi allunga le banconote con uno sguardo pieno di sfumature.

Scrive sul traduttore:

ありがとうございます、ご親切にしていただいて。
Grazie, sei gentile.

"Arigatò," rispondo io. (Ora sì!) "Grazie a te."

Prende il sacchetto con entrambe le mani. Ed è come se un mondo intero volesse traboccare dai suoi occhi. Sembra così pieno di cose da dire.

23.

"Il paese indossa davvero il vestito della domenica!" dico a Eliseo.

Sono due giorni che lavoriamo instancabilmente. Ai festoni, alle ghirlande, alla pulizia della strada, al recinto per il bestiame, ai cartelloni informativi, alle prove del coro, alla pastella per le frittelle e all'assemblaggio delle bancarelle su cui ora sono esposti i pezzi di artigianato in vendita, come le ceste e le sculture in legno di Eliseo, gli oli essenziali di Nives, il miele di Valentina, i formaggi e il burro di Baciccia. Senza dimenticare i banchi su cui saranno servite le pietanze locali cucinate dai paesani, le sedie e i tavolini disposti nello spiazzo davanti alla chiesa e nelle due terrazze sottostanti (sottane, pardon), perché quassù gli slarghi in piano non sono mai abbastanza grandi (e mai abbastanza in piano).

Il paese è pronto per accogliere un centinaio di persone.

Io ho rifornito il negozio, pulito e sistemato tutto il pian terreno della locanda e decorato l'ingresso con vasi di gerani.

Cerco di non pensare al fatto che dovrebbe essere presente anche la sindaca (sarà di sicuro in contatto con gli ispettori regionali). Nives mi ha detto di non preoccuparmi, che nella confusione figuriamoci se si metterà a pensare ai dettagli della locanda, ha altro per la testa ultimamente. Spero sia così. In realtà, spero proprio che non riesca a venire. Figuriamoci se non si interesserà alla questione, e con lei non posso mica fingere. Libero lo conoscerà sicuramente, perlomeno di vista (si conoscono tutti, quassù), non possiamo certo fare finta che sia Enrico anche con lei.

D'altra parte la sindaca vive nella frazione più popolata (venticinque residenti), che non sarebbe nemmeno lontana, se una frana non avesse interrotto la strada. Adesso il viaggio in macchina dura quasi un'ora, mi hanno detto, bisogna scendere a valle dalla parte piemontese, attraversare una sorta di canyon e poi risalire sull'altro versante. Basterebbe un contrattempo, un albero sulla carreggiata, un trattore in avaria, una pecora che non si sposta dal centro della strada e sarebbe fatta, forse...

"Sono un pastore!"

Tobia è apparso sulla soglia con un bastone di legno dal manico ricurvo una spanna più alto di lui e un cappello di feltro due volte la sua misura.

Mi fa una tale tenerezza che mi dimentico di tutte le mie preoccupazioni.

"Sono arrivate notizie dai margari," ci informa Eliseo, posandogli una mano sulla spalla, "stanno radunando le mandrie perché parta la transumanza. Tra un paio d'ore saranno da noi."

Aggiunge rivolto al nipote: "Pare che stamattina sia nato un agnellino, scenderà insieme alla sua mamma".

"Un agnellino!" esulta Tobia, eccitatissimo.

La notizia emoziona anche me.

"E può già fare tanta strada, appena nato?" chiedo da profana.

"Certo. La natura sa tutto, cara Lucilla."

La natura sa tutto, quando è l'ora di andare si va, le forze si trovano, ed è l'istinto a dirci dove andare, giusto? Basta seguirlo. Ma il mio istinto dov'è finito? Seppellito sotto strati di pensieri e rimuginii, tanto da non riuscire più a farsi sentire?

Ora sono qui, però, ed è inutile rimuginare.

Non solo sono qui, sono anche *di qui*.

Lucilla della locanda. Già, e la locanda come potrei chiamarla?

"Tempesta!" esclama Nives, senza esitazione.

È venuta a prendermi per andare ad accogliere le mandrie insieme. E ne ha approfittato per comprare detersivi, formaggi e cracker, che passerà a recuperare dopo la festa.

"Ho sempre sognato una Locanda Tempesta, in paese," confessa.

"Non è male, in effetti."

"Siamo tutti in tempesta," alza le spalle. "E tutti abbiamo bisogno di un rifugio, a volte. Questo è un buon rifugio. Lo sarà sempre di più, non è così? È già splendido."

"Ti ringrazio."

Evidentemente avevo più bisogno di sentirmelo dire di quanto potessi immaginare, perché sto per commuovermi.

Ma fuori stanno dando voce: manca poco all'arrivo del bestiame. Lasciamo la locanda e raggiungiamo la piccola folla disposta lungo i bordi della strada. I bambini con le canne da pastore, alcuni sulle spalle dei genitori.

Nives mi presenta suo marito. È alto, abbronzato, di quelli che ti fanno sentire al sicuro. (O forse è solo perché fa il pompiere?) Mi sembra un uomo buono, in ogni caso. (Oltre che pronto a fronteggiare qualsiasi pericolo.) E le vuole bene, si vede da come le sussurra qualcosa nell'orecchio.

Li guardo cercando di non sentirmi da meno, devo impedire alla scena di farmi da specchio o finirò in preda a pensieri crudeli verso me stessa e la giornata diventerà un disastro.

Non ho l'amore ma ho un alimentari, mi dico, è già qualcosa. Se non altro, non morirò di fame.

"Stefano non manca mai alla festa della transumanza," commenta Nives, alzando la voce per farsi sentire sopra il chiacchiericcio della gente. "È sempre a valle, ma anche lui è legato a questo posto."

Be', con un padre come Eliseo! Osservo i suoi lineamenti in cerca di qualche somiglianza con il grande vichingo, ma deve aver preso dalla madre. Chioma corvina, quella ce l'ha come lei, e la passione per la birra rossa? Lo scopriremo.

Saranno gli abitanti in costume tradizionale, l'atmosfera di festa, il violinista che accorda il suo strumento, l'eccitazione di Tobia e degli altri, i curiosi arrivati per scoprire usanze antiche, o il goccetto di liquore alla genziana che mi ha fatto bere Eliseo, ma mi sento spensierata, e non mi capitava da anni, come se nella mia vita non ci fosse altro che questa giornata. Come se fossi nata per essere qui. (Nonostante tutto!)

"Pronta ad applaudire le mandrie?"

È stato Libero a parlare, dietro di me. Non l'avevo sentito avvicinarsi.

Si affaccia oltre la mia spalla per osservare la strada. Cerco di non far caso alla sua presenza, ma ha un effetto sul mio corpo, come una fonte di calore, fioca ma impossibile da ignorare. Lo studio con la coda dell'occhio. Si è fatto la barba e profuma di pino. Quel profilo da antico romano (in camicia a scacchi e cappellino rosa stinto). E anche la concentrazione.

Sembra più giovane senza barba, e quasi vorrei dirglielo, ma protesterebbe, chiedendomi se allora prima sembrava vecchio (ormai sto imparando a conoscerlo), e la discussione si protrarrebbe oltre il consentito: sta per cominciare lo spettacolo.

Le mandrie passeranno dal paese per i festeggiamenti e domattina proseguiranno verso valle, dove trascorreranno i mesi invernali; ritorneranno quassù solo al principio dell'estate. Anche le seconde case chiuderanno simbolicamente i battenti.

Si festeggia un addio, dunque, e io dovrò sforzarmi di vederci il bello, perché in verità gli addii mi mettono malinconia. Da quando sono bambina.

"Di cosa ti crucci?" mi chiede Libero, che deve aver indovinato il mio stato d'animo. "L'estate tornerà. L'ha detto anche la Parodi, no?"

Sentirla nominare mi riaccende tutta una serie di preoccupazioni, ma per fortuna Eliseo dà fiato al corno. Iniziano i campanacci, lo scalpiccio degli zoccoli e le esclamazioni dei pastori. Non c'è più tempo per le elucubrazioni: in un attimo la strada si riempie di bianco. Mucche, pecore e capre ci sfilano davanti trotterellando. Tutti applaudono. Il coro attacca a cantare. E noi li seguiamo verso lo spiazzo davanti alla chiesa.

Libero mi cammina accanto. "Stai bene con le trecce."

"È la prima volta che mi fai un complimento. Devi essere ubriaco!"

"Per niente. Ma posso rimediare."

Indica il banco delle bevande. Io faccio segno che non prendo niente. Ho già bevuto il bicchierino di genziana a stomaco vuoto e ho tutti questi pensieri in testa, finirei per ballare sui tavoli o per singhiozzare in qualche angolo.

Non mi sembra il caso di dare spettacolo alla festa della transumanza, nella posizione delicata in cui mi trovo. E poi ci sarà sua moglie in giro, non vorrei che si facesse strane idee. A dir la verità continuo a scrutare la folla per vederla, ma non dev'essere ancora arrivata. Me la presenterà.

Nel frattempo, mentre Libero si mette in fila per un bicchiere, io mi unisco a chi sta decorando le corna delle mucche con fiori fatti all'uncinetto (non da me, non ancora!).

Mi guardo intorno in cerca del signore giapponese, ma non c'è. Le mucche e i campanacci non sono bastati a persuaderlo. Forse, anzi, l'hanno tenuto lontano.

Non era vestito da monaco quando è entrato in negozio né sembrava un matto. Al contrario.

Che sia davvero un dissidente politico? E se invece fosse uno studioso di botanica?

Non fa che aggirarsi per i boschi. Certo, in quel caso la festa della transumanza avrebbe potuto interessarlo. Magari è molto concentrato sulle sue ricerche, che non c'entrano niente con i bovini. Né con gli esseri umani. Eppure, anche se potrebbe essere timido, non mi è parso privo di empatia. Anzi.

Da dove viene? Che cosa cerca?

Sta scappando da qualcosa?

Avrei dovuto tentare altre strade per convincerlo a venire. Tenere unita la comunità è anche un mio compito, adesso. Magari avrebbe amato le frittelle o le ceste di vimini o il bruss. (L'avrà mai fatta, lui, la prova d'assaggio? Avrà provato la *forza* dell'amore?)

"Chi è la sua mamma?"

Tobia, accanto a me, sta accarezzando l'agnellino nato stamattina.

"Quella," gli risponde Eliseo, indicando una pecora poco lontano. (Secondo me, del tutto a caso.)

"Tobia comincerà la scuola lunedì," mi informa Nives in tono malinconico. "È arrivato anche il suo momento."

"Basta nonno Eliseo?"

Lei sorride. "Si cresce."

Mi mancherà, Tobia, ma non lo dico, sembra troppo definitivo.

"In fondo è solo fino al pomeriggio, e poi ci sono il sabato e la domenica, e le vacanze, e... E a lui piacerà sicuramente," tento.

Nives annuisce, pensierosa.

È tempo di cambiamento per tutti, ma nessuno sembra davvero pronto. Forse pronti non lo si è mai, ma tanto non serve. È come respirare: non ci pensi e succede.

Baciccia mi viene incontro con il suo passo ciondolante, il viso bruciato dal sole. Mi stringe la mano. "Tanti auguri per la locanda," esclama con trasporto. "Sono molto felice. Tu ci onori e..."

"Grazie mille," ribatto imbarazzata. E cambio subito discorso: "Tutto bene nella discesa?".

"Sì, a parte che due pecore hanno scavallato il serro, sono

scese dal greppo, hanno percorso lo scrimolo della cresta ovest e, non contente, sono finite giù nella gariga. Ho faticato un bel po' a recuperarle."

Nel vedere la mia espressione perplessa, Nives scoppia a ridere. E io che ormai mi credevo di qui!

"Mi sa che devo ampliare il mio vocabolario..."

Lancio un'occhiata verso Eliseo, che viene subito in mio soccorso.

"Il serro è un dosso montagnoso, il greppo la parte scoscesa dell'alpe, lo scrimolo il versante non percorribile di una cresta e la gariga un terreno del tutto privo di vegetazione. Insomma, quelle pecore hanno fatto solo scelte sbagliate."

"È che sentivano la partenza," spiega Baciccia. "Animali e uomini fanno pazzie nei cambi di stagione."

"Starò in guardia," prometto a lui, e a me stessa.

Baciccia ride, pensa che sia solo una battuta.

"Tornate presto," mi premuro di ricordare alle pecore e alle mucche. "Vi aspettiamo, eh!"

Vorrei dirlo anche ai villeggianti, ma non so come farlo senza sembrare ridicola. Mi ripetono che non vedono l'ora di scoprire come sarà la locanda, una volta completata. Hanno amici da mandarmi, e parenti e colleghi. Assicuro a tutti che a Pasqua le camere saranno sistemate, qualunque cosa accada. È una promessa! E se nel frattempo vogliono venire a cena durante le feste natalizie... Lo dico e subito mi pento: la finestrella ristorante è ancora chiusa nella mia testa con sopra un post-it: *Si vedrà*. Dovrò affrontare la questione, se voglio farmi trovare pronta. Sono tante le cose per cui dovrò farmi trovare pronta senza esserlo, ma la più urgente è proprio davanti a me.

La sindaca mi stringe la mano con decisione, al contempo scrutandomi con sospetto. O almeno così mi sembra. Forse le è arrivata qualche voce sullo stato delle cose?

Indossa un vestito allegro (e poco montanaro) con sopra

una giacca, e degli stivaletti (questo sì che si chiama senso pratico). Cerco di apparire naturale mentre decanto le bellezze del territorio, l'ospitalità dei suoi abitanti, la cortesia dei turisti. Non che io non creda a quello che dico, è che sentirmi osservata mi fa dubitare di me stessa: sono un'impostora? Devo confessare?

Ma non faccio in tempo a trovare una risposta che lei mi chiede di visitare l'alimentari. Seguo il suo bel vestito per i vicoli, in preda all'ansia.

Scoprirà tutto. Tempo qualche minuto e ciao Paese Polvere, Paese Speranza, Paese Seconde (terze, quarte, quinte?) opportunità.

Siamo arrivate.

La accompagno all'interno cercando di evitare in tutti i modi di entrare nei dettagli della gestione. Lei si guarda intorno curiosa. Il posto sembra piacerle. Prende e rimette a posto qualche barattolo. Ha un modo di fare gentile, con le cose.

"Finalmente, un punto di riferimento per la valle," osserva. "Mi sembra che non manchi niente."

Prende a rivolgermi soltanto domande al singolare, senza mai nominare Enrico, tanto da dare realtà al tutto, molta più di quanta ne abbia mai avuta. Forse sa? Sa e non le interessa? Anche lei è del partito Purché la locanda sia aperta?

"È già passata la Commissione?" domanda infine.

"Non ancora."

"Sono rognosi, inutile che te lo nasconda. D'altra parte, con i soldi pubblici non si scherza. Ci sono stati problemi da altre parti... Però, insomma, basta farsi trovare pronti."

"Oh, sì, sì, be', certo. Pronti, siamo pronti."

Il sudore mi inumidisce la schiena, altro che pronti.

"Prenotami un tavolo per l'apertura."

"Del r-ristorante?" chiedo, da vera stupida.

"Certo."

Non bastavano la dottoressa Parodi e famiglia!

"Bene," ribatto, pensando: male.

Apro il registro di cassa come se fosse il libro delle prenotazioni.

"Un tavolo per..."

"Fai per sei. Verranno mio marito e di sicuro anche Valerio, il segretario comunale, con la moglie e le figlie."

"Un tavolo per sei, *benissimo*," ripeto, annotandolo sul foglio. Pensando: malissimo.

Scrivo *Sindaca* e lo sottolineo tre volte. Sotto aggiungo anche: *Parodi e famiglia*.

Per fortuna Eliseo ci interrompe, affacciandosi sulla soglia.

"Lara, vieni a fare un piccolo discorso." E la trascina fuori.

Tiro il fiato ma non mi rilasso, anzi, sento salire la tachicardia a scoppio ritardato, come dopo aver scampato un incidente.

Ma l'ho scampato?

Il dubbio mi tormenta fino al pomeriggio.

"La sindaca ha prenotato un tavolo per l'apertura del ristorante," riferisco a Eliseo mentre impiliamo le sedie di plastica davanti alla chiesa.

Il paese si è svuotato e, sarà che è stata una vera festa di piazza, ma ora mi sembra più vuoto di prima.

"Fantastico."

"Come 'fantastico'? Il ristorante non c'è."

"Ci sarà."

"Forse. Se ci riesco. Non manca molto. Ho il terrore di..."

"Sta' tranquilla," mi incoraggia, facendomi segno che deve andarsene. "Il terrore è come un fulmine. Quante volte ti ha colpito un fulmine? Ecco la quarantacinquesima regola della felicità: la maggior parte delle nostre paure non si avvererà mai. Perciò, non preoccuparti."

"Ma come non preoccuparti! Arriverà la Commissione. Sono pignolissimi, anzi *rognosi*. Verrà fuori la verità. E poi qui tutti si conoscono, la gente parla, e la sindaca..."

"Lucilla, stammi a sentire. Qui tutti vogliono la stessa cosa: un posto da chiamare casa. E basta. La sindaca è bravina, non come il precedente, certo, ma bravina. Ed è dalla tua parte, come tutti noi. Non farti prendere dall'agitazione. Le cose si aggiusteranno da sé, se smetti di pensarci."

Eh, smettere di pensare! Come si fa?, vorrei protestare, visto che smettere di pensare è pensiero esso stesso. Ma Eliseo mi sta già facendo un cenno di saluto da lontano.

"Bravina..." sussurra Libero, proprio dietro di me. "Certo, nessuno meglio di lui."

"In effetti, Eliseo sarebbe un ottimo sindaco."

"Lo è stato per vent'anni."

Sindaco? Non lo sapevo!

Non racconta mai niente di sé. E d'altra parte una volta l'ha dichiarato: la settantacinquesima regola della felicità centenaria è un'equazione – meno parli di te, più ti ascolti.

Addento la frittella che mi offre Libero. Un sapore dolce mi invade la bocca. Era proprio quello di cui avevo bisogno. La vita non è poi così amara quando hai sotto mano una frittella.

"Non sembra starti troppo simpatico, Eliseo," commento.

"Non ho mai pensato a lui in termini di simpatia," risponde soffiandosi via una ciocca di capelli dal viso. Si è infilato il cappellino nella tasca posteriore dei jeans.

Annuisco, anche se non credo di aver colto.

"Evita di intrometterti nelle dinamiche del paese" è l'unico consiglio che mi ha dato mio padre. Lui ne sa qualcosa, di paesi. E questo l'ha protetto da qualsiasi dinamica spiacevole. Anche se l'ha reso solo.

Non buttarti in mare ti metterà anche al riparo dall'annegare, ma ti toglierà il piacere di nuotare.

Ho provato a dirglielo.

Ma da quell'orecchio non ci ha mai più sentito.

Per lui, dopo quello che ci è successo, non c'è stata più acqua, non c'è stato più mare.

Come ogni volta in cui penso alla solitudine di mio padre, mi verrebbe voglia di essere lì, o forse, e ancora di più oggi, vorrei che lui fosse qui. Per godere di tutto questo.

Perché possa vedere con i suoi occhi che, sì, è meglio del tailleur da rappresentante di confetti. È meglio del vento oceanico (visto che io me ne stavo sulla riva con il poncho in microfibra in mano). Meglio della vita con i cani da caccia (che a me non rispondevano mai). O forse, semplicemente, mi lascia più libera di essere. Essere cosa? Questo, potrò scoprirlo solo mettendo un piede davanti all'altro.

O sto sbagliando di nuovo?

Ma ho poco tempo per riflettere, perché è già ora di tornare in bottega, chiudere cassa e prepararsi alla cena tra paesani che si svolgerà alla locanda. Ognuno porterà qualcosa, brinderemo e ci faremo compagnia.

Tutto il paese nella *mia* locanda.

24.

È ormai buio, fuori, e siamo riuniti nella grande sala scalcinata, con vino, liquori, frittata di porri, polenta e salsiccia su piatti di carta. (Finalmente posso dire di essere in montagna!)

Sono più di dodici ore che vado avanti senza fermarmi, ma non mi sento stanca.

Qualcuno ha fatto partire *Cotton Eye Joe* in un vecchio stereo portatile e tutti prendono a ballare a braccetto come se fosse la quadriglia del Re Sole. Qualsiasi catapecchia può trasformarsi in un castello, giusto?

Sorrido, osservando la scena. Sì, qui è ancora tutto da sistemare, il primo vero stipendio non mi è ancora arrivato, e sono tecnicamente fuori legge; il gatto, mio unico coinquilino, mi fa gli agguati da dietro le porte, quando non sparisce e torna solo perché gli piace dormire sul mio petto e tenermi sveglia, ma è come un castello dei Catari, anzi, meglio: c'è vita.

Guardo Clarin accoccolato sul pianoforte. Mi piacerebbe saper suonare. La musica classica che ascolta mio padre.

Allungo la mano per carezzarlo, ma il gatto, lesto, si sveglia, scende e va ad acciambellarsi sullo sgabello. "Scusa il disturbo," gli dico in tono fintamente offeso passando il dito sul pianoforte, che perlomeno non si scansa.

"Parli con il pianoforte?"

Libero si è avvicinato con una bottiglia di liquore e due bicchierini.

"In realtà, con Clarin."
Fa un gesto come a dire che è lo stesso.
"Vorrei essere capace di suonare," gli dico.
"Sei già capace di fare tante cose: parlare francese, accendere il fuoco con lo zucchero, risollevarmi l'umore con le tue battute. Ti manca tagliare la legna e cuocere il pane nel forno, ma nessuno è perfetto. E poi, a chi piacciono le persone perfette? Non certo a me."
"Chi lo dice che io debba piacere a te?"
L'ho sorpreso, anche se non vuole darlo a vedere.
Ci sediamo sui gradini d'ingresso. Il cielo è nerissimo e pieno di stelle. Fa freddo, ma non ho freddo. E questo dev'essere l'effetto dell'alcol.
Finalmente qualche ora fa mi sono rilassata e ho iniziato a bere, solo che non ricordo se ho bevuto una o due birre. Forse tre? E quante volte ho accettato un brindisi con la genziana? Sicuramente una volta con Nives e una con Eliseo. Forse due, con Eliseo?
Il mio alito è una nuvoletta bianca: lo guardo dissolversi e ricomincio, come il Brucaliffo con i cerchi di fumo. È un altro degli effetti dell'alcol: sentirmi vecchia o tornare bambina. Spesso, le due cose insieme.
Libero mi scruta, mentre mi passa un bicchierino colmo di liquore. Per assurdo, lui sembra sobrio. Si è cambiato, rispetto a stamattina, e odora ancora di buono.
Capisco che dovrei smetterla con le nuvolette, ma è più forte di me. Mi fa sentire leggera. Insieme all'alito evaporano anche tutte le mie preoccupazioni.
"Mi sto rendendo ridicola..."
"Buffa, non ridicola," mi corregge.
Prendo un sorso di liquore. Mi sa che non avrei dovuto. Inizierò a farneticare? Piangerò senza riuscire più a smettere? Gli parlerò del mio passato? Di quello che mi è successo e che

non ho mai avuto il coraggio di affrontare? Della ragione per cui mi sembra sempre di essere da sei meno?

Non devo. Non posso. Non ora. E non con lui. Non lo conosco nemmeno. Non bene, insomma.

Mi schiarisco la gola e la smetto con le nuvolette e con il liquore, che appoggio per terra accanto a me.

"Non c'era tua moglie, oggi?" butto lì.

"Mia moglie? È venuta a salutare le sue amiche." Ride. "Non l'hai notata tra le altre?"

Questo fatto che ride nominando la moglie mi fa ammattire. E poi, riavvolgendo nella memoria il nastro della giornata, no, non l'ho visto accompagnarsi a nessuna donna.

L'ho tenuto d'occhio. In caso di bisogno mi sarei potuta appoggiare a lui, così ho pensato. E anche lui non ha perso di vista me, probabilmente per controllare che non facessi danni.

"Non me l'hai presentata," protesto.

"Era troppo presa a ruminare..."

"A fare cosa?"

"È un po' difficile fare le presentazioni con una pecora. Anche se, per essere una pecora, è portata per la conversazione..."

"Una... pecora?"

Sarà il liquore, il suo spirito ilare, ma non riesco proprio a seguire.

"Abside è una pecora brigasca. Non è interessata al gregge. È un animo libero, diciamo così, e ormai vive con il vecchio Libero. Cioè con me. Nel mio giardino."

"Insieme alle tre galline?"

"Pianta, Sezione e Facciata."

Emetto un borbottio che vorrebbe essere una risata. Mi strozzo e tossisco.

Non è mai chiaro quando scherza e quando no, ma è chiaro che non ha una moglie. Ha solo una pecora brigasca in giardino.

E si aspetta che io commenti la cosa in qualche modo.

"Be'," dico, "una volta ho letto di una donna che si è unita in matrimonio con la Tour Eiffel."

Le nostre ginocchia stanno per sfiorarsi.

"Con..."

"Certo, l'unione non ha valore legale, ma lei è riuscita persino a farsi cambiare il cognome. In seguito ha fondato un'associazione per le persone romanticamente attratte dagli oggetti che ora conta circa quattrocento iscritti. Molte sono donne, ma c'è anche qualche uomo, come quello che ha sposato una pizza, e un altro che ha sposato il suo telefono. Se vuoi ti cerco il nome dell'associazione, così puoi iscriverti."

"Molto divertente. Ma la mia pecora non è un oggetto. Anche se, ci tengo a precisare, non sono romanticamente attratto da lei."

"Non devi vergognartene. Non ci sarebbe niente di male."

Non so come, ma ho finito il mio bicchierino. Lo avevo appoggiato accanto a me per non berlo e invece l'ho bevuto.

"C'è qualcosa di male, a voler stare da soli?" si difende lui.

"Niente affatto. È soltanto tragico."

"All'inizio, forse, dopo però..."

"Comunque non sei *solo*. Hai la tua pecora."

"E le mie galline."

Le nostre ginocchia si sono toccate. Scatto indietro.

"Stare soli non è poi così male," ammetto. "Hai ragione tu."

È così. È proprio così. Almeno non si è costretti a adattarsi, cambiare, interpretare, lasciar correre, dipendere, abbozzare, discutere... Ci risparmiamo un sacco di verbi. E non si rischia niente. Io non voglio più rischiare. Voglio soltanto stare in pace. E che cos'è la pace se non essere chi siamo senza per questo doverci vergognare o dover chiedere scusa a qualcun altro?

Scusa Enrico se sono un'entusiasta, se mi appassiono ai sogni, se credo nelle cose e nelle persone, se faccio battute che a volte non fanno ridere. Se vedo il mondo a modo mio. Scusa tanto.

"In definitiva," riprende Libero, "stare da soli è la soluzione a tutti i problemi."

"Soli e leggeri."

"Io con la pecora Abside, e tu con il gatto Clarin."

Siamo talmente d'accordo che potremmo stringerci la mano.

Poi però mi viene un'illuminazione. Non so come ho fatto a non pensarci prima!

Soli, va bene. Nella vita privata, benissimo. Ma... l'altro giorno Libero si è vantato di essere un ottimo cuoco. Proprio quello che servirebbe per il ristorante. E poi conosce il luogo, ha spirito pratico e, ora che è finita la stagione dell'alpeggio, ha tempo (suppongo).

Potremmo diventare soci! Oltre che della cucina, potrebbe occuparsi delle escursioni, fare da guida ai visitatori, mentre io gestirei tutto il resto.

Ci starebbe bene, qui, insieme a me. Andremmo perfino d'accordo, credo, basta venirsi un po' incontro. E non spingersi oltre il confine, come stiamo rischiando di fare adesso. No, avremmo un buon motivo per non farlo. È la regola d'oro del business, mai mischiarlo ai sentimenti.

Lo scruto, prima che si alzi.

"È meglio che vada," dice. "Abside mi reclama."

Sono tentata di fargli la mia proposta seduta stante, ma non voglio avere fretta. Devo mettergliela giù bene. Dovrà accettare.

"Se Abside te lo permette, domani potremmo cenare insieme?" chiedo, incespicando nelle parole più di quanto vorrei.

"Volentieri, non è gelosa," replica lui, dandomi una mano per alzarmi. "Porto il pane, allora."

"E la legna?"

"E la legna, *ça va sans dire*."

25.

"Lo sapevi che una donna ha sposato la Torre Eiffel?"

"Anche una principessa ha sposato un ranocchio."

"Proprio non bisogna fidarsi delle apparenze, giusto?"

"Il ranocchio era un partner improbabile, però era gentile e l'aveva scelta. E ha pure sopportato molto."

I miei partner, penso, sono sempre stati così *probabili*. Forse mi sono innamorata dell'idea di loro, più che di loro. O di come loro mi vedevano, mi volevano. E così ho scordato di chiedermi com'ero davvero.

O, magari, dovrei smettere di pensare al passato. In fondo sono qui, e sì, il paese si è svuotato, da un giorno all'altro, come un nido da cui sono volate via le rondini, e io sono sola, ma ho un piano, intravedo un futuro.

Tengo fermo il cellulare con la guancia per chiudere la zip del giaccone. Qui davanti alla chiesa il vento è fortissimo. Sarà la Lombarde, di cui mi ha parlato Eliseo, il vento che porta rovesci e trattiene le nuvole sulle creste e sui crinali.

Io e mio padre rimaniamo in silenzio per un po'. L'aria borbotta nel ricevitore, e sembra raccontarci qualcosa di noi due. E di lei, che non c'è più.

"Papà, qualcosa non va?" chiedo infine.

"Va' là," risponde a mezza voce.

Non demordo. Sarà anche una domanda retorica, ma non smetterò mai di porgliela.

"C'è qualche novità?"

Prendendola alla larga potrei essere più fortunata. D'altra parte, le novità a lui portano sempre preoccupazione. Basta l'avviso di una raccomandata per sballargli la pressione.

"Mah..."

Non aggiunge altro, e so che vuol dire sì.

"Ebbene? Che è successo?"

Una ciocca di capelli mi frusta l'occhio. Lancio uno sguardo al povero putto sulla facciata della chiesa, senza nemmeno un giacchino.

I colori dell'autunno incendiano i boschi tutt'intorno, la vallata fiammeggia di arancio e di rosso. Mi è parso che sia accaduto d'un tratto, senza preavviso. Su alcuni versanti non c'è quasi più traccia di verde.

"Hanno aperto un'altra giostra, in paese," confessa infine mio padre.

"Un'altra..."

Questa volta sono io, a non trovare le parole.

"In piazza dei Martiri."

"In piazza dei Martiri?" ripeto sbalordita, come se fosse questo l'aspetto sorprendente della vicenda, e non il fatto che per tanti anni mio padre è stato l'unico giostraio del paese.

"Davanti al Caffè Centrale," precisa, per aiutarmi a immaginare la scena.

Non è una bella scena. Nel senso: la giostra sarà bellissima, ma per mio padre questa è una brutta notizia, quasi una condanna.

"Ha le pareti di vetro scorrevole," continua. "Spiderman e Saetta McQueen..."

"Vuoi mettere con il fascino intramontabile degli elfi e delle fate?"

"Magàra..."

"Potresti aggiungere anche tu qualche nuovo personaggio, papà. E ridipingere il soffitto e..."

Non è la prima volta che gli do consigli di questo tipo.

"...E?"

"Aggiornare la musica, forse, come ci eravamo detti."

Lui rumoreggia.

"Per carità, Čajkovskij è meraviglioso," mi affretto a rassicurarlo, "però, ecco... I tempi cambiano."

"Se smetto di far ascoltare la musica classica ai bimbi, chi gliela farà ascoltare? Ci hai mai pensato?"

"Non essere così catastrofico. Anche tra le novità ci sono dei talenti, i bambini ascoltano molta musica, e..."

Non so come finire la frase senza sembrare condiscendente. La musica classica è il suo rifugio da quando è successo quel che è successo e non voglio togliergli anche questo.

E poi ci sta così bene, la musica classica, su quella giostra. Trasporta in un altro tempo, senza che ci si sposti di un centimetro. Io mi faccio sempre due o tre giri a occhi chiusi, ogni volta che vado a trovarlo.

"Forse, a ripensarci, non devi cambiare niente. I bambini avranno semplicemente più scelta. Una volta da te, una volta da Saetta McQueen."

Certo, la metà delle corse vuol dire stessi costi ed entrate dimezzate, e lui va a malapena in pari già adesso.

"Magari si sta semplicemente chiudendo un capitolo," sospira. "Solo che non se ne aprirà un altro."

"Papà, sei stato tu a insegnarmi che c'è sempre un lieto fine, e che se non c'è significa che non è ancora la fine. Perfino in *Barbablù*!"

Se ne esce con un "va' là" che significa che non è più certo di niente.

Nemmeno di questo?

Devo farmi venire delle idee per aiutarlo, mi dico, affidando lo sguardo alla bellezza che ho intorno, le nuvole biancoazzurre che scivolano sulle cime, il bosco di sempreverdi che scurisce sotto le rocce, e sull'altro versante tutti quei colori caldi che stridono contro il freddo che sento, stagioni che scivolano l'una dentro l'altra.

"Se solo tu fossi qui con me," sospiro. "Ti rimetterebbe in pace col mondo."

"Sentirti, mi rimette in pace col mondo. Sai, a volte mi sveglio nel mezzo della notte, nel letto vuoto, e mi viene il magone. Allungo la mano e mi si blocca il respiro... Ma poi penso che ci sei tu, da qualche parte, là fuori. E allora sorrido nel buio..."

Sorrido anch'io, e vedo la giostra che ho passato pomeriggi a lucidare, con la musica di Musorgskij in sottofondo.

Col tempo ho iniziato a ritirare i biglietti, a premere il pulsante rosso, infine a contare i soldi e a sistemarli nella cassettina di ferro che ogni sera nascondevamo nella nicchia sotto il cavallino pezzato. Quando chiudevamo la giostra, un'unica lucina accesa per orientarci, quel mondo fatato tornava a essere solo nostro. Era il posto più confortevole e sicuro che avessi al mondo.

Non posso immaginare la giostra di mio padre fermarsi per sempre. Il mondo stesso si fermerebbe.

Per lui vederla girare è tutto. Le favole, la musica classica, i bambini festanti.

Da quando la sua vita è finita, quella è la sua vita.

26.

Mi osservo allo specchio e soltanto adesso noto la ricrescita. Dopo essere stati ramati per Beniamino, neri per Matteo, mogano per Pierre e biondi per Enrico, i miei capelli stanno tornando del loro castano cenere naturale, senza personalità. Frugo freneticamente nel beauty-case: non ho nulla per rimediare. Ma non solo, Libero sta già bussando alla porta, di sotto.

Mi pettino alla bell'e meglio e raccolgo i capelli in una mezza coda prima di scendere ad aprirgli.

Stasera indosso il vestito a fiori, perché insomma, cosa me lo sono portato a fare altrimenti? Non è che siano tante le occasioni, qua. Prendo dalla valigia anche il cardigan color carta da zucchero, quello che mi fa sentire piacevolmente avvolta. Perché va bene essere carine, ma meglio non prendere freddo. Anzi, visto che ci sono metto anche le calze di lana. Al diavolo l'estetica, se mi ammalo chi la manda avanti la baracca?

Qualche settimana fa ho alzato la valigia rosa da terra, dove giaceva ancora aperta dal giorno del mio arrivo, e l'ho sistemata dentro l'armadio di legno così com'era: ancora piena.

Fino a oggi ho lavato gli indumenti a mano (la lavatrice non funziona), e una volta asciutti li ho stesi sotto uno dei materassi (il ferro da stiro non l'ho trovato) per poi rimetterli di nuovo in valigia.

Sentirmi di passaggio mi rassicura? O è una questione scaramantica?

La mia vita è sempre stata in una valigia: quando vivevo per il kitesurf (ogni giorno in shorts e costume da bagno), quando abitavo nella casetta a schiera (fatta eccezione per i tailleur nuovi che dovevano essere appesi), persino nella villa di Pierre (gli armadi erano occupati da pellicce, vestiti da ballo e galoche incrostate di fango), e ovviamente anche a casa di Enrico (che non aveva armadi, perché accumulare è reato).

Sono una a cui la precarietà dà sicurezza? La possibilità di tagliare la corda in cinque minuti?

Forse, semplicemente, disfare la valigia significherebbe scegliere una volta per tutte.

Oltre al pane e a tre ceste di legna, Libero si è presentato con sei uova delle sue galline, una bottiglia di rosso prodotto da un amico e un mazzo di porri.

"La cosa più vicina ai fiori che ho trovato."

"Odorosi," commento.

"Perfetti per la frittata."

Gli mostro il freezer stipato di porcini, per contribuire. Tutti quei funghi così faticosamente raccolti, faticosamente puliti (chi l'avrebbe mai detto che ci voleva tanto) e lavati (pure per quello ci ho messo una vita) e infine congelati. Chili di porcini che non ho idea di come cucinare.

Eliseo non ha voluto sentir ragioni: ha detto che prima o poi imparerò. E punto. Perché imparare cose nuove in tarda età è la settecentesima regola eccetera eccetera.

In tarda età. Gliene avrei dette quattro. O intendeva dire che quassù gli anni diventano tardi nel senso di lenti?

Ai fornelli ci si mette Libero, per fortuna, ed è vero, è bravo, convengo dopo il tris di frittata e il bis di funghi trifolati. Potrebbe davvero occuparsi della cucina, e questo è un enorme sollievo.

Non riesco a trovare un motivo per cui potrebbe rifiutare. La stagione dell'alpeggio e quella delle escursioni sono terminate, cos'ha di meglio da fare? Il 21 dicembre apriremo il ristorante. Io prenderò gli ordini e servirò ai tavoli. Lui si occuperà di metterci qualcosa, in quei piatti.

Abbiamo iniziato la bottiglia di vino mentre cucinava stonando le sue solite canzoni d'amore. A lui non importa di essere stonato, e allora perché dovrebbe importare a me? Quanto sembra più leggera la vita, con un bicchiere in corpo.

"Porri e canzoni d'amore: due delle cose che preferisco al mondo," mi dice ora, davanti al piatto vuoto. "Dimmi due delle tue."

"Delle mie?"

Fingo di masticare, per trovare qualcosa di interessante da rispondere, solo che non ho più niente in bocca. E niente di preciso in mente.

"Be'..."

La montagna? Troppo scontato. Qui è bello, ma veramente mi piace più di tutto? Se non l'ha detto lui, sarebbe ridicolo che lo facessi io. Le mie cose preferite... Ho delle cose preferite, giusto?

"Non sai quali sono le cose che ti piacciono?"

"Certo che le so, ma doverle elencare mi agita." Come se potessi scoprire che suonano insincere, o almeno non più così vere.

"Allora bevici sopra." Mi versa il vino.

Qui funziona così. Non si può eludere la verità. Guardo il liquido rosso dalle sfumature ramate che ondeggia nel bicchiere.

"E va bene: stare con le persone," replico infine. "E la giostra di mio padre."

"Tuo padre ha una giostra?"

Mi accorgo di avergli detto le cose che ho paura di perdere.

Gli racconto della giostra, di com'era un tempo e di come stanno le cose adesso. Alla fine, lui annuisce pensieroso.

"Le canzoni d'amore me le cantava mia madre per farmi addormentare," racconta. "Invece della ninna nanna, attaccava con Loretta Goggi e Mia Martini. È una parte di me che gli altri faticano a capire, questo attaccamento a mia madre. Se un genitore ci lascia in età più o meno adulta dovrebbe essere normale, no? Fa parte della vita."

Se *ci lascia in età più o meno adulta*... E se succede prima?

"Forse non ci sembra mai normale," ribatto. "A nessuna età."

Sospira.

"Viveva qui?"

"Nata, vissuta e morta qui."

"Mi dispiace," sussurro.

Vorrei che capisse *quanto* mi dispiace, e *quanto* io lo capisca, ma non so proprio come fare, senza raccontare di me. Posso parlargli della giostra e di mio padre, ma non di lei. Posso parlare delle cose che potrei perdere, ma non di quelle che ho perduto.

Per fortuna, Libero arretra rumorosamente con la sedia e si mette in piedi.

"Forza, diamo un'occhiata in giro, pensiamo alle cose da fare qui dentro."

E in me si riaccende la lampadina.

Quella che dice: potreste farle insieme.

Una volta di sopra, per fortuna, ha la delicatezza di evitare la mia stanza, così non scopre che vivo accampata come se dovessi fuggire da un momento all'altro.

Confesso di non aver guardato bene le altre camere, mentre lo precedo con il passe-partout in mano.

Non che non ne abbia avuto la tentazione. Ho sbirciato, ma

mai spalancato le porte. Non ci sono mai entrata, nonostante avessi immaginato di farlo dal primo giorno.

Ho avuto troppo da fare al piano terra, mi giustifico così, e d'altronde ora è vivibile e accogliente, l'alimentari già aperto, la sala ristorante con la stufa sempre accesa al minimo (come da consiglio), la cucina più o meno in ordine (in attesa del cuoco) e il bar tirato a lucido (a parte la macchina per il caffè, l'impianto della birra e il gas di ricarica per i frigoriferi, ma chi lo sapeva che i frigo vanno a gas?).

La verità è che ho quasi paura di entrare in queste stanze, come se le tracce delle vite passate potessero inghiottirmi. O forse perché il da farsi mi soverchierebbe. E i buoni propositi di aprire le finestre, far entrare la luce e tutto il resto sono andati a farsi benedire.

Ho vissuto qua dentro come se ci fosse una sola stanza. Invece questa è una locanda, è una locanda già adesso. Ha soltanto bisogno di... lo sappiamo di cosa ha bisogno per trasformarsi in un castello.

E ora sento di poterci riuscire. Ora c'è Libero. Non sono più sola.

Iniziamo dalla *chambre* numero 1, una quadrupla con un delizioso letto a castello di legno. La numero 2 ha un lucernario e un copriletto patchwork fatto a mano da Tersilia (giura Libero, ma come lo sa? Secondo me, millanta). La 3 con l'ampia finestra che dà sulla vallata, la 4 con la vasca ad angolo... Ciascuna mi conquista, con la sua personalità.

Libero si muove con sicurezza, trova gli interruttori senza cercarli, sembra sapere dove sono le prese, ispeziona con naturalezza rubinetti e condutture, saggia l'intonaco con aria competente, verifica le finestre, instaura una specie di dialogo segreto con ogni particolare. Vede cose che io non vedo, fa ragionamenti che non capisco, parla un linguaggio sconosciuto ma concreto. Voglio dire, paiono incantesimi, ma poi le case stanno in piedi!

"Sembra che tu conosca questa locanda da sempre," commento, mentre scendiamo nel seminterrato.

Lui scrolla le spalle e sorride, devo aver detto qualcosa di ingenuo.

Siamo arrivati nel vano lavanderia, nel frattempo. Libero tira fuori la lista dei lavori da fare per aggiornarla. Infine, legge a voce alta: "Aggiustare i mobili, ridipingerli, lucidare il parquet, comprare delle lenzuola, sostituire gli infissi delle finestre e i sanitari, occuparsi dell'impianto elettrico, cambiare il boiler, pulire i tubi e le grate dell'aria, riparare la lavatrice. Imparare a fare il pane".

"Quello imparerò a farlo con Nives la settimana prossima."

"Da non credere, ci avviciniamo alla meta."

Sposta il peso da un piede all'altro. Sembra che voglia dire qualcosa, ma esita. Mi viene vicino. Faccio un mezzo passo indietro (il limite consentito prima di sbattere contro il muro, cosa che faccio comunque). Devo trovare la concentrazione necessaria, perché è arrivato il momento di chiederglielo. Proprio in questo buio locale di servizio. Se non lo fa lui, lo faccio io.

Potremmo occuparci della locanda insieme?

E se diventassimo soci?

Immagino avrai un po' di tempo libero quest'inverno, cosa ne dici se...

"Alle cose tecniche penserò io," esordisce, interrompendo i miei pensieri.

Le nostre menti si stanno muovendo all'unisono! Inutile prendersi in giro. Dieci chili ne pesano solo cinque, in due. Matematica, giusto? E poi siamo perfetti, lui sa fare tutto e io niente, la somma corrisponde al totale. Né più né meno che il totale.

Nessun rischio di non arrivarci o di sballare, anche sballare è pericoloso, se lui sapesse fare tipo il novanta per cento delle cose e io il venti, si finirebbe al centodieci e lì comincerebbero i guai. No, perfetto così. Io potrò dedicarmi al lato artistico e romantico della faccenda, ricevere i clienti, gestire le prenotazioni, ricreare la magia del luogo...

"Tu cerca di tenerla in piedi, nel frattempo," sorride di quel suo sorriso dolce che mi riserva di rado. "Ci tengo, a questa locanda."

"Perché, io no?" ribatto. Poi mi fermo. "Nel frattempo?"

Si appoggia alla lavatrice, sembra soppesare le parole. Non capisco bene perché siamo ancora in questo sgabuzzino, sicuramente pieno di ragni, con la lampadina nuda che pende dal soffitto e l'odore di chiuso, eppure sembra giusto così, quasi perfetto.

"Prima del mio ritorno per le vacanze natalizie, intendo."

"Ritorno..."

Cerco di dare un senso alla sua frase, ma manca certamente qualche tassello. Se uno ritorna, significa che...

"Parto."

"Parti?"

Parte? Cioè, parte e torna per le vacanze. Non ha senso, a meno che... Parte in modo definitivo?

"Torno a vivere a valle. Mi hanno richiamato dallo studio in cui lavoravo."

L'intonazione della sua voce è cambiata. È la prima volta, da quando lo conosco, che mi sembra di sentirlo veramente orgoglioso di qualcosa.

"Hanno scelto un mio progetto per un concorso importante. Era stato scartato, ma hanno cambiato idea."

"Oh, ma... è bellissi..." Balbetto tanto che non arrivo in fondo alla parola, che alla fine suona come "bellississisisi... no".

Certo. È giusto così. Torna a valle. Perché dovrebbe rimanere? Per fare il locandiere?

"Non preoccuparti, a Natale concluderemo i lavori."

Non è quello che mi preoccupa, ma come faccio a dirglielo, ormai?

Sento un miagolio, Clarin ci ha trovato. Per una volta, fa

qualcosa di utile: si struscia contro le mie gambe, trasmettendomi un po' di calore. La mia esistenza ha un senso: senza di me, Clarin non potrebbe strusciarsi.

Libero fa leva sulle mani per sedersi sulla lavatrice. Mi appoggio al muro, improvvisamente priva di forze.

"Mi mancherà, questo posto. Sono cresciuto qui. Senza sapere cosa fossero i parchi divertimento, le scarpe che si illuminano, i videogiochi. Solo con le mie case sugli alberi e i minerali, le greggi e le lumache, le lunghe passeggiate con mia madre..."

Mi fissa come se potessi capire, e io un po' capisco o almeno riesco a immaginarla, un'infanzia come la sua.

"A scuola eravamo in sei, otto al massimo, a seconda dell'anno, spesso di diverse età, con un solo maestro, che credeva di sapere tutto e invece del mondo aveva visto poco o niente."

Dev'esserci stata anche Nives, tra quegli alunni. Vorrei dire che anch'io sono cresciuta in un paesino, non eravamo così isolati, ma anche noi ci conoscevamo tutti... È rassicurante e al tempo stesso rischia di soffocarti, soprattutto quando succedono certe cose, come quella che è successa a noi.

A me e a mio padre.

"Le estati le passavo in alpeggio a mungere le mucche, a costruire capanne e ricoveri, soprattutto," continua Libero, senza perdere il filo. Non ha fretta, sembra sicuro di dove vuole arrivare. "Lo sognavo, il mondo. Ma non lo conoscevo. E quando è morta mia madre, l'impulso di andare è stato più forte della voglia di rimanere."

"So che cosa intendi," sussurro.

Sono sorpresa che Libero si stia aprendo così con me.

"È finita che mi sono iscritto all'università, in Architettura, e dopo la laurea ho iniziato a lavorare per uno studio importante. Come in un film romantico, mi sono fidanzato con una collega. Abbiamo messo su casa. Aperto un conto cointestato.

Pianificato le ferie all'estero e una famiglia... Ho lasciato perdere la montagna. E alla fine me stesso."

Schiacciata contro la parete, con Clarin ai piedi, mi accorgo che sto trattenendo il fiato. È capitato anche a me, vorrei dire, quante volte! Tutte quelle in cui ho provato ad andare da qualche parte. Ma ci sono momenti in cui abbiamo bisogno di sentire che la nostra storia è unica, diversa da tutte le altre: e penso che questo sia uno di quei momenti, per lui. Così, annuisco soltanto, per non interromperlo.

"Le cose possono andare male," sospira. "Si sa. Non importa quanto pianifichi. Alla fine, nello studio importante mi sono sentito ingabbiato. Non mi rappresentava. I progetti miravano solo al profitto, residenze faraoniche in località di prestigio, giganteschi centri commerciali... E nemmeno la relazione ha funzionato. La mia vera personalità l'ha delusa, credo. Non ero abbastanza ambizioso, diceva. E nemmeno abbastanza sveglio. Anch'io non la riconoscevo più. Forse ci eravamo solo innamorati dell'idea che avevamo l'uno dell'altra."

Questa frase mi è familiare, penso guardandolo colpita: sembra che parli apposta perché io possa specchiarmi nelle sue parole. O chissà...

"Ho cercato per anni di crederci, di andare avanti, di superare l'impasse," continua, come se non potesse più fermarsi. "Anche se sentivo il richiamo della montagna. Non facevo che pensare al tempo quassù, dove la mente si schiariva e tutto tornava ad avere un senso. Ma anche dove mia madre non c'era più ed era rimasto solo mio padre, con le sue certezze e la sua supponenza. Lui, che non ha mai capito le mie scelte."

Non oso chiedergli se è morto, lo è di certo, altrimenti lo avrei già conosciuto.

"L'ultimo tentativo, in studio, è stato proporre un progetto che unisse la montagna alla valle. Ho studiato un modo per applicare la tradizione architettonica dei brigaschi all'edilizia moderna, anche di città. Per esempio, il tetto di segale o l'utilizzo della paglia. Scelte interamente sostenibili. Ci credevo moltissimo."

Il suo sguardo s'illumina tanto che rischiara lo stanzino, poi si spegne di colpo.

"Il progetto è stato snobbato. Così, ho deciso di lasciare lo studio... e di tornare quassù."

Qui. Proprio quando sono arrivata io.

"Hanno fatto bene a richiamarti," concludo, "sembra davvero un bel progetto. Il mondo ne ha bisogno."

"Grazie."

Non avevo mai sentito un "grazie" tanto sincero.

"Chissà, forse si ricucirà anche la tua relazione..."

Non so perché l'ho detto. Non sono affari miei, per giunta che ne può sapere un'estranea di quello che succede in una relazione? Qualcuno è mai riuscito a capire qualcosa delle mie? Nemmeno io, che c'ero dentro.

Libero scuote la testa. "Quello proprio no. Lei sta con un altro, hanno avuto due gemelli da poco. È un capitolo chiuso." Si irrigidisce un po', quindi aggiunge per sdrammatizzare: "Sto bene da solo, io, ricordi?".

Mi chino per accarezzare Clarin.

"Anche io," ribatto, come se me l'avesse chiesto.

Da sola, senza via di scampo.

"Non ti preoccupare per la locanda," riprende. "Durante le vacanze di Natale farò quel che serve. E poi, da qui ad aprile c'è un sacco di tempo."

"Grazie."

Anche il mio era sincero, nonostante tutto.

"Te l'ho detto, ci tengo a questo posto."

Ho troppi pensieri per la testa per riuscire a rispondere qualcosa di sensato. Spero che non noti la mia delusione. Ma forse l'ha già fatto.

"C'è qualcosa che non va?"

"No, no," mi affretto a rassicurarlo. "Solo che... con gli addii non ho un buon rapporto."
"Questo non è un addio!"
"Mi sentirò più sola."
Lui annuisce. "Mi sentirò più solo anch'io."
Ci fissiamo, in silenzio, e... niente.
"A che punto sei con la sciarpa?" mi domanda, dopo un po'.
"Ferma al nodo scorsoio."
"Riuscirai a finirla prima che io torni? Me lo merito un regalo di Natale, no?"

27.

Non puoi perdere davvero te stessa finché non perdi le cose che ami. È dall'ultima sera con Libero che mi gira in testa questo pensiero.

Quali sono le cose che amo? Sono tornata a chiedermelo ogni giorno.

Guardo il gomitolo blu e quella specie di sgorbio attaccato all'uncinetto, o è l'uncinetto impiccato a quello sgorbio? Più che una sciarpa, pare un mostro marino attorcigliato su sé stesso, che si accorcia, invece di allungarsi. Sembra incredibile, ma dopo ogni punto è più corto e mostruoso, anziché più lungo e disteso. Assomiglia alla mia vita: dopo ogni mio intervento, un po' meno riuscita. O forse sono solo di cattivo umore.

Forse devo piantarla di pensare soltanto a sistemare, riparare, come se la vita fosse un meccanismo. Immaginarla invece come qualcosa che cresce, e io con lei, qualcosa di cui prendermi cura.

Questa locanda merita di esistere. E io ho preso un impegno. Farò tutto quello che serve per tenervi fede. Per aprire il ristorante e rendere confortevoli gli alloggi. Per non deludere nessuno. Poi, potrò andarmene. Se dovrà essere. Intanto sono qui, e posso farcela da sola.

Vedo già il titolo sul giornale, LUCILLA, LA DONNA CHE HA

SALVATO UNA LOCANDA DALL'OBLIO, RISOLLEVANDO LE SORTI DI UN PAESE.

Forse, salverò anche un po' me stessa.

Forse, salvarsi da soli è l'unico modo per salvarsi davvero.

Clarin si sveglia, si rifà le unghie sopra le mie cosce e poi balza giù e si dilegua, riportandomi dolorosamente al presente.

Se solo entrasse un cliente, in questo negozio! Sono tre ore che me ne sto seduta qui dietro alla cassa a fissare, con sgomento, i prodotti quasi scaduti che si moltiplicano (non solo i cereali!) e che diventeranno la mia colazione, il mio pranzo e la mia cena.

Ieri e l'altro ieri è andata allo stesso modo, e domani, se tanto mi dà tanto, non andrà diversamente. Anzi, domani è domenica. Domenica è l'unica variazione della settimana: andrò nell'orto a raccogliere le verdure rimaste (carote e cavoli, o abbozzi di cavoli), le monderò, le taglierò e le infilerò nel freezer (questo l'ho imparato) per quando aprirà il ristorante.

Per il controllo ufficiale.

L'ansia mi spinge a balzare giù dallo sgabello. Mi affaccio oltre il passavivande.

La cucina è piccola ed equipaggiata con pezzi d'anteguerra, a cominciare dai pentoloni e dalle casseruole di ghisa, per non parlare dei mestoli di legno e dei taglieri. Bisognerà sostituirli.

Lo stipendio che mi spetterebbe, dopo i tre mesi di anticipo rubati da Enrico, non è ancora arrivato. Ma io, in un modo o nell'altro, dovrò aprire il ristorante entro il 21 dicembre.

Ho già nove coperti prenotati. E che coperti.

In un cassetto ho trovato un quaderno scritto a mano da Tersilia. Su molte pagine sono annotate delle ricette: potrebbero tornare utili, peccato che tra la grafia e il dialetto mi risultino incomprensibili.

Per decifrarle mi serve l'aiuto di qualcuno. Qui nessuno si tira indietro, quando si tratta di aiutare. Bisogna solo domandare nel momento giusto. Non quando hanno sottobraccio una pala o un'accetta. Ci sono gesti sacri, qui, sto imparando a riconoscerli.

"Beee," fa Abside dal giardino.

Abside, la pecora brigasca. Sposata con Libero, mollata a me prima di partire.

È successo tutto molto rapidamente: il giorno dopo la nostra cena, Libero ha bussato alla locanda con la pecora accanto. Il bagagliaio della jeep già pieno, una camicia stirata per l'occasione, un sorriso carico di anticipazione per il futuro con una sfumatura di dolcezza nei miei confronti, forse (per quello che stava per dirmi, perché le domande implicano il punto interrogativo, e lui non l'ha usato).

"Non ha bisogno di particolari cure, solo di un'amica con cui parlare."

Il suo tono insinuava che avessi bisogno anch'io di compagnia, forse. Con Libero è sempre tutto un "forse". In effetti il bisogno di compagnia ce l'ho, anche se non lo ammetterei mai con lui.

La pecora ha belato e fatto qualche passetto verso di me.

"Non è voluta scendere a valle, col gregge. Te l'ho detto, è una pecora atipica."

"Assomiglia al padrone."

Lui ha glissato. "Proprio come un'abside, c'è solo un'abside in una chiesa. Le piacciono gli esseri umani, e le piace vivere quassù."

"Fine della somiglianza con il padrone."

"Anche a me piace, ma..." Si è interrotto, lo sguardo si è offuscato, e quasi mi sono pentita di avergli ricordato. "Guarda che è molto simpatica," mi ha assicurato. "Può stare nella rimessa aperta sui tre lati, in giardino. È abituata al freddo. Vedrai che non ti darà problemi. Se sei in difficoltà chiedi a Eliseo che sa tutto, com'è noto, e ti aiuterà."

Senza lasciarmi spazio per ribattere, mi ha consegnato un

foglio con le istruzioni di cura scritte a penna e si è abbassato davanti a lei. Per fortuna, non ci sarà bisogno di mungerla.

"Abside, ci vediamo a Natale. Ti troverai bene con Lucilla, promesso. È come me, solo più bella e generosa e interessante."

"Parli di me a lei, o di lei a me?" gli ho chiesto.

Lui ha riso forte. "Te l'ho detto, metti di buon umore. Dovresti fare cabaret."

"Basta svolte," ho concluso con una risolutezza che di certo non ho.

La pecora si è lasciata accarezzare con gli occhi socchiusi, poi ha emesso un belato e mi ha guardata. Che tenerezza.

Così, la locanda ora ha un nuovo membro, oltre a me e al gatto (e al mostro marino fatto all'uncinetto).

Con le giornate di pioggia e vento e i clienti che scarseggiano (gli amici indaffarati, Nives ed Eliseo, passano quando riescono), la compagnia di Abside non mi dispiace.

È una pecora intelligente e curiosa. Sembra perfino ridere alle mie battute. È pur sempre meglio che vivere da sola. Clarin va e viene come se fosse in albergo (*è* in albergo, si dirà, non a sproposito, in fondo).

Abside e Clarin. Sono degli alleati, in ogni caso. E ne ho davvero bisogno.

Osservandomi attraverso gli occhi di mio padre, vedo questo: un'eroina in una terra sconosciuta, con davanti a sé una grande sfida, una locanda da trasformare in un castello a ridosso di una foresta incantata, una manciata di aiutanti (fantastici aiutanti, bisogna ammetterlo), più due animali magici. C'è il lupo, nei dintorni, ma le fiabe insegnano che il lupo è qualcosa che abbiamo dentro. Il lupo è la nostra paura più grande: la si supera solo guardandola in faccia.

Ciao lupo, il lupo sono io.

Questa è – dev'essere per forza – la volta giusta.

28.

"Agilità, manualità, equilibrio, forza, concentrazione, precisione, sensibilità... Non lasciarmi continuare, Lucilla. Non lasciarmi continuare..."

"Per carità," mi arrendo ancor prima di aver iniziato le proteste.

"Queste e altre qualità allena il fare legna. Queste e altre qualità..."

"Sono le altre qualità a preoccuparmi," dico. "Per esempio, mi mancano i muscoli, tra le altre qualità."

Non avrei dovuto ribattere, ma non sono riuscita a trattenermi. Faccio spirito su di me, perché non sono permalosa. Posso prendermi in giro a oltranza. Ma per il resto... Sono una di quelle persone che non riescono a completare una flessione senza rovinare con la faccia sul pavimento.

E la motosega che riposa ai miei piedi mi spaventa. Anzi, mi terrorizza. Nemmeno avrei la forza di accenderla.

"Non c'è niente di peggio che trovarsi senza legna in pieno inverno," insiste Eliseo.

"Su questo, ormai, non ho più alcun dubbio."

Non solo me l'hanno ripetuto a sfinimento, ne ho anche avuto la riprova. Già adesso accendo la stufa ogni giorno, con la legna che mi regalano a turno. Figuriamoci a gennaio! Mi stringo nel giaccone con un brivido, mentre fisso i larici fuori dalla cabina.

Procediamo a balzi perché siamo su un trattore, questa volta. "Un gioiellino d'epoca" l'ha definito Eliseo, quando è venuto a prendermi senza preavviso stamattina all'alba.

Tanto, è domenica. E all'orto penserò un altro giorno. Per fortuna l'orto pensa a sé, le verdure sopravvivono, nonostante tutto.

"Ti occorre legna, tanta e subito," ha decretato Eliseo quando gli ho aperto la porta nel mio pigiama di flanella.

È la metodologia che mi spaventa. Non il *se*, ma il *come*. La motosega, la forza bruta, le schegge sotto pelle, il trasporto.

Potrei comprarla, la legna, sì, mi ha confermato quando ho avanzato deboli proteste. Però in questo modo risparmio, visto che non ho liquidità... E non devo guardare solo al segno meno, ma anche al segno più. Risparmio soldi, e guadagno qualità. Doveva ripetermele?

No, grazie.

Ci ha tenuto lo stesso a ribadirne almeno un paio. "Perdi tossine e guadagni buon umore e calore."

Ci sono degli alberi a me assegnati dall'amministrazione comunale, mi ha informato, come per tutti. Quella legna mi sta aspettando.

Insomma, voglio o no diventare una vera montanara? Che ci sono venuta a fare quassù? A fare l'uncinetto? Non riesco nemmeno in quello, avrei voluto dire. Ma sarebbe stato come dargli ragione. E poi la legna mi stava attendendo, giusto? Avevo un appuntamento. E avere un appuntamento era già un notevole passo in avanti nella mia routine quotidiana.

"Ogni anno ti verranno assegnati tre o quattro alberi, in boschi diversi. C'è una ratio dietro queste scelte. Non è così semplice individuarli, se non sei del posto. Ma quest'anno ci sono io, e dal prossimo sarai del posto. Anzi, lo sei già, per tanti versi."

"Comunque ci sarai anche l'anno prossimo..."

Mi lancia uno sguardo che non riesco a interpretare.

"Ci sono boschi intoccabili, come quello delle Navette," sorvola. "Si chiama così perché gli antichi Romani ci facevano legna per costruire le navi."

"Quello non lo toccherò, promesso."

Lui ride, ha capito la battuta. "Allora, prima regola," riprende facendo manovra nello spiazzo, "gli alberi sono creature vive e come tali vanno trattate. Il bosco è un organismo con un suo equilibrio. Le cose vanno fatte bene e nel rispetto dell'ambiente. Ciò non toglie che viviamo in case riscaldate da camini e stufe. E dobbiamo sopravvivere."

Il trattore si spegne borbottando, il cassone dietro trema ancora per un po'. Poi tutto tace.

Scendiamo un pendio fino al fitto del bosco, dove i tronchi dei larici sono contrassegnati da numeri scritti con la vernice rossa.

"Non si toccano gli alberi non assegnati," tuona Eliseo. "I tuoi sono i 2546. Tienilo a mente."

Come se potessi in futuro venire qui da sola. Ma annuisco obbediente.

"Eccolo qua," annuncia accarezzando uno dei quattro larici.

Alzo gli occhi: il mio sguardo si perde tra i rami aggrovigliati dell'imponente conifera davanti a me, alta non so quanti metri. Il tronco pare saldamente ancorato al suolo. Peserà quintali.

"Circa otto, ma al metro cubo," ride Eliseo. "Quindi no, non pesa quintali, pesa tonnellate."

"Ma non mi avevi detto che quassù non si tiene la contabilità?"

Lui approva divertito, prima di prendermi la mano e posarla sul tronco. Poi fa altrettanto.

"Carissimo," sussurra all'albero, "grazie. Che Dio te ne renda merito, lassù."

Unisce le mani al petto in segno di raccoglimento e a quanto pare sta davvero pregando, o forse cantando al larice.

Lo imito, cercando di trasmettere all'albero tutta la mia riconoscenza, per quanto possa sembrare strano. In effetti, mi salverà dall'inverno. Certo, sempre che io riesca a ridurlo in pezzi così piccoli da entrare nella bocca della stufa. Cosa che mi fa battere il cuore dalla preoccupazione.

Ma non sono sola, almeno non ancora, accanto a me c'è l'ex sindaco del paese, con una barba (e una stazza!) vichinga, braccia possenti, l'esperienza di una vita. Un uomo a cui ormai sono affezionata e da cui devo solo imparare. Se lui pensa che posso farcela, dovrei potercela fare, giusto?

"Tersilia tagliava la legna?"

"Certo, e dopo c'era il figlio. Non le ha mai fatto mancare niente."

Infila caschetto, visiera e paraorecchie e allunga lo stesso equipaggiamento a me. Poi mi fa cenno di tenermi indietro e guardare. Tira la cordicella della motosega, che si accende rombando.

"Bisogna stare attenti a farlo cadere nel posto giusto," m'istruisce alzando la voce per sovrastare il rumore, "così da non rovinare gli altri."

Dopo una decina di minuti di frastuono, con la motosega che sprigiona una nube di segatura, il larice si incrina, ondeggia lievemente e con una lentezza irreale precipita al suolo.

Rimango paralizzata a guardarlo. È come aver partecipato a un moto sismico. Lo schianto mi risuona a lungo nel petto. Forse è questo che significa essere parte di un ecosistema: l'albero che hai davanti cade e fa rumore dentro di te.

"È la volta della sramatura," m'informa Eliseo, accendendo una diversa motosega, "cioè il taglio dei rami: annotare sul quadernino dei compiti." Fa per passarmi la motosega. "È richiesta la tua partecipazione."

Mi trovo costretta a prendere in mano il vecchio e pesante attrezzo rombante senza immaginare quanta forza ci voglia anche solo per tenerlo fermo all'altezza dell'ombelico e non rischiare di affettarmi una gamba.

"Si parte dalla radice dell'albero, verso la punta," spiega Eliseo. "Attenzione ai contraccolpi."

Lo osservo direzionare la motosega alla base del primo ramo e tagliarlo via come fosse di burro.

Serro i denti per non mordermi la lingua mentre provo a fare lo stesso con la mia.

"Gambe divaricate," mi corregge. "Tienila appoggiata sulle anche."

La lama s'incastra con uno stridio, così Eliseo deve correre in mio aiuto.

"Mai toccare i ramoscelli con la punta della lama."

La sramatura dovrebbe essere il compito più facile, ma la fatica è enorme. Alla fine, sono esausta. E non è la fine, apprendo con orrore. È la volta della troncatura.

"Mai mettersi a valle del tronco," specifica Eliseo. "Sempre a lato del taglio, sezionare in base al diametro, ricordarsi che il peso di ciascun pezzo non dev'essere superiore alle nostre forze."

Perché i pezzi andranno trasportati in spalla fino al trattore. Nel caso non l'avessi capito. E pochi metri in salita possono sembrare chilometri in compagnia del nostro larice e dei suoi quintali, anzi delle sue tonnellate.

Ho compiuto nemmeno un quinto del lavoro che ha fatto lui, ma mi tremano le braccia. È come se vi fossero rimasti impressi il peso e l'attrito. Impossibile liberarsi dalla fatica, anche a riposo.

Per il riposo, in ogni caso, c'è poco tempo, perché il cassone del trattore l'abbiamo riempito e le gomme sono lì lì per afflosciarsi sotto il carico: è ora di portare a casa il primo giro.

Seduta nuovamente sul trattore cerco di abbandonarmi al ballonzolio. Mentre sussultiamo sulla strada in salita, divento un po' trattore anch'io. Sono così sfinita che non riesco a pensare ad altro.

Eppure, ce l'abbiamo fatta.

"Hai visto?" fa lui, indovinando i miei pensieri. "Sei del posto, ormai."

Una volta alla locanda, mi rilasso. Da qualche parte dentro di me è affluita un'energia positiva. Stanca, d'accordo, ma non a terra. Sorrido senza un vero motivo.

È forse il sorriso migliore che possa esserci, mi dico. Se ridi senza un motivo, il motivo sei tu.

Scaricare mi piace, mi pare un compito alla mia portata. È sufficiente aprire il cassone, abbassare la leva che sblocca l'inclinatura e lasciare che la legna scivoli fuori. Atterra fragorosamente nello spiazzo sul retro della locanda.

Nei giorni successivi portiamo avanti l'impresa, finché non otteniamo un'enorme piramide di legna. Come ultimo passaggio ci toccherà ridurre i pezzi in piccoli ciocchi da accatastare nella legnaia.

Per adesso brindiamo con un bicchierino di genziana alla nostra giornata di lavoro. Anzi, due bicchierini. Ecco, tre per la verità.

In fondo, ci mancano ancora tre alberi da abbattere.

29.

D'accordo, sono quasi del posto (quasi), ho la legnaia piena, sorrido di nuovo, anche senza motivo, ma... C'è un grande "ma".

Saluto il putto sulla facciata della chiesa con un cenno del capo e tiro fuori il cellulare. Mi metto a fissarlo con una sensazione ambigua, di mestizia e aspettativa. E dai... Qualcuno che si chieda che fine ho fatto, dove sono... Se sono felice.

Niente.

Perfino Libero, una volta tornato a valle, è sparito. Se non gli importa di come sto io, potrebbe almeno chiedere di Abside!

Ma no, il cellulare rimane muto. Non si illumina. Non suona.

Non esisto nella mente di nessuno.

In preda a un'ispirazione, compongo un numero di telefono. Lo so ancora a memoria, non l'ho mai dimenticato. Chissà se è ancora quello giusto.

Lo è: Miriam risponde al quarto squillo.

"Lucilla!" esclama, senza bisogno di formalità.

"Miriam, quanto tempo..."

"Anni."

"Scusami se ci siamo perse, è colpa mia..."

"Lucilla, che dici? La colpa è mia, semmai! Tra il lavoro e la famiglia, sono tante, troppe, le volte in cui non sono riuscita a richiamarti. E così hai smesso di provare. Hai ragione, avevi ragione... Spero tu non ce l'abbia con me..."

"Io? No, affatto!"

Quindi non ero noiosa o importuna. Semplicemente, era presa da altro.

"Come vanno le cose con Pierre?" mi chiede, senza sapere che è ormai una vita fa. Anzi, due.

Non importa, qui se non altro sto imparando a non fare più troppi calcoli. E a non dare troppo peso al passato. Come se quassù non importasse poi molto ciò che è rimasto giù.

"Non sto più con Pierre, non sono più lì, Miriam," spiego, cercando di farlo suonare il più naturale possibile.

Un piccolo dettaglio, irrilevante nel grande schema delle cose.

Salto Enrico a piè pari, a questo punto.

"Vivo sola, al momento, sono in cima a..."

"Ti prego non dirmi che stai per buttarti nel vuoto o qualcosa del genere e io sono l'ultima persona che chiami e..."

"Oh, no!" Lancio un'occhiata al putto.

Mi reputa il tipo che potrebbe farlo?

"Intendevo solo che vivo in cima a una montagna, in una frazione di quindici abitanti."

"Ah, okay, in montagna," tira un sospiro di sollievo. "Che bello, in montagna! Una montagna può essere anche altissima senza essere pericolosa, in quel senso. Ma cosa ci fai lì? Come ci sei finita?"

"Questa è una domanda che, cioè, sono due domande che..."

"Scusa un attimo." Sento Miriam sussurrare qualcosa a un bambino che piange in sottofondo.

Dev'essere il piccolo Bruno, che tanto piccolo non sarà più.

"Eccomi, Lucilla. Perdonami."

"Quanti anni ha, ormai, Bruno?"

"Sei. E Tilde già due."

Tilde. Non dico che non sapevo avesse avuto una seconda figlia, non farebbe che sottolineare la distanza tra noi.

Adesso piagnucola anche la bimba.

"È un orario un po' difficile, ma ho risposto perché ci tenevo a salutarti," spiega Miriam. "A sentire la tua voce."

Sorrido. "Pure io. Ho chiamato per questo."

E sono sincera.

Ma forse c'è anche un altro motivo.

"E quindi che ci fai lassù?"

Avrei dieci risposte, tutte difficili, e nemmeno troppo chiare. Allora ne scelgo una semplice, e vera. "Sto per aprire una locanda e..." Mi viene un'idea. "Per la primavera sarà pronta, magari potreste venire a trovarmi. Tutta la famiglia."

"Sarebbe un sogno!"

"C'è una quadrupla pazzesca."

Il pensiero che questo possa avverarsi mi fa venire voglia di rimettere mano alla camera. Subito. Potrei studiare con Eliseo giochi di legno per bambini, così che possano sentirsi a casa. Desidero aprire la locanda a tutti, renderla un luogo d'incontro e... La mia mente si sta espandendo all'idea di cosa potrebbe diventare quel posto, il *mio* posto, e all'insieme delle possibilità che non ho ancora esplorato.

C'è un mondo da esplorare, non importa quanto piccolo sia il luogo in cui stai. Ci sono mondi ovunque. Basta... Basta cosa?

"Lucilla, stai bene, quindi?"

"C'è una cosa che ti volevo chiedere, Miriam."

"Certo, dimmi."

"Chi sono, io? Cioè, non pensare che sia impazzita o altro. Ma tu mi conosci da quando sono piccola e..."

"Ed eri una bambina deliziosa, con la coda alta e..."

"Deliziosa?"

"Deliziosa, certo. Perché?"

"Io?"

"Proprio tu! Avevi degli occhi enormi con dentro una grande malinconia. Tondi e pieni di lacrime che però non uscivano mai. Rimanevano lì, come acquari riempiti per metà. Mi facevi venire voglia di abbracciarti. Però eri anche forte. Non eri una bambina debole, avevi le tue idee. Per esempio, volevi essere sempre tu a decidere a cosa giocare."

"Alle principesse?"

"Più o meno. Ma meglio. Di solito c'era qualche guerra che imperversava, il principe azzurro tardava ad arrivare e così dovevamo inventarci un piano. Cavarcela da sole..."

"Ah."

"Per salvarci."

"Veramente?"

"Fino a che non ti sei innamorata di quel bambino. Quello con cui ti incontravi sul muretto."

Certo. I capelli ramati, il viso coperto di lentiggini...

Da quel giorno il principe azzurro aveva iniziato ad avere un volto e ad arrivare puntuale nei nostri giochi. Sfoggiava un sorriso sornione e ci regalava le patatine, prima di portarci in salvo sul suo destriero (in realtà, una BMX rossa con un manicotto di gommapiuma sulla canna su cui mi sedevo).

"È stato da allora che siamo diventate indifese e fragili?"

"Scusami, Lucilla, dammi solo un momento."

I figli hanno preso a litigare tra loro e il marito le sta urlando qualcosa da un'altra stanza. Dovrei tagliare corto, invece rimango attaccata alla conversazione come se ne andasse della mia vita. Qual è stato il momento in cui è cambiato tutto?

"Lucilla," Miriam è tornata alla nostra conversazione, "sai che cosa ricordo più di te? La tua fiducia granitica nelle cose, come con le costruzioni: mettevi mattoncino su mattoncino, con cura e pazienza ma anche un certo entusiasmo. E se il castello crollava, eri sempre pronta a ricominciare. 'Meglio', dicevi, 'possiamo costruirne uno nuovo e diverso'..."

"Forse è così che sono arrivata fin qua."

Non riesco a credere di aver perso Miriam per così tanto

tempo. E in fondo è come se non fosse passato nemmeno un giorno da quando attraversavamo il lungomare tenendoci per mano.

"Lucilla, in questi anni ci ho riflettuto tanto, eppure non te l'ho mai detto. Avevo in mente di scrivertelo, ma non l'ho fatto. Siamo così prese dalle nostre vite che lasciamo passare i giorni, gli anni... Ecco, ho avuto questo pensiero ricorrente, più che un pensiero un rimpianto: non abbiamo mai parlato di tua madre. Intendo, parlato sul serio. Quando è successo ti sei chiusa in te stessa, sembrava quasi che te ne vergognassi. Non te l'ho mai detto e invece avrei dovuto, qualcuno doveva dirtelo e quel qualcuno dovevo essere io, la tua migliore amica. Lucilla: non è stata colpa tua."

"Miriam..."

"Sì, Lucilla, a volte abbiamo solo bisogno di sentirci dire la verità, per quanto semplice o perfino ovvia: non è stata colpa tua."

30.

Il cielo si sta tingendo di rosso, le cime di roccia calcarea spiccano illuminate, tutt'intorno, oltre i boschi in ombra.

Cerco di riordinare i pensieri, ma mi sfuggono, ci rimango impigliata. Volano via e mi trascinano con loro. Mi riportano lì.

Al giorno in cui mia madre è sparita.

Papà mi raccontò che aveva preso il mare per una missione segreta, affidatale da una potente maga. Doveva sconfiggere il male, è questo da sempre il compito di eroi ed eroine. Non poteva tornare da noi, almeno finché non ci fosse riuscita.

Corsi in camera sua: si era lasciata indietro tutto, perfino la valigia rosa che adoravo, perché sembrava che dentro potesse entrarci il mondo intero. L'avevo trovata al suo posto, incastrata tra il muro e l'armadio. E nell'armadio c'erano ancora i vestiti. Non aveva preso la collana di perle che le avevamo regalato per il compleanno, le scarpe da ginnastica, la biancheria e neppure la foto di me e lei sorridenti che teneva sul comodino. Non mancava niente.

Sentivo un gran freddo, anche se era agosto. Mi misi due golf, ma i brividi non passavano. Provai ad abbracciarmi come avrei voluto che facesse lei. Perché lei non c'era.

Come sarebbe riuscita ad affrontare l'avventura senza le sue cose? Quale eroina partiva sprovvista di valigia? La maga l'avrebbe equipaggiata di tutto il necessario?, chiedevo insistentemente a mio padre. E soprattutto: quando sarebbe tornata?

Papà emetteva lunghi sospiri e sembrava rifletterci su. Di sicuro la maga avrebbe fornito alla mamma l'occorrente per ogni sfida, mi rassicurava. Ma quando sarebbe tornata non era dato sapere. Un messaggero alato ci avrebbe aggiornato via via sull'andamento della missione, attraverso dispacci segreti che avrebbe lasciato sul davanzale della finestra.

Erano tanti i protagonisti delle favole senza una madre, aveva aggiunto, non dovevo perdermi d'animo. Bastava pensare a Cenerentola (lui non si sarebbe risposato con un'arpia, giusto?), la Sirenetta, Pippi Calzelunghe, Peter Pan... A rifletterci bene, quasi nessun eroe aveva una madre. E nemmeno un padre, aggiungeva.

I miei occhi si riempivano di lacrime.

Una madre ce l'avevo, io, prendeva allora a rassicurarmi, solo che era stata prescelta dalla maga per la sua missione, e quindi dovevo essere forte. Fidarmi. Anche la mia era una grande sfida, se ne rendeva conto, ma la maga era certa che ce l'avrei fatta, perché ero una bambina speciale.

Io non volevo essere speciale, io volevo soltanto una madre.

Per anni abbiamo apparecchiato per tre, sostituito regolarmente il mazzo di fiori all'entrata, rielaborato il discorso di benvenuto, fatto il cambio di stagione anche dei vestiti di mamma.

Le mie compagne me l'avevano invidiata. Era bella. Lavorava in una gioielleria. Ci preparava la merenda con succo di mirtillo e crostatine.

Non l'avevano mai vista quando negli occhi aveva quella *cosa*. Quando diventava una furia che spazzava via tutto. I suoi genitori e la sua infanzia, le occasioni mancate e le persone che la circondavano, i vicini di casa, i colleghi e le maestre e gli altri genitori e i politici e i volontari e i ricchi e i poveri. Me e papà. Nessuno era all'altezza delle sue aspettative, nemmeno noi. Niente era come avrebbe voluto. Si sentiva in credito con il mondo, un mondo che non la capiva.

Forse era per questo che la maga l'aveva arruolata: per distruggere finalmente quel grumo di dolore che aveva dentro di sé e che le faceva vedere il male ovunque guardasse.

Quando sarebbe tornata, avremmo potuto dedicarci alle cose normali che facevano gli altri senza paura di mandare tutto all'aria all'improvviso: le gite in campagna, i picnic sulla spiaggia, i disegni al tavolo della cucina. In serenità, addirittura in allegria.

Magari avrebbe perfino apprezzato la giostra! Non l'avrebbe più vista come il fallimento di mio padre, ma per quello che era in realtà: il suo più grande successo.

Il messaggero alato ci aggiornava ogni settimana. La mamma aveva attraversato l'oceano in una conchiglia ed era approdata sull'Isola dei Gabbiani Rosa. Aveva sconfitto un orco con un occhio solo e poi era partita su una cicogna alla volta del Continente delle Terre Lontane...

Le scrivevo delle lettere.

Le mettevo sul davanzale della finestra. O le imbucavo nella cassetta della posta senza indirizzo, con solo il suo nome e cognome e sotto a matita: *Mamma di Lucilla.*

Le lasciavo sulla spiaggia, nel punto in cui amava sedersi, vicino al molo. Ne avevo infilata una in una bottiglietta di Coca-Cola, tappata con la gomma da masticare, e l'avevo affidata al mare in un giorno di onda lunga.

Mamma, sei bravissima, però dopo che hai salvato il mondo, torna.
Giuro che non ti farò più arrabbiare.
Giuro che mi comporterò bene.
Giuro che sarai felice.
Vedrai che anche qui è bellissimo, nessuno ti deluderà più.
C'è la collana di perle che ti aspetta.

Oggi ho preso dieci in matematica. (In realtà, dieci meno.)
Manchi anche alle mie amiche.
Senza di te, papà e io sembriamo due naufraghi su una zattera.
Papà fissa il vuoto e fa quel suo sospiro dell'abbandono. Dice va' là e non ci crede.
Mamma, siamo in primavera, abbiamo comprato i tulipani che piacciono a te.
Sta arrivando l'inverno, giuro che berrò la spremuta ogni mattina.
Mamma, è estate, devi tornare per mettermi la crema solare.
Ma quanto dura la tua missione?!
Papà ormai si addormenta sulla sedia. Forse un giorno non si alzerà più.

31.

"Facevo prima a prendere una laurea in Ingegneria!"

È la terza volta che Nives cerca di spiegarmi come occuparmi di Olga, la porzione di pasta madre che mi ha regalato: discende direttamente da quella della sua bisnonna ed è indispensabile per la lievitazione naturale del pane. Ho la responsabilità di tenerla viva. È viva da non si sa quanti anni.

Guardo la pallina bianca e appiccicosa nel barattolo. Non bastavano un gatto e una pecora.

"È normale che abbia questo odore?" chiedo arricciando il naso.

"Be', certo!" esclama Nives. "È una sostanza viva, respira..."

"Intendi che siamo così acidi anche noi?"

Tento di eliminare qualsiasi traccia di ironia dallo sguardo. Adoro Nives. Viene spesso ad aiutarmi alla locanda. Mi ha aiutato in un sacco di cose. E oggi ha deciso di passare il suo giorno libero con me in cucina. Non rovinerò tutto per colpa della preziosissima, antichissima e vivissima Olga.

"Imparare a fare il pane è fondamentale, giusto?"

So che lo è, anche se spero fino all'ultimo che mi smentisca.

Invece, annuisce. "Ne dovrai fare a chili, in stagione."

È che fare il pane con Nives e Olga è un po' come progettare un missile aerospaziale.

Ma se ho imparato (quasi) a fare legna, imparerò anche a fare il pane. Più fare, meno pensare.

Ho annotato i passaggi: tirare fuori Olga dal frigo, aspettare un'ora, poi rinfrescarla (ossia pesarla e aggiungere lo stesso peso di farina e la metà di acqua. Impastare. Formare una pallina, incidere una croce), tenerla fuori per altre quattro ore, prima di usarla per l'impasto del pane, che poi dovrà riposare per otto ore, finché non avrà raddoppiato il suo volume e...

"E nei tempi d'attesa che faccio?"

"Come, che fai? Tutto il resto."

Già. Ce ne sarà di "resto", soprattutto quando il ristorante sarà aperto. Perché aprirà, a un certo punto. A un certo punto che è tra poco meno di un mese. Ecco, ci ho pensato e ora mi verrà la tachicardia.

Guardo Nives infarinare il grande piano di lavoro mentre cerco di calmarmi. Clarin entra sfilando dalla porta della cucina e si accoccola su una sedia assopendosi all'istante. Abside, in giardino, sta belando. Fuori pioviggina, la stufa emana un dolce tepore, in bocca ho ancora il gusto del caffè e della torta alle more portata dalla mia amica.

All'improvviso mi sembra tutto perfetto. Perfetto, tranne il dover imparare questa complicatissima cosa del pane senza potermene stare tranquilla a godermi l'atmosfera di casa.

"Tasta." Nives mi indica Olga. "Devi saper riconoscere la consistenza giusta."

La sento appiccicosa e vulnerabile sotto le dita. Speriamo sopravviva alle mie cure.

Utilizziamo il tempo di attesa per caricare il forno a legna.

"Formaggi e pane casereccio: hai una prima voce nel menu," annuncia Nives con soddisfazione.

Lo dice come se la responsabilità fosse anche un po' sua, e questa responsabilità le facesse piacere. Gliene sono così grata.

E in effetti, comunque, è già qualcosa, penso infilando i ciocchi nel forno.

"Tua madre, poi, ti avrà insegnato qualche piatto."

"Oh, mia madre..." Mi si taglia il respiro.

Nives mi osserva in attesa.

È che non so parlare di lei. O forse non voglio. In ogni caso, non ci sono mai riuscita.

L'unica cosa che sono riuscita a fare in tutto questo tempo è stata struggermi per quello che avrebbe potuto essere. Mi accade pure ora, ammettendo che no, anche quando c'era, mia madre non ha mai cucinato. Se ne occupava mio padre. Poi ha smesso e ci siamo arrangiati per anni con i prodotti della gastronomia e i surgelati.

Non le interessava cucinare, penso. Ma non me lo ricordo con certezza. L'ho solo ricostruito, come la maggior parte delle cose che la riguardano. Il suo modo di ridere e di gridare, il suo modo di volermi bene. Perché me ne voleva, giusto?

"Non dobbiamo parlarne," mi viene in soccorso Nives, posando la pinza per la legna sul ripiano.

"Grazie," sussurro.

Il fuoco ha preso a crepitare. Avvicino il volto al forno e ne respiro l'odore.

Da quando sono qui mi sento più lontana dal passato. Nessuno chiede, nessuno ci vuole davvero entrare, e questo mi dà una grande libertà: pensarmi per quello che sono oggi.

Chi sono stata non conta, conta chi sono adesso.

Osservo le fiamme danzare nel forno. Sapere di essermi procurata questa legna mi dà una sensazione di compiutezza. (Io con Eliseo, certo. Anzi, Eliseo con me, ma perché sottilizzare?)

"La legna ti scalda tre volte." Ripeto a Nives quello che mi ha detto lui, a fine lavoro. "Quando la spacchi, quando la accatasti e quando la bruci. Ecco la quindicesima regola della vita felice: scegli lavori che ti danno, invece di toglierti."

"Il proverbio lo conoscevo," ribatte lei, assorta. "Ma questa sul lavoro... me la segno. Avrei bisogno di ricordarmelo più spesso."

"Non ti piace, il tuo?"

"No. E poi questo su e giù con la valle, ogni santo giorno, quasi due ore di auto... Mi sta logorando." Scuote la testa.

"Ti capisco."

Me lo sono chiesto, come dev'essere. Dove trova la forza.

"E a Tobia piace la scuola?" domando, per cercare un argomento più allegro e anche perché mi manca, Tobia.

Con il suo sguardo vispo e curioso e tutte le strane domande che fa, come quelle sulle mamme.

Alla sua età una vita senza madre è inconcepibile, non sa ancora che c'è chi deve trovare il modo di farci i conti, ed è come con un arto fantasma. Il corpo e la mente ne conservano memoria, a tratti è come se fosse ancora lì. E non smette mai di dolere.

"Si trova bene a scuola, sì," risponde Nives, ma con una punta di tristezza nella voce.

"Il distacco non dev'essere facile. Vederlo diventare grande. Entrare nel mondo."

"E che mondo... Quassù è così diverso."

"Qui però non c'è la scuola."

"A volte l'ho sognata, sai? Se potessi aprire una scuola quassù... Quanto sarebbe bello? Una scuola nel bosco. Per i miei bimbi e..."

Si ferma a metà della frase e la lascia cadere nel vuoto. Quali altri bambini?

Non ci sono altri bambini. Avremmo potuto essere io ed Enrico a spezzare l'incantesimo, già, ma se anche fosse stato? Un bambino in più o in meno, che differenza avrebbe fatto?

È difficile immaginare un futuro per un posto in cui vivono solo una cinquantina di persone, e per di più sparse in tre frazioni diverse. (Più una nel paese fantasma sull'altro versante.) Ma se solo fossero le persone giuste, allora...

"Ci starebbero bene, i bambini, qui," dico. "È la prima cosa che ho pensato appena arrivata. A volte basta un'infanzia felice per affrontare tutta una vita."

È la mia litania.

Nives sorride. "Quanto è vero."

"Nonno Eliseo sarebbe un ottimo maestro."

"Lo è stato."

"È stato anche maestro?!"

Quante vite ha vissuto quell'uomo con la barba da vichingo?

"Sindaco, maestro, presidente della Comunità montana... ma non nonno," ride lei.

"Come, 'non nonno'?"

"Credevi che fosse davvero il nonno di Tobia?"

"Be', lo chiama nonno!"

"Che c'entra, lo chiama nonno per comodità, per affetto!" Nives tasta le pagnotte. "Sono pronte. Inforniamo."

Mi mostra come procedere con la prima, poi lascia a me le altre. Cerco di prendere confidenza con la lunga pala. Nives sembra possedere una fiducia incrollabile nella buona riuscita di questa operazione, non sa che dai miei forni non è mai uscito niente che non fosse bruciato.

Guarda l'ora sul telefono. "Venti minuti e controlliamo."

Si prepara una sigaretta attingendo da un sacchettino di cuoio, usciamo nel porticato. Abside fa qualche belato di saluto.

La pioggia è più intensa, adesso. Porta con sé un vago odore di erba.

"Gli piace prendersi cura degli altri, a Eliseo. Insegnare la montagna. E a Tobia piace ascoltarlo. In un certo senso gli ha fatto da nonno."

"Quindi, Eliseo non è il padre di tuo marito?"

Ride come se fosse la cosa più buffa che abbia mai sentito. "Certo che ne hai di immaginazione..."

"Be', insomma, immaginazione... Tuo figlio lo chiama nonno, ho unito i puntini."

D'improvviso diventa seria. "Io credo che sotto sotto Eliseo voglia dimostrare di poter essere un ottimo nonno. Che non è poi così male come figura di riferimento..."

"Dimostrarlo a voi? O a sé stesso?"

"Forse a qualcun altro."

La frase rimane sospesa tra noi, senza che Nives aggiunga niente per chiarirla.

La osservo soffiare fuori il fumo dalle labbra. Le mani arrossate, con le unghie corte. Mani che lavorano, mai a riposo. E che occhi ha... Con uno sguardo così, niente pare impossibile da affrontare.

Vorrei chiedere altro, di Eliseo e dei loro rapporti, ma meglio non immischiarsi nelle dinamiche di paese. Lasciamo stare i puntini, evitiamo i collegamenti...

Quello che conta è che a me piacciono tutti, qui. E io, incredibilmente, sembro piacere a loro.

Guardo il cellulare, ormai diventato un semplice orologio da tasca.

"Sarà meglio controllare, venti minuti sono quasi passati," annuncio lasciando cadere l'argomento parenti e puntini. E tenendomi il dubbio.

Concentrarsi sulle cose concrete: cosa c'è di più concreto del pane?

32.

"Absíde!"

Stamattina non l'ho trovata nella rimessa ed è più di un'ora che la cerco. Ho il terrore che ci sia di mezzo il lupo, anche se non ho trovato tracce di sangue o ciuffi di lana. E nemmeno impronte sospette (che peraltro non saprei riconoscere). Potrebbe averla spinta a scappare e azzannata solo in seguito? Penso che avrebbe belato, davanti al pericolo. Lo avrebbe fatto sicuramente, bela per qualsiasi cosa. Ma forse dormivo di sasso e non l'ho sentita.

La tisana sette erbe che mi ha preparato Nives fa decisamente effetto. Da quando ne bevo una tazza prima di coricarmi crollo addormentata che è una meraviglia, e l'altro giorno non ho sentito nemmeno il canto del gallo. Ma il belato di Abside lo avrei sentito! Per istinto materno.

Solo scorgere il suo manto cotonoso in giardino o vederla bussare alla finestra col muso mentre lotto con la pasta madre mi regala un senso di morbidezza e tepore.

Sul pane, comunque, ancora non ci siamo: commestibile ma non vendibile.

La mia dieta si è di nuovo modificata: pane e olio (più gli yogurt scaduti, certo). Devo pur esercitarmi, e non sprecare nulla.

"Abside!"

Ho pensato che potesse essere rimasta chiusa nel magazzino o in qualche anfratto, è sempre in giro a curiosare, ma non l'ho trovata da nessuna parte. Ho percorso tutto il paese, allora, ripetendomi la tabellina del sette perché la mente non corresse al peggio. Abside potrebbe facilmente mettersi nei guai, cocciuta ed eccentrica com'è. E poi esiste animale più vulnerabile di una pecora?

Ho controllato dietro le cataste di legna, nella vasca di pietra, al vecchio forno, ho provato a entrare in chiesa ma era chiusa come sempre, sono andata fino al limitare del bosco soprano e di quello sottano sfidando la possibile presenza del lupo. Ma il lupo è solo qualcosa che ho dentro, le paure vanno affrontate perché al di là ci aspetta qualcosa di vitale per noi, e ora al di là ci sono Abside, Libero e tutta la comunità montana, e la voglia di sentirmi forte. Dove sei, Abside?

Ho camminato fino in cima al monte, l'ho chiamata a gran voce. Niente. Scendendo ho pensato che ero un po' diversa da prima, il lupo non c'era ma avrebbe potuto esserci e io lo avrei affrontato, ho scoperto un coraggio che non credevo di avere. È stato come ritrovare in tasca un anello che non sapevo di aver perso. Tutto bello, certo, ora però, dannazione, dov'è Abside? Dov'è la mia matta, coccolona, sfrontata pecora brigasca?

E cosa dirà Libero? Me l'aveva affidata e io l'ho persa.

A volte, davanti alla chiesa, ho provato a comporre qualche messaggio per sapere cosa fa, come sta, per aggiornarlo sulla pasta madre o sulla legna, ma non l'ho mai inviato. Non voglio sembrare molesta, penso sia questo. E poi a lui non interessa, altrimenti mi avrebbe scritto, giusto?

Certo, non trovare Abside sarebbe un bel guaio.

Ho bussato a Eliseo, che è sempre la mia ultima risorsa (non voglio gravare su di lui), e anche l'unica sicura (perché lo trovo sempre).

Dal balcone del suo laboratorio, con il binocolo, abbiamo individuato una pecora che vagava per il paese fantasma, al di là del ponte che collega la nostra montagna al versante opposto. Doveva essere lei!

Sono corsa lì senza lasciarmi accompagnare. Anche perché Eliseo era di pessimo umore e sembrava troppo stanco per seguirmi. "Sono meteoropatico," si è giustificato. "E poi quella pecora dovrebbe stare con le altre, è stata plagiata da Libero. Non avresti dovuto fartene carico. Non ci si può far carico delle scelte e degli errori altrui. Men che meno dei capricci. È la sesta, la settima e l'ottava regola della vita felice. E pure la nona."

A dire il vero, Eliseo è simpatico anche imbronciato. E pure un po' buffo (ma non ho riso).

Il paese abbandonato è sovrastato da un grande albergo con i balconcini di legno incrinati e l'insegna sbilenca. Un paio di finestre hanno i vetri rotti. Il silenzio è assordante. Sento solo il mio respiro affannoso (più di due chilometri di corsa sostenuta in salita! Vabbè, in falsopiano, ma insomma...) e il cuore che mi martella nelle tempie.

Supero un bar sprangato e passo davanti a un negozio di noleggio attrezzatura da sci, ci sono ancora gli adesivi sulla vetrina scheggiata in un paio di punti. All'interno tutto sembra al suo posto, anche se coperto da un dito di polvere, come se avessero soltanto chiuso per ferie.

Pure la vicina scuola di sci è ammantata di polvere. Un mondo sommerso, non dall'acqua ma dal passare del tempo. Congelato in un'epoca che si è bruscamente interrotta. E non tornerà. (A meno che non si rimetta a nevicare seriamente, in un contro-cambiamento climatico.)

Mi sembra di vedere ancora gli sciatori con scarponi e occhiali da sole affrettarsi verso gli impianti, altri crogiolarsi sulle sdraio al sole, sulla terrazza del ristorante i bambini che si lanciano palle di neve.

"Abside!"

Mi aggiro per le strade del paese fantasma chiedendomi chi sia la pecorella smarrita, se lei o io.

Io, quassù su questa montagna, senza un vero perché, e senza ancora sapere bene come. Se e come. Eppure, a volte mi tornano in mente le parole di Miriam, e davanti ai miei occhi si ricompone l'immagine della stanza pronta ad accoglierli, dei suoi figli in giardino, magari insieme a quelli di altri visitatori, io a correre di qua e di là, indaffarata e contenta...

Sì, sono in un paese abbandonato in cerca di una pecora dispersa, ma sono ancora Lucilla. Sono sempre io che tento una nuova strada. Che tengo fede a una promessa.

Mi giro verso il nostro paese, il *mio* paese, sul versante opposto. Un alveare di case appena più grande di questo, che se ne sta in bella mostra al sole. La locanda, poco più in basso, si individua facilmente, con le persiane azzurre, i balconcini di legno lucidato, i vasi di ciclamini e di erica.

Eliseo dovrebbe riuscire a vedermi con il binocolo, dal suo terrazzino, così improvviso un saluto con la mano.

Sono qui! Non preoccuparti, va tutto bene!

Mi fa sentire meno persa, l'idea che dall'altra parte ci sia qualcuno a vegliare su di me. Ma più probabilmente Eliseo starà intagliando qualche pezzo di legno e borbottando contro qualcosa, o qualcuno.

Sto per rimettermi in marcia quando, finalmente, la sento.

"Abside!"

Il belato sembra provenire dal piazzale sul retro dell'albergo, ma una volta arrivata lì non la trovo.

Un altro belato, che viene da più sopra. Salgo una ripida scala in pietra fino a un altro spiazzo, più piccolo, su cui affacciano vari condomini. Il vento fruga gli atri deserti.

Accanto alla panchina in fondo, davanti al panorama, scorgo Abside con l'unico residente del luogo. Per un momento il sollievo mi fa dimenticare tutto. L'apprensione e i pensieri confusi.

Wow, arrivare fin qui da sola, sei proprio una pecora brigasca doc, vorrei dire ad Abside, Libero sarebbe fiero di te, tieni alto l'orgoglio della razza.

L'uomo con la giacca a vento rossa e bianca e il cappello verde acido le sta accarezzando il muso. Lei non sembra affatto spaventata, anzi, accetta le attenzioni con la ruffianeria piaciona di un gatto. Un gatto decisamente più tenero di Clarin. Lui mi sorride in quel suo modo quasi impercettibile, salutandomi con un cenno del capo.

Non smette di passare dolcemente la mano sul manto di Abside, che emette un belato con gli occhi a mezz'asta. Ci manca che si metta a fare le fusa.

"Grazie al cielo, stai bene!" esclamo correndo ad abbracciare la mia pecora.

Che poi non è mia.

"Arigatò," dico all'uomo, unendo le mani in preghiera. "Grazie!"

Lui fa uno dei suoi piccoli inchini con la testa, come se non ce ne fosse veramente bisogno. *Ho solo fatto il mio dovere*, sembra dirmi, *se una pecora vuole essere accarezzata come un gatto, perché non accontentarla*?

È venuto alla drogheria regolarmente, negli ultimi tempi, per comprare pesche al liquore, fagioli, zucchine, aceto di mele, salsa di soia (non ce l'avevo!), zucchero, pastiglie al limone, pesce congelato, spaghetti integrali, patate, lamette, carta igienica, cipollotti, zenzero (non ce l'avevo).

Io non ho ancora capito nulla di lui, solo che ha quello sguardo così pieno di empatia per cui non può aver fatto del male a nessuno, forse solo a sé stesso. C'è della malinconia, inoltre, in quello sguardo, come se si stesse lasciando andare alla deriva, lontano dal mondo.

"Mi hai fatto venire un colpo," dico adesso alla pecora, in tono di rimprovero. "Non ci si allontana da casa senza avvertire!"

Abside mi guarda inclinando la testa. Può sembrare stupido, ma sono certa che mi capisce. O forse sto ammattendo. Come era probabile che accadesse, d'altra parte.

L'uomo ha scritto qualcosa sul suo traduttore portatile. Me lo allunga:

この道や／行く人なしに／秋の暮れ

Questo sentiero / non è percorso da nessuno / in questa sera d'autunno.

Mi osserva con la sua solita calma, forse aspettando una reazione, che potrebbe anche non esserci e andrebbe bene lo stesso. Almeno, questa è l'impressione che ho io, che comunque sorrido annuendo, nonostante stia pensando: non è sera, è mattina.

Forse la solitudine ha fatto ammattire anche lui?

Starsene quassù come pianeti, ognuno nella propria orbita. Il vuoto, intorno.

E forse dentro. In fondo è sempre la geografia interiore a orientarci, a indicarci la direzione. Qualsiasi mondo scopriamo, lo scopriamo in noi.

È giusto? Ci rifletto come se qualcuno me l'avesse domandato, mentre il signore che ho di fronte e io continuiamo a guardarci in silenzio.

Non è sera, ma è vero, questo sentiero non è percorso da nessuno e all'improvviso penso di capire cosa intende: il percorso è anche dentro di me.

È qualcosa di inspiegabile a parole, se non con quelle parole lì. Quelle parole precise.

"Beee!" fa Abside, nella mia direzione.

Scoppiamo a ridere, come tra amici.

È arrivato il momento di contribuire alla conversazione, così scrivo:

Ho assortito la salsa di soia!
醤油を仕入れました！

Oh, mima lui con il labiale, ringraziando con dei piccoli inchini della testa.

A saperlo te l'avrei portata a domicilio...
知っていれば、お宅までお届けに伺ったのですが…。

Lui scuote la testa:

歩くのが好きです
Mi piace camminare.

"Eh, eh," dico, poi rispondo:

Allora sei nel posto giusto.
ここがあなたにぴったりの場所です。

Fa un lungo respiro, poi mi fa cenno di sedermi accanto a lui, sulla panchina rugginosa.

Ci mettiamo a osservare il panorama.

La vallata in tutte le sue sfumature di marrone, rosso, giallo. Alcuni alberi ormai spogli. Fa più freddo, da questo lato, rispetto alla locanda, che gode del doppio di ore di sole durante il giorno (versante aprico!).

Il mio vicino guarda avanti senza bisogno di dire niente. Ora che ci penso, non gli ho mai sentito emettere alcun suono. È come se vivesse con un silenziatore incorporato. Non *vuole* parlare? O non *può*?

Lo spio di nascosto. Il profilo elegante e l'espressione seria mentre studia a sua volta il paesaggio.

Tento di lasciarmi contagiare dal suo senso del tempo, non smanioso come il mio, più dilatato.

Rimaniamo così per minuti interi che potrebbero essere ore o secondi. Io, lui e la pecora, che, eretta accanto a noi, sta forse ripensando alla sua disavventura, che magari per lei è stata solo un'avventura.

Ecco il punto: quella che per qualcuno è una strada sbagliata, per qualcun altro è quella giusta. Se la propria realizzazione è una meta comune a tutti, mi sa che per arrivarci ci sono tante strade quante le persone che le percorrono.

Senza alcun preavviso, l'uomo tira fuori dalla tasca del giaccone un libriccino giallo consumato, scritto in giapponese. Digita sul traduttore:

松尾芭蕉
Matsuo Bashō

Le sue dita prendono a scorrere rapide sulla tastiera. Leggo la traduzione da sopra la sua spalla.

芭蕉は、生涯を旅とともに歩んできた「旅の詩人」と呼ばれています。
俳句を詠み、ありふれた儚いものを、崇高で永遠のものへと昇華させる詩人として知られています。
Il maestro Bashō è chiamato il "poeta del viaggio".
Ha fatto del viaggio la sua vita.
Scrive haiku. Trasforma il banale e caduco in sublime ed eterno.

Condisce la fine della frase con un luccichio rarefatto degli occhi, come se il discorso lo avesse portato molto lontano.

Seduti fianco a fianco ci muoviamo in sincronia, alziamo lo sguardo e ci osserviamo – sembra di stare davvero parlando. Lui continua a digitare, e io a leggere la traduzione:

東京を何日もさまよい、心の平穏を見いだせないまま、
雨に打たれてインクが滲みそうな小さな本を歩道で見つけました。
私もまたずぶ濡れで、もしかすると自分も溶けてしまうかもしれないと感じていました。
そのとき抱えていた感情に、自分が耐えられるかどうか分かりませんでした。
だから、この小さな本を救いながら、同時にこの本が私を救ってくれることを心から願っていました。

この場所を離れようと思っていましたが、本当にそうするかは決めかねていました。
それでも空港へ行き、片道切符を手に入れました。
誰にも見つからないような遠くへ行かなければなりませんでした。
自然を求め、静けさを求め、そして虚無を求めていました。
こここそが、自分のいるべき場所だと確信しました。

Dopo giorni in cui mi aggiravo per Tokyo senza trovare pace,
ho rinvenuto questo libriccino su un marciapiede,
sotto la pioggia, si stava inzuppando, l'inchiostro si sarebbe sciolto... Anch'io mi stavo inzuppando.
Anch'io... forse mi sarei sciolto.
Non sapevo se sarei sopravvissuto
a quello che provavo in quel momento.
E così ho salvato il libriccino, sperando che lui salvasse me.
Avevo già in mente di andare via, ma non sapevo
se l'avrei fatto veramente. Invece, sono andato all'aeroporto e
ho acquistato un biglietto di sola andata.
Dovevo andare lontano, dove nessuno mi avrebbe trovato.
Cercavo la natura, cercavo il silenzio, cercavo il vuoto.
Avevo letto di questo posto in un articolo
e me ne sono ricordato proprio in quel momento.
Mi è sembrato il posto giusto.

Abside emette un belato lungo e annoiato, la fulmino con lo sguardo.

Dal Giappone, quest'uomo ha pensato che questo fosse *il posto giusto*. Si è lasciato guidare dal caso. La vita riesce sempre a sorprendermi.

Vorrei porgli tante domande, ma non trovo il coraggio di rompere il ritmo con cui si sta raccontando. Sceglie con cura le parole, e sento che se omette alcuni elementi lo fa non per incuriosirmi, semmai per pudore. Perché forse ci sono cose di cui non vuole parlare. Almeno non con me.

Scrivo:

Qui c'è pace.
ここは平和です。

Ed è come se la sentissi davvero solo adesso.

Dopo una piccola esitazione, aggiungo:

Anche io, ricomincio.
私もまた、新しい一歩を踏み出しています。

Vorrei che tutto rimanesse poetico, tenere fuori dal discorso la fatica, il senso di inadeguatezza, il peso del passato...

Vorrei non caricarlo dei miei problemi, in fondo ci conosciamo appena. Invece glielo dico, cioè glielo scrivo, e vedo le mie paure trasformarsi in bellissimi ed eleganti ideogrammi. Se solo potessero restare così, tratti pieni di bellezza e di mistero...

Lui si prende del tempo per leggere quello che ho scritto. Saggia ogni parola, annuisce tra sé e sé. Poi digita:

私は大輔です。
Sono Daisuke.

Io Lucilla.
ルチッラです。

Potrebbe sembrare strano, approdare alle presentazioni così in ritardo rispetto al nostro primo incontro, e comunque approdarci proprio in questo momento. Invece mi dico: ha senso. Cos'è il nostro nome se non un modo per riconoscerci, e se prima non ci conosciamo che importa avere un nome? Solo quando ci riconosciamo possiamo chiamarci. Esistiamo l'uno per l'altra. In fondo, è la base di ogni rapporto umano.

Perfino di quello che abbiamo con noi stessi.

33.

Ci dividevano quindici fermate di autobus. In macchina sarebbe stata mezz'ora, in autobus era quasi il doppio, di più se c'era un incidente, in un attimo il traffico ingolfava la provinciale e i mezzi pubblici non avevano la corsia preferenziale.

Tiravo fuori dallo zaino gli appunti e il dizionario e mi mettevo a studiare per recuperare la lezione appena perduta. Meglio il latino che prestare attenzione a quel tragitto. Meglio vagabondare nei tempi antichi che fissare ciecamente quel paesaggio, così *normale*, in cui si avanzava un metro alla volta. Condomini, villette con il giardinetto e uno scivolo di plastica scolorito al centro, il tosaerba accanto alla staccionata, una parabola sul tetto, case di persone ignare di tutto, altre vite. Vite in cui però mi sarei volentieri tuffata pur di smettere di pensare alla mia, qualunque cosa pur di riempire il mio vuoto.

Quando infine la strada svoltava di nuovo verso la costa, la vicinanza del mare mi restituiva un particolare e inspiegabile conforto. Non dovevo nemmeno sollevare lo sguardo, bastava il lieve mutare della luce, che riverberava più intensa anche nei giorni nuvolosi. Prima di allora il mare per me aveva significato che qualcuno poteva tornare, magari proprio lei.

"Magàra," sospirava mio padre.

Mio padre che non sapeva, nemmeno sospettava.

Ma io sì, sapevo. Per questo ero su quell'autobus.

Sollevavo gli occhi dalle pagine solo alla fermata prima della mia. Mi alzavo aggrappandomi al corrimano e premevo il pulsante per assicurarmi che l'autista non tirasse dritto: a volte succedeva, mancava poco al capolinea e in quel tratto accelerava.

Mamma abitava al secondo piano di una palazzina rivestita di mattonelle bordeaux scolorite dalla salsedine. Il giardino condominiale era infestato di erbacce, e il marciapiede davanti crepato in più punti.

Si era tagliata i capelli corti e li aveva tinti di scuro, aveva rivoluzionato il suo modo di vestire, eppure non era certo difficile riconoscerla. Non per me. La tuta di felpa e il caschetto non cancellavano la sua espressione agguerrita e insofferente né i movimenti bruschi e perentori.

Il nuovo aspetto era un modo per non farsi riconoscere, per mantenere l'incognito? O forse, semplicemente, la sua nuova vita le aveva suggerito quei cambiamenti e lei si era adeguata?

Magari non vedeva l'ora di svestire i panni dell'elegante commessa di gioielleria, i lunghi capelli biondi e i vestiti dai colori pastello, la bambina fin troppo vivace al seguito e il trasandato e colto giostraio con cui si era sposata, quando era ancora troppo giovane e inesperta per prevedere le conseguenze: una vita forse non adatta a lei, in cui non era felice.

Adesso lo era?

Non penso si aspettasse di essere ritrovata. E nemmeno credo che gliene importasse un granché. Invece io l'avevo scovata, per caso, era bastato uno stralcio di conversazione in un bar. Non era andata lontano, per l'appunto. Nessuna missione, nessun viaggio avventuroso dall'altra parte del mondo. Si era trasferita a due paesi di distanza, lasciandosi tutta la sua vita precedente a mezz'ora d'auto: figlia e marito, i vestiti nell'armadio, la valigia rosa, la foto sul comodino.

A quell'ora della mattina mia madre scendeva con i bambini per mano, il grande doveva avere sette o otto anni e gliela teneva controvoglia, la piccola di quattro o cinque, invece, vi si aggrappava come a un'ancora di salvezza. Avevano il suo viso tondo, diverso dal mio, che era più allungato, come quello di mio padre.

Non che non urlasse, con loro. Non che non avesse ancora quella *cosa* negli occhi. Però, rimaneva. Stagione dopo stagione.

In autunno, facendo attenzione a non scivolare nel vialetto per le foglie umide di pioggia, in inverno quando s'innervosiva mentre sbrinava la macchina, in primavera con gli occhi gonfi per l'allergia (di quella soffriva ancora, a quanto pareva – ovunque fuggiamo, qualcosa di noi ci accompagna), in estate con la sacca della spiaggia a tracolla.

A volte strattonava la piccolina perché si muovesse, gridava al marito di aiutarla a caricare la macchina. Un uomo dai modi gentili e lo sguardo triste. Ma meno triste di papà. E meno estroso all'apparenza. (Non credo inventasse favole per i figli.)

Che cosa aveva trovato di diverso, lì, mamma? Che cosa c'era, lì, che da noi mancava?

La spiavo per capire, in ogni stagione. E avevo freddo. Che fosse estate o inverno. Che mi stringessi in un cappotto di lana o solo nel mio abbraccio.

Cercavo di tornare indietro con la memoria, per ricostruire le ragioni della sua fuga. Com'era accaduto? Se l'era andata a cercare, un'altra vita? O le era capitata? Mi interrogavo ossessivamente, al ritorno, ancorandomi al mio riflesso nel finestrino per non scomparire del tutto. Poteva davvero *capitarti*, una scelta come quella? Poteva capitarti di abbandonare tua figlia?

Con gli altri restava, anno dopo anno. Com'ero riuscita a essere *così* sbagliata? Così sbagliata da essere rifiutata dalla mia stessa madre?

Al ritorno, il paesaggio mi pareva ancora meno interessante, ma non riuscivo a concentrarmi sulle pagine. Riflettevo disperatamente spostando lo sguardo da un palazzo a un garage, da un'area giochi a un distributore di carburante.

Se fossi stata diversa, magari mi avrebbe portata con sé.

Se anche papà fosse stato diverso, magari sarebbe rimasta.

Se non mi fossi messa a ballare dietro la banda del paese.

Se non avessi mangiato tutta la torta al compleanno di Carlotta.

Se fossi stata a tavola con la schiena dritta.

Se fossi riuscita a capirla. Ad aiutarla. A *salvarla*.

Invece, non mi ero dimostrata all'altezza. Ero una figlia malriuscita.

Provavo un senso di vergogna per me stessa. Mi sembrava che essere stata abbandonata da mia madre dicesse di me più di qualunque altra cosa. Potevo essere simpatica o antipatica, interessante, noiosa, attraente, sconcertante... Ma che cosa contava? Mia madre mi aveva abbandonata.

Siamo quel che siamo per le persone che ci hanno lasciato.

Chi mi guardava vedeva una bambina, poi una ragazza, infine una donna la cui madre l'aveva abbandonata. E non perché la vita le fosse insopportabile. Ma perché era meglio altrove.

In un paese simile, in un palazzo più o meno uguale, con un uomo che ricordava il primo. A quindici fermate di distanza.

Smisi di spiarla dopo qualche anno. Lo feci da un giorno all'altro, come con una dipendenza da troncare di netto. Forse avevo capito che non c'era più nulla da capire, o ero satura di dolore. Mi dissi che lo facevo per mio padre, perché non venisse mai a scoprirlo.

Non presi più l'autobus in quella direzione e girai per sempre al largo da quel paese.

Eppure, non sono mai andata davvero via da lì.

34.

Tiro fuori il telefono senza aspettarmi alcun messaggio, invece un messaggio è arrivato. Incredibile! Qualcuno nel mondo pensa a me. Esisto anche da quassù.

Sarà la banca che mi minaccia per il conto in rosso? Il tecnico della rete internet, per rimandare ancora una volta l'appuntamento? (Oggi dovrò rimandarlo io, mio malgrado.) La Commissione regionale, che mi sanziona per varie inadempienze? (C'è solo da scegliere quale.)

Non può essere mio padre, perché i messaggi non li sa mandare, o almeno così dice. (Secondo me, è perché preferisce la voce.)

A che punto siamo con la sciarpa? Inizia a fare freddo.

È Libero.

Libero mi ha scritto. Avrà saputo della gelata. La principale via di accesso al paese, quella che sale dal mare, è bloccata: dopo la pioggia mista a neve di ieri, stanotte la temperatura è crollata di colpo e sull'ultimo tratto di salita si è creata una lastra di ghiaccio. Ora mi sento sì in un castello, ma prigioniera. E nessuno mi salverà, questo è sicuro. Né, soprattutto, potrà venire il tecnico a installare la rete wi-fi prevista dal bando, che altrimenti niente *nomad workers*, solo *resident* disoccupati.

Libero mi pensa?

La sciarpa si è trasformata nel tentacolo di un mostro marino, rispondo. *Se non fai presto, sarà così spaventoso che ti divorerà!*

Fisso il telefono, in attesa di una risposta. Anche se non mi sembra il tipo da starsene sempre con il cellulare in mano. Quindi, con tutto quello che ha da fare, si ricorda di prendere in giro me...

Attendo. Solo per la curiosità di vedere cosa troverà da replicare. Ma attendere è snervante.

Attendere è già un lavoro, mi ha detto Nives, nelle questioni della natura l'attesa è sempre attiva, anche quando non ce ne rendiamo conto. I semi germogliano nel buio, e ciò che ti attende è già in viaggio per te. È una frase che mi sono segnata mentalmente, me la ripeto, è magica, ma purtroppo con me non funziona sempre. (Quasi mai, per la verità.)

Scrivo a mio padre qualche aggiornamento. Spero davvero che le cose da lui si siano risolte, in qualche modo, che i bambini non si siano lasciati affatturare dalla novità di Saetta McQueen, che gli siano rimasti fedeli. (A lui e alla sua musica classica.)

Scrivo infine al tecnico, per riprogrammare l'appuntamento.

Dovrei scendere a far scorrere l'acqua nei rubinetti della locanda per evitare che si ghiacci nei tubi, ma aspetto ancora un po': vediamo se risponde Libero.

Per ingannare il tempo, riprendo in mano il telefono.

"Non giudicarmi, ti prego," sussurro al putto sulla facciata della chiesa.

Farò solo un piccolo giro nelle vite degli altri. Non è tanto diverso da quello che fai tu, dalla tua nuvoletta! Semplicemente, c'è di mezzo la tecnologia, e sì, a rifletterci, è una cosa alquanto bizzarra. Già spiare le persone quando vivi tra di loro è bislacco, figuriamoci dall'alto di un monte, in mezzo al niente.

Qui, per affacciarti nelle vite altrui basta spalancare la finestra, tendere le orecchie, mettere un piede fuori casa. Aprire una locanda.

I pochi clienti che entrano si fermano a parlare molto più di quanto avrei pensato. Così imparo nomi, abitudini, tradizioni. Rimorsi, rimpianti, rancori. Le persone sono persone a qualsiasi altitudine, e questo paradossalmente mi rincuora. La vita è vita anche quassù, i dolori non rimangono a valle, a valle però rimane ogni pericolo di automatismo. Qui non puoi scivolare anonima nella folla, conformarti senza lottare (non c'è quasi nulla, a cui conformarti). Qui non puoi lasciarti vivere. (Se non altro, perché schiatteresti di freddo.)

Imparo anche molto altro. Nuovi punti all'uncinetto, il segreto per le migliori verdure sott'olio, come farsi passare i crampi ai polpacci, antichi trucchi per le previsioni meteorologiche, e specialmente tutto quello che sanno sull'amore. Sembrano saperne molto, certo più di me.

(Trascrivo tutto su un quadernino, insieme alle voci del dizionario e alle regole della felicità di Eliseo.)

Amor a passa, dolor a resta.

Andoa che 'l coeur a tira, la gambe a porto. (Le gambe portano dove il cuore è attratto.)

Amor neuvo o va o ven, amor vegio se mantien. (L'amore nuovo va o viene, l'amore vecchio si mantiene. Mah.)

Amor vegio o no fâ rûzze. (L'amore vecchio non fa ruggine. Ancora!)

L'immancabile: *Soltanto l'amore è più forte del bruss.* (Mah, mah.)

Ma sono sulla bacheca principale della piattaforma social aggiornata con le ultime notizie dei miei conoscenti. Non ci entravo da mesi.

Digito il nome di Enrico nello spazio per la ricerca, una

nuova foto del profilo mi fa trasalire. Sorride in cima a un monte. Non aveva detto che non gli è mai piaciuta la montagna? Che lo volevo costringere a una vita assurda quassù? Sul cucuzzolo tra i pecorari? Se il problema non era il monte, allora il problema ero proprio io.

Il problema è lui, sento dire a Libero, nella mia testa.

Una cosa è sentirselo dire, però, e una cosa è crederci. Se il problema è lui, perché io sono sola?

Certo, mi dico, non proprio sola. Enrico non sa niente delle persone che ho conosciuto qui, delle stanze originali della locanda, di Abside e Clarin, dell'apiario di Valentina, delle regole della felicità... Sono cose solo *mie*. Provo una sorta di sollievo, per questo. In fondo sono arrivata ben oltre quello che avrei pensato possibile. E chissà che non riesca ad andare ancora avanti.

Mentre lui, chissà cosa fa. Chissà se è felice. Ma devo smettere di chiedermelo.

Devo imparare a guardare dritto davanti a me. Dritto. Davanti. A me. Senza voltarmi indietro.

Okay, mi volto solo per un attimo. Faccio un piccolo salto nel passato, uno e piccolo, per curiosità. Forse per dirgli definitivamente addio, al passato. Bisogna farlo, per andare avanti leggeri. Per essere certi di aver fatto la scelta giusta. Qualche conferma non guasterebbe.

D'altra parte, le mie dita sembrano avere una vita propria: ho già scritto il nome di Beniamino nello spazio della ricerca.

Eccolo, sono trascorsi anni, ma non è cambiato. Anzi, è più muscoloso. E sembra un po' stempiato. Sì, è decisamente stempiato. In quanto a capigliatura, non ha avuto la fortuna di Zeus (o Poseidone). Forse per compensare, si è fatto crescere la barba. Ah. Vedo che ha vinto un campionato di kitesurf a Capo Verde e parteciperà ai prossimi Mondiali.

Chi gli farà da assistente, adesso? Avrà ancora paura dei

legami? Era così male seguirlo in capo al mondo? Certo, mi assideravo. Però non è che qui faccia caldo.

A proposito, mi tiro su il cappuccio, questa gelata la sento nelle ossa. Quassù l'autunno sembra già inverno... e l'inverno cosa sembrerà? L'Alaska?

Scruto la distesa di larici davanti a me. Un velo di ghiaccio ricopre i rami.

Il panorama è ammaliante, ma bisogna convenire che non c'è nessun uomo-dio che emerge dalle acque. Vanno bene le pecore, ma dove sono i pastori?

Controllo se Libero ha risposto: niente.

Senza neanche rendermene conto cerco Matteo, il geometra. Per completezza, mica per altro.

Mi basta vedere la foto del profilo per tornare a quel senso di inadeguatezza, il sapore dei farmaci sulla lingua, l'invadenza della madre...

Scopro che ha avuto, finalmente, il suo Edoardo Raniero! Il bambino deve avere suppergiù sei mesi. In braccio alla madre, indossa una mini-polo e un paio di mini-pantaloni blu e un mini-cappellino da baseball firmato. Gli manca solo la penna in mano e la carta intestata del mobilificio.

Matteo ha l'aria felice, certezze nello sguardo. Edoardo Raniero è nato, il problema era mio, anche in questo caso. A me non comparivano le lineette.

Sento una piccola fitta dolorosa.

Amor vegio se mantien. Non per me.

Concluderò la processione del dolore con un'ultima tappa.

Le foto di Pierre: in compagnia di amici (e cugine e cugini) a una gara di polo, nell'infinity pool di un albergo esotico, su una jeep durante un safari, in cima a un grattacielo con un cocktail in mano. Lo stile di vita è sempre lo stesso, vedo, però lui non è mai accompagnato. Che non abbia funzionato, con l'amazzone? È di nuovo libero? Pensa a me, qualche volta?

Dai, siamo sinceri: se non è amore, meglio il bruss. E non

era amore, altrimenti non mi avrebbe lasciata. Mi tengo il bruss. Quello, e il paesaggio innevato (in realtà brinato). Anche senza Poseidone, o pastore. O chi per lui.

Libero no, non ha ancora risposto. Ma poi che me ne importa? Il suo era solo un messaggio di cortesia. Come le cartoline che mandano le vecchie zie: *Spero tutto bene, baci e abbracci*. Ho risposto. Basta. Finito.

Aspetto solo un ultimo minuto.

Andare avanti non è sufficiente, me ne accorgo ora con chiarezza, guardando la luce penetrare la brina che decora il rubinetto della vasca in pietra e riverberare altri colori. Andare avanti significa rimanere sulla stessa strada. Devo andare oltre, semmai. Uscire dal circolo.

Ci vuole un salto.

E andare dove, allora?

Per esempio, quassù. Dove sono ora.

Con questa consapevolezza mi avvio a passo lieve per la discesa. Me ne torno alla locanda ad aprire i rubinetti.

Dal cellulare emerge all'improvviso una notifica. Sobbalzo. Non dovrebbe essere possibile, perché qui non prende, infatti non ci sono tacchette in alto a destra, eppure il messaggio è comparso.

Lo apro.

Tornare è sempre il mio ultimo pensiero prima di andare a letto. Farò presto.

35.

Qual è il mio ultimo pensiero prima di andare a letto? Manca una settimana all'apertura del ristorante. Ed è di certo anche il primo del mattino.

Hai imparato a cucinare il formaggio?, mi ha scritto Libero.

Molto simpatico. La risposta è sì, il tagliere di formaggi al momento è l'unico piatto in menu. So prepararlo. Dopo svariate prove, posso dire di aver trovato anche un'estetica niente male, una rosa di petali bianchi e gialli intorno a un bocciolo di miele.

Anche sulle bevande, più o meno, ci siamo. È arrivata la macchina del caffè e Nives mi ha insegnato a usarla, insieme alla spillatrice di birra e allo shaker (per i cocktail, che spero non mi vengano mai chiesti – mi fa sentire goffa agitarlo, sono quasi certa che finirò per rovesciarne il contenuto in testa a qualcuno). Per tre giorni ho preparato cappuccini gratis a tutto il paese (va bene, ai tre che si sono offerti volontari) e ho finito per firmarli con una specie di tempesta di latte, perfetta per il nome della locanda che sì, proprio come ha suggerito Nives, si chiamerà Locanda Tempesta.

Si addice al mio stato d'animo. Tutto è in subbuglio dentro di me, ma vado avanti, coprendomi gli occhi con le mani per non vedere troppo bene cosa mi aspetta, un passo dopo l'altro, senza pensare alla meta, che tra l'altro non so nemmeno quale sia. Forse, semplicemente, diventare una tessera del mosaico, anziché una scheggia. O forse, dopo aver aperto questa locanda, tornare da mio padre. Aiutare lui con la giostra. Ci ho pensato stanotte, dopo un incubo con Saetta McQueen. Ha bisogno di me, papà. E io me ne sto qui. Ma... Meno pensare, più fare.

Il locale è pronto. Sedici coperti. Tovagliette di paglia intrecciata. Centrotavola formato da funghi di legno scolpiti da Eliseo e dipinti da me (mi sono divertita!).

La lavagnetta per il menu del giorno è appesa al muro. (E qui riprendono i guai.)

A dispetto delle pentole professionali che ho comprato, non mi riesce bene neanche una pietanza. Niente. Né la polenta né la salsiccia, nemmeno la semplice frittata di porri, che invece di dorare brucia. Per non parlare delle paste fresche. L'impasto si sfarina oppure si cementifica.

E tra una settimana esatta, seduta a quel tavolo sotto la finestra (il migliore, appartato, con una bella vista sulla vallata) ci sarà la dottoressa Parodi con il famoso figlio appassionato di jujitsu e il marito che lavora troppo. Al tavolo accanto, la sindaca e il segretario comunale e non mi ricordo quante figlie (l'ho segnato, comunque).

"Metti solo tre piatti sul menu, inizialmente," mi ha consigliato Nives.

Consiglio saggio, ma perfettamente inutile a placare la mia preoccupazione, perché resta il problema: quali piatti?

"A volte scuocio persino la pasta."

"L'acqua qui è diversa," ha chiarito Eliseo.

"E quindi come devo regolarmi?"

"A sentimento," mi ha risposto.

È che io faccio soltanto danni, quando vado a sentimento! Almeno in cucina, è più prudente seguire le regole.

Tre piatti.

Tagliere di formaggi, bene, poi?

Ripenso al pranzo di benvenuto del primo giorno. Elena e Baciccia sono a valle, non posso neanche chiedere aiuto a loro.

Mi rimane un asso nella manica, il quaderno di ricette di Tersilia: è vero, è tutto in dialetto e servirebbe qualcuno per tradurlo, ma quel qualcuno per fortuna ce l'ho. Eliseo. Non tutto è perduto. È arrivato il momento di giocarlo, questo benedetto asso.

Mi affaccio alla finestra che dà sul paese. Casa sua non è illuminata. Sarà in giro, ma in giro dove? Sono più di tre giorni che non passa a trovarmi.

Inizia a salirmi l'ansia. Provo a prendere un respiro, ma l'aria non entra. Mi massaggio la gola, ho le dita sudate. Sto sudando freddo. A forza di tenere le mani davanti agli occhi della mente mi è venuta la nausea, bella strategia!

È come accorgersi di avere alle spalle una valanga. Una valanga fatta di tutte le scelte che mi hanno portato qui, in questo momento. Una valanga che sta per travolgermi.

Devo ricorrere a metodi forti, non ho altra scelta. Sì. È importante, è un'emergenza.

Corro sul terrazzo, il legno della balaustra è scuro e bagnato, le sdraio dimenticate fuori sono imperlate di nevischio. C'è del ghiaccio, negli angoli. Mi avvicino all'asta con la bandiera.

Quando hai bisogno di me innalzala, e io arrivo. È visibile da tutta la valle.

Slego la corda e provo a tirare. Mi aspetto che faccia resistenza. Tutto fa resistenza qui. Invece la bandiera comincia a salire, come se la gravità non fosse dopotutto un grande ostacolo. È semplicissimo.

La guardo issarsi sempre di più, la mia unica salvezza. È arrivata in cima. Sventola.

Cosa dovrebbe fare, d'altronde, una bandiera?

36.

秋深き / 隣は何を / する人ぞ
In autunno avanzato / chissà cosa sta facendo / il mio vicino?

Ricevere la visita di Daisuke, in questo momento, mi innervosisce. Sto aspettando Eliseo, che invece non arriva. Il simbolo delle Terre Brigasche sta sventolando, ma Eliseo non ha risposto all'appello. Dopo giorni che non si fa vedere, inizio a essere preoccupata per lui.

Daisuke mi mostra lo schermo del suo traduttore:

旗を見かけました。
Ho visto la bandiera.

Nel suo sguardo placido riconosco un'ombra di allarme.

"Tutto bene, davvero," prorompo, come se potesse capire la mia lingua. "È che ho bisogno di una mano con la cucina del ristorante, il tempo stringe. Manca una settimana. Dovrò ideare almeno tre piatti, più tutto il resto, i clienti non possono accontentarsi di formaggio e pane, che tra l'altro una volta su due nemmeno mi viene come vorrei e..."

Daisuke mi poggia una mano sul braccio. Ha un tocco morbido e inaspettatamente caldo. Scrive e mi mostra di nuovo il traduttore.

キッチンで何かお手伝いできると思ったのです。
Ho pensato che posso darti una mano io, qui in cucina.

Tu?, mi è quasi scappato. Cioè, *lui* qui? In cucina?

Ma penso subito dopo: perché no? Magari è un cuoco.

È in forze (credo), ha tempo (di questo sono quasi sicura), riusciamo addirittura a comunicare, sebbene in questo modo tutto nostro, un po' per iscritto, un po' per silenzi e un po' per parole incomprensibili ma a quanto pare con il suono giusto... E poi è gentile. Ed è di gentilezza che io ho bisogno, e ne avrà bisogno anche chi viene a trovarci... Daisuke è un uomo di mondo, certamente più abile di me in molte cose.

Immagino che ci abbia riflettuto, che abbia soppesato i pro e i contro. Forse non ne può più del paese abbandonato. Forse ha lo spirito del samaritano.

Pensi che potremmo cavarcela?
私たちでこの宿屋をうまくやっていけると思いますか?

案ずるより産むが易し
Partorire è più facile che preoccuparsene.

Mi sorride.

日本語ではそう言います。
Noi diciamo così.

In effetti... Non che io ne abbia esperienza diretta... Ma se uno si mettesse lì a pensare al parto non farebbe più figli, suppongo. Non so cosa ne direbbe la Parodi. Piuttosto... cosa direbbe di un cuoco giapponese? È contemplato, nel regolamento?

Dovremo mascherare la sua presenza. E non sarà affatto

facile, la cucina è proprio adiacente alla sala, divisa in parte da una vetrata.

Come non detto, nasconderlo sarà impossibile.

Sai fare la polenta?
ポレンタを作れますか?

お粥なら作れます。
So fare l'okayu.

Be', meglio di niente. Non so cosa sia, ma sarà buonissimo. L'okayu. In ogni caso, tutto si può imparare, giusto? Se sa fare quello, imparerà anche la polenta. È la polenta che vogliono, qui.

E i sügeli, la frittata con i porri. E i bastardui, e la turta vérda con ingri, e le lausagne e tuma mola... e tutte le altre prelibatezze annotate sul quaderno di Tersilia, che non sono ancora riuscita a decifrare.

Daisuke mi sta osservando con curiosità, in attesa fiduciosa e paziente. All'improvviso mi rendo conto di avergli risposto solo nella mia testa.

Scrivo di getto:

Io dico sì!
そうなのですね!

Il suo sguardo si illumina, mostra riconoscenza. Sembra che io lo abbia salvato da qualcosa, ma per quanto ne so io, è lui che sta salvando me!

Per dimostrarglielo, faccio un profondo inchino.

"Arigatò, Daisuke!" esclamo. "Arigatò!"

Toccando lo schermo del traduttore, scopro che le nostre conversazioni sono rimaste registrate dal primo momento, come un discorso unico, ininterrotto. Allora torno indietro in cerca dell'ultima cosa che mi ha scritto il giorno in cui ci siamo conosciuti.

La indico:

ありがとうございます、ご親切にしていただいて。
Grazie, sei gentile.

Daisuke si sfila seduta stante la giacca a vento e il cappello, che posa senza cerimonie sulla sedia a dondolo accanto alla stufa, e si rimbocca le maniche della camicia di velluto rosso a costine.

È pronto a cominciare. Questo sì, che mi rincuora. Si vede che è uno che ha imparato a convivere con il tempo.

È il tempo che non ha imparato a convivere con noi, perché proprio quando stiamo affrontando l'argomento ingredienti da reperire, e Daisuke inizia a parlare di alghe *kombu* e di *katsuobushi*, per il *dashi*, il brodo di pesce (il brodo di pesce in montagna?!), sentiamo bussare alla porta. Un tocco incerto. Fuori sta diventando buio e ha preso a piovigginare. Corro ad aprire, aspettandomi chissà chi o cosa, spero in un pretesto per alleggerire la testa.

Sulla soglia trovo Eliseo.

Eliseo!

Ha un'aria distrutta che non gli ho mai visto. È pallido, smunto, e noto un lieve tremore nelle mani, che nasconde rapidamente in tasca.

"Finalmente, Eliseo," esclamo, e sento un tale slancio che vorrei abbracciarlo.

"È successo qualcosa?" chiedo, facendomi da parte per lasciarlo entrare.

"Qualcosa? Succede sempre qualcosa, nella vita, se no saremmo morti." Scuote la testa. "Ma non sono io ad aver alzato la bandiera."

"Oh, sì, hai ragione. Ero in difficoltà, però ho risolto, cioè *forse* ho risolto, *sembrerebbe*, almeno per il momento. E comunque mi preme sapere come stai tu, sono giorni che non ti vedo in giro... Va tutto bene?"

Lui scrolla le spalle. "Sono stato giù ad aiutare un amico con la bacchiatura delle olive. Le taggiasche sono maturate all'improvviso. Aveva bisogno di una mano."

Sento che vorrebbe chiudere l'argomento, eppure qualcosa non mi convince.

Eliseo pare invecchiato di colpo, cinque o dieci anni. Forse certi sforzi, alla sua età, sarebbe meglio evitarli, ma come dirglielo senza offenderlo? Non sono mica sua madre. Né sua figlia. Ho già un padre di cui occuparmi, e riesco a malapena a fargli prendere le medicine e a strappargli un sorriso di tanto in tanto.

Ma poi, davvero qualche giorno passato a *sbatacchiare* olive può averlo ridotto in questo stato?

"Perbacco! E lui?" esclama Eliseo notando Daisuke dietro di me.

Gli lascio spazio per venire avanti e glielo presento. "È il nuovo cuoco della locanda."

Eliseo sgrana gli occhi. Non se l'aspettava. Daisuke ci guarda senza capire, probabilmente, anche se in realtà sembra intuire, perché annuisce nel suo modo impercettibile. Dà l'aria di essere sull'attenti.

"Bene, Lucilla," commenta Eliseo, squadrandolo. "Tu hai bisogno di aiuto. Un aiuto vero, non quello che posso darti io che... Insomma, è proprio una bella notizia, merita un festeggiamento."

Stringe Daisuke per le braccia, che riposano lungo i fianchi, come se volesse sollevarlo da terra. E, data la sua stazza, potrebbe quasi riuscirci. Ma non stasera, infatti lo lascia andare dopo un'ultima scrollata di incoraggiamento. "Bravo, Daisuke."

"A proposito," continua, "volevo prenotare un tavolo per

due il giorno dell'apertura, vengo con mio figlio, salirà apposta per l'occasione."

Eliseo ha un figlio?

"E poi ci saranno Nives, con marito e prole. E infine: la Commissione regionale."

"La Commissione?!"

"Già."

"Proprio... il 21?"

"Così mi hanno riferito. Io non dovrei comunicartelo, ma lo faccio. Altrimenti che me l'avrebbe confidato a fare la Parodi, se non per dirtelo di nascosto?"

Sorride divertito, mentre io mi affloscio completamente.

Al solo pensiero, mi prende il batticuore.

Se con la dottoressa Parodi avrei potuto anche cavarmela – ormai siamo in confidenza, in fondo, se non proprio in confidenza, insomma, potrebbe chiudere un occhio, almeno per i primi tempi –, con la Commissione regionale è un'altra storia. L'hanno detto tutti.

"Stavo per dimenticarmi," salta su Eliseo, prima di scomparire in strada, aprire il bagagliaio della macchina e allungare una lanterna di carta a me e una a Daisuke.

"Non ti ricordi, cos'è oggi?" mi domanda notando la mia perplessità.

Per me non c'è più oggi o ieri, solo un preciso domani: il 21 dicembre.

Spero solo che non sia un altro appuntamento che dà per scontato e che non mi porti chissà dove a fare chissà cosa, perché io e Daisuke abbiamo bisogno di lavorare sodo, qui dentro, non possiamo rimandare di un solo minuto.

"È il 13 dicembre," sorride allusivo.

Non riesco proprio a capire. Ho ancora davanti agli occhi il tavolo della Commissione, tre o quattro persone con lo sguardo contrariato, pronte a multarmi. Come minimo. Se non a chiedermi di fare le valigie, restituire l'anticipo (che non ho) e pagare la penale (idem).

"È Santa Lucia, cara Lucia, cioè Lucilla, che è un diminutivo di Lucia, che porta luce! Ma tu, ragazza mia, dove hai vissuto negli ultimi... trent'anni?"

"Non ho mai festeggiato il mio onomastico," mi difendo.

I festeggiamenti mi fanno venire il magone. Se potessi salterei a piè pari il Natale, la Pasqua, il compleanno, tutte le feste comandate, quelle in cui ci si riunisce in famiglia, nel tepore del focolare, con i palloncini e le torte.

"Mettete la lanterna sul davanzale, stasera," ci esorta Eliseo. "Vedrete, che festa!"

L'idea sembra averlo rinvigorito. E anche solo per questo, certo, lo farò.

"Grazie," gli dico abbracciandolo. Stavolta è lui a rimanere sorpreso. "Per tutto."

Il pomeriggio con Daisuke si rivela più difficile del previsto.

Passiamo ore sul quaderno di Tersilia, che tento di tradurgli a sentimento.

Per via dell'agitazione mi sono dimenticata di chiedere aiuto a Eliseo. Sono uscita a cercarlo, dopo che se n'era andato, ma non l'ho trovato da nessuna parte. Stava distribuendo lanterne per le frazioni? Era corso ad aiutare qualcuno? Lo troverò domani?

Per cena Daisuke cucina delle verdure saltate con il riso, un piatto saporito, se non proprio montanaro, ma domani ci industrieremo con la polenta, i porri o il coniglio (ad averlo!) o forse, ancora meglio, con gli spaghetti (gli spaghetti si cuoceranno come i noodles?).

E poi si farà vivo anche Eliseo, che ci darà una mano a decifrare le ricette.

Dopo un bicchierino di amaro alle erbe, io e Daisuke ci salutiamo ripromettendoci di rimanere positivi.

Sempre meglio che partorire
産むより易し

scrivo sul traduttore. Lui risponde:

あら何ともなや/昨日は過ぎて/河豚汁
Ah, non ho alcun male! / È già passato tutto ieri / dopo la zuppa di pesce palla.

Giusto. Qualsiasi cosa intenda. Noi ci capiamo a un livello subliminale, non letterale. È già passato tutto ieri. E domani sarà passato oggi, penso guardandolo allontanarsi per la strada buia, in mano una piccola torcia che pare richiamare le stelle lassù. Speriamo solo che non cucini la zuppa di pesce palla. Se no, chi la sente la Parodi?

Alle nove apro la finestra per chiudere le persiane e resto sbalordita. Il paese è illuminato da moltissime fiammelle, ce ne sono anche sui balconi delle case disabitate, e una nel borgo fantasma di Daisuke.

Le luci sfidano l'oscurità, ci dicono che il paese è vivo, perché ci siamo noi: forse siamo pochi, ma siamo qui. E questa sì che è magia.

Inverno

37.

La stanza è gremita, forse ho esagerato con la legna nella stufa, si suda. O è perché non mi sto fermando un attimo? Piatti in mano, pieni e vuoti, grembiule slacciato, ciocca ribelle di capelli che mi si appiccica alla fronte (per fortuna Nives mi ha sistemato il colore con l'henné), il blocco degli ordini nella tasca del grembiule, lo spillatore della birra che fa le bizze (ma è nuovo!), la cucina che assomiglia a un bagno turco... E in realtà meno male, così Daisuke è camuffato dal vapore.

Siamo d'accordo: rimarrà trincerato dietro i fornelli fino a quando la dottoressa Parodi e i membri della Commissione non se ne saranno andati.

"Stai sempre di spalle, per favore," l'ho istruito poco prima di aprire le porte. "Non ti voltare, a meno che non sia un'emergenza. È solo per stasera," ho aggiunto sentendomi in colpa di doverlo tenere nell'ombra. Da domani ho intenzione di presentarlo agli ospiti a ogni servizio, perché senza di lui non ci sarebbe alcun ristorante. Da sola non sarei riuscita nemmeno a servire qualcosa di commestibile (a parte pane e formaggio). Non so quale sia il suo passato, sicuramente non è un cuoco professionista, comunque è davvero bravo. I suoi piatti non sono solo commestibili, ma perfino gustosi. Certo, un tantino inaspettati...

La dottoressa Parodi è già seduta con la famiglia, stanno mangiando. Ci sono anche Nives, il marito e i figli (Tobia ha messo il papillon, per l'occasione), c'è Eliseo, seduto da solo, e ci sono altre facce conosciute, tra cui Baciccia ed Elena, e Valentina (a sorpresa!).

Eliseo ha chiesto a tutti di arrivare prima delle otto per rendere il locale più accogliente e vivace all'arrivo della Commissione (che non è ancora arrivata). La speranza è che si lascino incantare dall'atmosfera e non badino troppo alle eventuali piccole irregolarità (per esempio, il fatto che il mio compagno si sia volatilizzato). Alla fine, se arrivassero sarei più tranquilla (cioè: sarei più agitata, ma perlomeno saprei che sono qui, non so se mi spiego).

La Parodi si affaccia in cucina, facendomi sobbalzare.

"I piatti sono buoni," esordisce senza premaboli, "solo un po'... come dire... particolari. Nei sügeli avete messo il pesce?"

"Sono cotti nel brodo di pesce, sì," ammetto, con un borbottio di panico nello stomaco.

Daisuke non ha voluto rinunciare al suo *dashi*. Così, abbiamo deciso di mettere a punto un menu fusion. La storia di questi luoghi è già abbastanza fusion, ci siamo detti – tra francesi, liguri, piemontesi, visitatori nordici e, appunto, un giapponese –, che male c'è ad aggiungerci un pizzico di alghe e salsa di soia?

"Pesce in montagna, ecco..." commenta la dottoressa Parodi, con un colpetto di tosse. "E le patate hanno un retrogusto un po' agrodolce..."

"È la salsa *teriyaki*."

"Non sapevo ci fossero *k* nel dialetto del luogo," fa un risolino. "Sembra giapponese."

Proprio ora le cade l'occhio su Daisuke che, di profilo, sta condendo un piatto di polenta e porri con cubetti di *tōfu*.

"*È* giapponese," esclama con un gridolino e un'espressione di stupore che vorrei incorniciare, per poterla mostrare ai nipoti (se mai li avrò) e dire: questo significa essere sbalorditi.

Sembra anche un po' spaventata, non so da cosa, esattamente. Forse, dalle conseguenze.

"Lui..."

Mi schiarisco la voce e appoggio i piatti sul ripiano, prima di tirarmi indietro i capelli con l'avambraccio. È scattato il piano B.

"È un cuoco, l'ho assunto, sa, ci tenevo a fare bene e..."

"Capisco fare bene," m'interrompe la Parodi, "ma in che senso 'assunto', scusi? Mica potete assumere così, a caso, chi volete... Non credo, almeno. Sentiremo la Commissione... E poi, insomma, anche si potesse, qui ci si aspetta la cucina del luogo e..."

"Abbiamo voluto tener vive le tradizioni, con un occhio all'innovazione. Non diceva così il bando?"

"Mah..." Non sembra convinta. "E la salsiccia? Mio figlio è venuto per la salsiccia, l'ho convinto così."

Polenta e salsiccia, come biasimarlo. Anche io ero venuta per quello.

La dottoressa Parodi si avvicina pericolosamente al mio orecchio: "Perché il suo compagno è seduto al tavolo, di là, a godersi la serata, mentre lei sgobba qui, da sola, e addirittura si sobbarca il costo di un cuoco che infila il pesce nei sügeli?".

Il mio... compagno?

Mi affaccio nella sala trattenendo il fiato e lo individuo subito: Libero è qui. Si è seduto al tavolo con Eliseo. Senza saperlo, mi ha salvato un'altra volta! O è venuto apposta?

"Lei lo guarda con gli occhi dell'amore..."

Con gli occhi dell'amore? Libero?

"...ma stia attenta: prima o poi si sveglierà da quel sogno... E a quel punto, che cosa rimarrà? Se lei permette a un uomo di sedersi una sera, quello si sentirà autorizzato a farlo ogni sera, glielo dico io..."

"Ha ragione, non avrei dovuto permettergli di sedersi di là, a mangiare e bere come un ospite."

"Se me lo consente, gliene dico quattro, o anzi, meglio, lasciamo fare alla Commissione..." Mi regala un risolino complice indicando l'ingresso. "Sono arrivati."

Sulla soglia scorgo una signora bruna con una cascata di capelli ricci e un uomo basso e mingherlino. Sono entrambi in abbigliamento informale: giaccone, pantaloni di fustagno, berretto di lana. Si guardano attorno con un sorriso rilassato.

Non proprio la temibile e algida giuria che mi aspettavo. Ciononostante, mi ravvio i capelli con un tremore alle mani e vado ad accoglierli.

"Ottimo, il cavolo in salamoia."

Libero mi fa l'occhiolino, avvicinandosi al bancone. Prima o poi devo dirgliela, questa cosa degli occhiolini.

"Mi hanno aggiornato sul cuoco."

Ne fa un altro!

"Daisuke è bravissimo."

"Sono d'accordo. Prima che tu riesca a raccontarmi tutto, però, cosa prevede la tua strategia? Devo fingere ancora di essere il tuo compagno o..."

Gli metto davanti una birra appena spillata.

"Non so più niente," ammetto. "Sono saltate tutte le strategie, sto agendo a sentimento, come dice Eliseo..."

"Andiamo bene."

Nella sala c'è anche la sindaca, che, presa dalla compagnia, sembra a malapena accorgersi di quello che la circonda. Prima si è complimentata per l'atmosfera e per il cibo. Anche se l'ha definito "un po' originale". La dottoressa Parodi ha di certo una versione sua, che immagino riferirà alla Commissione.

Studio Libero mentre sorseggia la birra. "Conviene fingere, penso."

Allunga una mano sul bancone per sfiorare la mia. "Allora, mi sacrifico. Sono un asso nel sacrificarmi, io."

"Passerai per lo scansafatiche, io per quella che lavora. Che, al momento, non è poi così distante dalla realtà."

Questa volta sono io a fare l'occhiolino a lui.

Dodici polente porri e *tōfu*, dodici sügeli in brodo di pesce, otto piatti di cavolo in salamoia, tre frittate di funghi (stile *okonomiyaki*), dieci taglieri di formaggi, quattro porzioni di patate con salsa *teriyaki*, tredici palline di gelato artigianale e frutti di bosco, ventidue birre, tre bottiglie di vino, due dozzine di bicchierini di genziana (offerti dalla casa), nove caffè (di cui tre corretti e un decaffeinato).

Ho fatto i conti, sistemato il bancone, ripulito i tavoli di chi se n'è andato, tra cui la sindaca e il segretario comunale con la famiglia, il marito e i figli di Nives (Tobia mi ha lasciato un disegno per augurarmi buona fortuna, che ho appeso subito accanto alla macchina del caffè).

Osservo la sala, adesso più tranquilla, il fuoco ancora vivo nella stufa, nell'aria il sentore di una serata che è stata piacevole per tutti, mi pare, l'odore di cibo di montagna (e un po' di mare) e il chiacchiericcio tra i commensali rimasti.

Il tavolo di Libero, Eliseo, Valentina e Nives, quello della dottoressa Parodi con la famiglia e quello della Commissione.

Ho cercato di rabbonire i miei esaminatori con fiumi di genziana, dopo le presentazioni ufficiali hanno passato la serata al tavolo come clienti qualunque, senza pormi domande, una coppia di amici a cena fuori. Forse stasera era solo un assaggio, hanno voluto calarsi nei panni dei visitatori, "fare l'esperienza", forse dormiranno in zona e il sopralluogo ufficiale avverrà domattina... Ma dove dormono, visto che l'unica locanda in zona è la mia e qui non è ancora possibile pernottare?

Non faccio in tempo a proseguire il ragionamento che la donna si alza e mi si avvicina.

"Avete fatto davvero un ottimo lavoro."

La ringrazio chinando appena il capo, Daisuke deve avermi contagiata.

"Mi fa fare un giro?"

"Oh, be', certo," balbetto.

La accompagno per tutto il piano terra insieme alla dottoressa Parodi. Lei si guarda intorno curiosa, annuendo di tanto in tanto. Scorre i documenti che le mostro, senza fare troppo caso alla Parodi, che continua a richiamare la sua attenzione, forse per distrarla.

Alla fine, si avvicina anche Libero.

"Sembra tutto in regola," dichiara l'esaminatrice, scostandosi i ricci dagli occhi mentre compila alcuni moduli. "C'è solo un piccolo problema."

"Uno piccolo?" esulto, pensando che è solo uno e perfino piccolo.

Bisogna cambiare il menu? Qualcosa non va nel contratto provvisorio di Daisuke? (Questo non sarebbe un *piccolo* problema.)

"Abbiamo ricevuto una disdetta."

"Una disdetta? Nel senso..."

"Una comunicazione di rinuncia. Dal signor Enrico Fontana." Legge da un foglio: "Nato a Crescenzago il 07/08/1981 e residente in...".

"Sì, sì," mi sento gelare. "Lui, Enrico."

So dov'è residente, so di chi sta parlando, non ho bisogno dei dettagli.

Forse sverrò per la tensione.

"Il signor Fontana," continua l'esaminatrice, "si è tirato indietro."

Sembra guardarmi sospettosa, quasi fosse colpa mia. O, più probabilmente, perché ho mentito (taciuto la verità, insomma). Nel frattempo, ci ha raggiunto anche il suo collega.

"Scusi," si intromette la Parodi, "ma in che senso? Il signore è qui." Si volta severa verso Libero. "Lei si tira indietro?"

Libero abbassa lo sguardo, imbarazzato. Io sono quasi certa, ormai, che sverrò.

"Lui... non è *quell'*Enrico," mi inserisco, per mettere fine a questo strazio.

"E per fortuna..." aggiunge Libero.

La Parodi mi rivolge uno sguardo smarrito che mi impietosisce. Sembra sconvolta almeno quanto me. Mi sento terribilmente in colpa per averle mentito (taciuto la verità, d'accordo).

Il signor Enrico Fontana non se ne poteva stare zitto? Non bastava non essere venuto? Doveva nuocermi proprio fino all'ultimo?

Osservo i due esaminatori. Anche Nives ed Eliseo, al loro tavolo, sembrano essersi accorti che qualcosa non va. Hanno smesso di parlare, e tendono l'orecchio.

"Ha trenta giorni per trovare un altro partner," mi annuncia il mingherlino, lapidario.

Cos'è, uno speed date crudele?

"L'amore... non è così facile da trovare!" sbotto, pur senza volerlo. "Quassù, poi!"

La situazione sta degenerando. Ci manca che mi metta a fargli l'elenco di tutte le volte che ci ho provato. E in lacrime.

"In effetti sarebbe chiedere un po' troppo..." interviene l'esaminatrice. "Forse si potrebbe interpretare la norma in senso estensivo, coppia nel significato di due persone..." Si gira verso il collega. "Che ne dici?"

Lui fa un gesto vago, sembra contrariato.

"Massì," tuona Eliseo, dal suo tavolo. "Lasciamo perdere l'amore!"

"Facciamo in questo modo," continua l'esaminatrice, dopo aver fulminato Eliseo con lo sguardo. "Trovi un socio. Un socio che si prenda la responsabilità del progetto, alla pari."

"Un socio..." rifletto.

Be', un socio dovrebbe essere più facile da trovare. Più facile di un partner, di sicuro. Non dobbiamo condividere il talamo, avere chimica, ridere alle stesse battute, creare *quel* legame. Un socio può essere chiunque creda insieme a me in questo posto.

"Sotto i quarantacinque anni, però, come da contratto," specifica il mingherlino, forse un po' piccato. "E si ricordi: entro trenta giorni. Dopodiché il contratto decadrà. Ci spiace, ma il bando è chiaro al riguardo. La regolarità viene prima di tutto."

I sorrisi sono spariti. Nella sala è calato il silenzio. Eliseo, Nives e Valentina mi lanciano sguardi d'incoraggiamento, forse non troppo convinti.

La dottoressa Parodi continua a osservarmi con un misto di incredulità e delusione.

Mi sento risucchiare da un vortice, ma cerco di abbozzare un'espressione sicura di me (che sicuramente è più una smorfia di inadeguatezza).

"Certo, capisco..." rispondo. "Un socio."

Quanto può essere difficile trovarne uno?

38.

"Un socio," sospiro.

Più facile di un partner, ma sempre difficile. La responsabilità che deve prendersi è grande.

Se per questa locanda hanno lanciato un bando aperto a tutti i cittadini italiani, significa che qui non c'era nessuno disposto a gestirla.

Ecco, quando si parte da nessuno, anche uno è una montagna.

Guardo Libero alla luce del lampione. Sarà l'una di notte, ma se mi fossi messa a letto subito dopo una serata come questa non avrei chiuso occhio, così eccomi a passeggiare con lui per le stradine deserte.

"Chiederò a Daisuke," continuo risoluta. "Penso ci siano buone speranze."

"Il solitario del paese fantasma?"

"Il mio benedetto cuoco."

Gli racconto la storia del nostro incontro, compreso lo smarrimento di Abside e il suo felice ritrovamento.

"E io che immaginavo te e la mia pecora vicine alla stufa a fare l'uncinetto!"

"Simpatico. Mi hai dato una bella responsabilità con Abside." Colgo l'occasione per fargliela un po' pesare.

“Mi pareva un bel modo per tenere un piede in casa, insomma perché ti ricordassi di me.”

“Ha funzionato, ma non nel modo che intendi tu. In ogni caso, sapevi che il paese abbandonato aveva un nuovo abitante?”

“Certo.”

“E anche che si era proposto di aiutarmi?”

“In effetti.”

Qui sanno tutto di tutti e io sono l’unica a non sapere mai niente di nessuno!

“E cos’altro sapevi?”

“Che viveva in completa solitudine e non parlava con anima viva.”

Anche questo è esatto.

“Solo tu potevi riuscire ad assumere un eremita!” ride.

“So che ti sembrerà strano, ma si è offerto spontaneamente. Gli piace cucinare.”

“Anche a me piace cucinare.”

“Ma non ti sei offerto... E abiti a valle, ormai.”

“In questi giorni, abito qui.”

Si è fermato davanti alla sua casetta bianca con il tetto spiovente, un piccolo cancello che si apre su un giardino brinato e una lanterna a rischiarare la soglia.

Spinge il cancelletto. “Ti va un ammazzacaffè?”

“Sono già abbastanza morta, grazie.”

“Eppure hai la faccia di una pronta a una gara. Una tisana digestiva?”

“Non mangio da stamattina.”

“Benissimo: so cosa ci vuole.”

Si avvia per il vialetto. Non sapendo cosa fare, lo seguo. La porta d’ingresso si apre su un salottino accogliente e disordinato. Al centro della stanza spicca un borsone da viaggio.

“Scusa, non ho fatto in tempo a sistemare,” si giustifica.

In realtà, non sembra troppo preoccupato di fare brutta figura.

In effetti, questo posto gode di un fascino inaspettato, ogni oggetto pare avere una storia. Il telo a fiori un po' sbiadito che ricopre il divano, gli sgabelli colorati, i libri impilati di qua e di là, l'orologio a cucù, che fa *cucù* proprio adesso facendomi sobbalzare.

"Però," ride lui, "mi sa che hai proprio bisogno di rilassarti."

Guardo l'uccellino di legno: sono le due di notte.

"Forse addirittura di dormire."

"Non prima di aver messo qualcosa sotto i denti. Una cena te la meriti."

E dire che gestisco un ristorante! Sospiro sentendomi inutile, ma accolta, da questo Libero così inafferrabile, in questo salotto così confortevole.

Fermi sulla soglia, stiamo ancora cercando un modo naturale per stare in due, noi due, qui dentro. In casa sua.

"Trenta giorni per trovare un socio," dico lanciandogli uno sguardo. "Ecco la vera gara che mi aspetta. E se fosse di quelle che non posso vincere, come tutte quelle che mi capitano?"

"A me sembra che le hai vinte tutte, fin qua. Stai mettendo in piedi la locanda da sola e ti sei liberata di quel peso di uomo..."

"Mica da sola, e per la verità è lui che si è liberato..."

Faccio un passo in avanti, ma non so dove andare, così mi blocco e mi appoggio allo schienale del divano. Libero si avvicina, poi mi supera per ravvivare il fuoco nella stufa, in fondo alla stanza.

"Hai trovato un posto, e questo posto ha trovato te."

Il tono, che voleva essere casuale, forse, leggero, mi è apparso invece solenne, come se avesse detto la cosa più importante del mondo.

"Diciamo che ci stiamo piacendo," annuisco. "Con il posto."

Solo che adesso corro il rischio di perderlo.

Si è messo al lavoro nella cucinetta un po' antiquata, con un tavolo coperto da una tovaglia a quadretti e sopra un cesto colmo di verdure. Mi appoggio allo stipite della porta, senza sapere bene cosa fare.

"Chi bada alle tue galline quando sei via?" domando osservandolo rompere i gusci sul bordo della padella. Ma me ne pento subito: un attimo e si presenterà alla mia porta con Pianta, Sezione e Facciata.

"Mio padre. Di malavoglia, ma lo fa."

Allora non è morto?

"Anche quelle," Libero indica le verdure, "gentile concessione del vecchio dispotico."

"Be', non sembra poi così male, questo 'vecchio dispotico'."

E poi è vivo.

"Ora ha pure guai di salute..."

Ah.

"Mi dispiace."

"Ma non lo ammette. Non lo farà mai. Ha un carattere impossibile. Oltre che gli altri, è convinto di poter guarire anche sé stesso."

"È un medico?"

"Delle anime," sorride amaramente. "Di quelli che credono di conoscere i segreti della vita."

"In un certo senso anche mio padre, ma lui non pensa di poter guarire..."

Emette un mugugno – in segno di solidarietà, penso – mentre affetta un porro con una mano e con l'altra fa saltare il padellino.

Ho appena il tempo di curiosare tra i libri disseminati in pile sbilenche un po' ovunque (anche lì in cucina) che mi allunga un piatto fumante.

"Be', grazie."

Mi siedo al tavolo, lui gira una sedia e si sistema accanto a me, le braccia sullo schienale.

"Un architetto che legge Jane Austen," commento tra un boccone e l'altro.

Forse non è neanche così inaspettato, ormai un po' lo conosco.

"Quelli sono libri di mia madre. Mi sono ripromesso di rileggere i suoi preferiti ogni anno, ma..."

Indico due tomi su una mensola. "Prima *Il sistema tetto* e *Atlante del legno*?"

"Mi piace studiare..."

"Com'è andato il concorso?"

"Abbiamo inviato il progetto. Ora inizia l'attesa."

"Sono certa che andrà bene."

"Abbiamo dato tutto. Ho dato tutto. Significherebbe una svolta, per me." Si rimbocca le maniche della camicia. "Speriamo, anche se le speranze non sono molte. Il cantiere sarebbe in Arabia, ci sono studi famosi in ballo, e forse la mia proposta è davvero troppo spericolata. Il fatto è che a me piacciono solo le proposte spericolate..."

È bello vedere qualcuno che fa le cose con passione. È così raro. Gli occhi che luccicano, l'energia in eccesso, tanto che non sa cosa fare con le mani. Se le passa nei capelli, le appoggia sul tavolo davanti a sé, si liscia i jeans.

Una volta finito di mangiare, mi alzo per mettere il piatto nel lavello. Ma lui me lo prende e lo fa al posto mio.

"Ho avuto delle idee per la locanda," rivela, come se non avesse aspettato altro per tutto questo tempo. "Possiamo ripensare la coibentazione, che..."

Osservo le sue mani, adesso gesticola, preso dall'entusiasmo, ed è contagioso, mi entusiasmo anch'io, senza capire niente di quello che dice, solo perché ha dedicato dei pensieri alla locanda, e se ne prenderà cura, come si sta prendendo cura di me questa sera. Lo farà cantando vecchie canzoni d'amore, probabilmente, e cucinando frittate ai porri, e questo è forse il dettaglio che mi piace di più.

"A proposito, grazie di essere venuto, stasera," gli dico, mentre torniamo in salotto.

"Sono io che ringrazio te."

Ci sediamo sul divano in modo un po' impacciato, ognuno ancorato al suo bracciolo.

"Aspettavamo questo momento da anni, qui. E poi avevi bisogno di qualcuno che facesse il tifo."

"Già." Un sorriso mi affiora sulle labbra. "Eravate in tanti. E meno male che hai tenuto compagnia a Eliseo... Suo figlio non si è presentato."

Libero inclina la testa, osservandomi come in cerca di un indizio.

"Cosa c'è?"

"Davvero non l'hai ancora capito?"

Socchiude gli occhi, mentre mi osserva.

"Che cosa?" Inizio ad agitarmi.

Libero scuote la testa e sorride. Ma non come al solito, in modo più serio. Forse anche più spaesato. Sembra che abbia scoperto qualcosa di me che lo ha turbato, ma in modo dolce.

"Parla, Libero," lo incito, anche se inizio a temere ciò che dirà.

"Lucilla," fa un sospiro, poi mi guarda dritto negli occhi: "Sono io il figlio di quel vecchio saccente dispotico".

Mi difendo con una mano aperta davanti al viso.

"Cosa?"

Non è vero.

"Cosa?" L'ho ripetuto una terza volta, ed è suonato troppo perfino a me. Cosa, cosa, cosa. Di che cosa stiamo parlando?

"Ma figlio, figlio? Perché Tobia è il nipote, ma non è il nipote..."

"Eliseo è mio padre, dunque io sono suo figlio."

Lo dice come se fosse ovvio.

Sono frastornata, non avevo fatto il collegamento... i famosi puntini. Non sono riuscita a unirli! Forse non ci ho neanche provato, nessuno di loro intendeva parlarne, è scivolato come un mero dato di fatto, tanto ovvio che non era nemmeno da sottolineare, solo che io me l'ero completamente perso.

Eppure all'improvviso mi pare evidente, in effetti si somigliano, stesso sguardo e stessa stazza, quel non so che di antico nei lineamenti e...

Ce l'ho avuto sotto gli occhi per tutto questo tempo.

Cioè Eliseo che accenna al figlio a valle e Libero che parla di un padre quassù, e le frecciatine che si rivolgono di continuo per interposta persona... E io non avevo capito niente!

"Perché non me l'avete detto?" domando vagamente offesa, anche se subito dopo mi sento un po' sciocca.

Perché avrebbero dovuto? Almeno li ho conosciuti per come sono, senza che il rapporto tra loro mi condizionasse.

D'altronde, mi sarebbe impossibile prendere le parti di uno dei due. Eliseo è una guida per me, Libero un compagno d'avventure.

"Dacci credito, comunque: stasera siamo riusciti a non litigare a tavola." Si allunga sul divano. "A non rovinare l'atmosfera."

La mia mente sta cercando di adeguarsi freneticamente alla nuova realtà. Eliseo, il mio amico vichingo, è un padre incapace di amare il figlio come suo figlio vorrebbe. E Libero, suo figlio, è incapace di perdonarglielo.

Uno dice che l'altro non vuole imparare niente, a sua volta l'altro lo accusa di voler insegnare tutto.

"Litigate tanto?"

"Abbiamo passato la vita a litigare, ma ormai ci siamo stancati. Da qualche anno ci ignoriamo, perlopiù..."

"Mi dispiace..."

"Secondo lui non dovrei dedicare le mie energie e il mio tempo alla valle, ma al monte. Solo a quello dovrei pensare. Solo qui dovrei stare. Dove sono nato, dov'è il mio posto. Un diritto e un dovere. È sempre stato così. Impone le sue idee. Ormai lo conosci...”

Sospira. Cambia posizione. Forse non è più così comodo. Ci riprova, si lascia andare contro lo schienale.

Allungo una mano verso di lui, solo che poi non so dove metterla, così gli sfioro l’avambraccio e la lascio cadere sulla stoffa a fiori. Come se fosse un oggetto che non mi appartiene.

“Mi ha chiamato Libero e poi non mi lascia *libero* di vivere la mia vita.”

“Ci tiene a te...”

“Mi tiene legato a sé...”

“Eh,” dico pensando a mio padre.

Lui mi ha sempre lasciata libera, ma come puoi sentirti davvero libera se chi ti lascia andare dipende in qualche modo da te?

“Non capisce che io penso al monte anche quando sono a valle. Che andarmene non è un dispetto che faccio a lui. Non è tradire, è cercare la mia verità. Quale sia non lo so. Non l’ho ancora trovata. Ma non posso smettere di cercarla.”

“Certo,” convengo con trasporto.

Ognuno dovrebbe poter cercare la propria verità, scoprire tutto per la prima volta, come Adamo ed Eva, e non pensare che il tuo primo bacio sia solo il miliardesimo primo bacio, e che non ci siano nuove terre da esplorare o sentimenti da provare... Scoprire sé stessi per la prima volta, perché ogni giorno nasciamo di nuovo e...

Presa da questi miei pensieri, alzo gli occhi sulla finestra: deboli fiocchi di neve danzano nel buio rischiarato dalla lanterna.

“Sta nevicando!”

Libero si volta di scatto con l’entusiasmo di un bambino.

Osserviamo lo spettacolo a lungo, senza parlare, nel tepore diffuso della stufa. Approfittiamo di questo tempo sospeso per riflettere, credo. Per cercare soluzioni difficili da trovare.

Mi sforzo di accogliere l'incertezza, mentre osservo i fiocchi bianchi vorticare nell'aria. Penso a come sia impossibile conoscere davvero le cose o le persone. Conosciamo solo la parte che ci offrono, il resto è loro.

E io, quale parte di me voglio offrire? Chi voglio essere per le persone che mi circondano?

Chi voglio essere per me?

Immagino di fare come la neve, di posarmi dolcemente su ciò che mi sta di fronte, e senza modificarlo, renderlo più lieve.

Ma la stanchezza mi prende tutto d'un tratto. Mi sistemo meglio sul divano.

"Si sta bene qui dentro," dico."

Sento che potrei addormentarmi. Forse sto per farlo davvero, perché i confini delle cose iniziano a svanire. Riesco perfino a dimenticare che è quasi Natale.

39.

Era molto peggio del compleanno. Il compleanno potevi fare finta che fosse un giorno come un altro e ignorarlo, perché in fondo riguardava solo te. Il Natale, invece, era Natale per tutti.

Per me è sempre stato il giorno delle cravatte. Ogni anno ne compravo una nuova per papà. Prediligeva quelle buffe, con disegni vistosi, colori sgargianti. Le indossava per i bambini, sopra le camicie a tinta unita. Voleva che piacessero a loro. Andava sempre con la cravatta alla giostra, e da quando eravamo rimasti soli ci pensavo io a procurargliene una nuova ogni anno.

Scartava il pacchetto lungo e stretto con trepidazione, come se non sapesse cosa c'era dentro. Poi si illuminava tirandola fuori, la teneva in alto davanti a sé per ammirarla alla luce, la passava tra il pollice e l'indice per saggiarne il tessuto.

"Grazie," mi diceva. "Mi incanta."

Era il momento più bello del mio Natale. Più bello di tutto dicembre, perché il Natale si affacciava il primo del mese, nella mia mente, e non si schiodava fino a quando non smontavano le luminarie a metà gennaio.

Nell'annunciarsi mi dava una sorta di mal di mare, la sensazione di poter andare a fondo.

Solo l'idea del calendario dell'Avvento mi atterriva, tanto che i pochi ricevuti in regalo li infilavo sotto il materasso.

Ogni giorno di dicembre era come una medicina dal sapore

cattivo: chiudevo gli occhi e mandavo giù sperando che finisse il più presto possibile. Un giorno in meno, mi dicevo.

La sera del 24 mangiavamo i ravioli di pesce e il gelato crema e cioccolato. Il panettone ci ricordava troppo la mamma. Non lo avevamo più comprato. Neanche l'albero l'avevamo mai più fatto, da quando se n'era andata.

Babbo Natale mi ha lasciato sempre e solo un libro, con dentro una busta con i soldi per comprarmi quello che volevo.

Immaginavo le tavole imbandite degli altri. Le famiglie degli altri. Famiglie numerose, chiassose, di buon umore. Brindisi e piramidi di regali dalla carta scintillante. Le cartelle della tombola sulla tovaglia rossa. Le torte e il torrone. Il televisore acceso.

Quello ce l'avevamo anche noi. Mio padre voleva guardare sempre lo stesso film, sorrideva alle battute come se le sentisse per la prima volta. E piangeva, alla fine, senza trattenersi.

Sono le uniche volte che l'ho visto piangere.

Per me quello era l'apice del dolore, ma significava anche che la giornata più temibile stava per finire.

Una parte di me aveva sperato fino all'ultimo che mia madre si facesse viva.

Immaginavo così la scena: qualcuno suonava al campanello, andavo ad aprire, sulla porta mi trovavo una signora con un bel vestito rosso, si chinava alla mia altezza perché potessi riconoscerla, poi apriva le braccia e mi sussurrava tra le lacrime: "Ho salvato il mondo, adesso sono a casa". In quella fantasticheria mi lasciavo andare al tepore del suo abbraccio, al profumo che era sempre lo stesso e piangevo anch'io come papà davanti al film, ma per la gioia ritrovata.

Per sentirmi di nuovo, finalmente, a casa.

Non accadeva mai, però, e certo non potevo sapere il perché. Non potevo immaginare che passasse il Natale con un'altra famiglia, la sua nuova famiglia, che abbracciasse altri bambini, che preferisse regalare a loro giochi e vestiti che avrebbe potuto regalare a me. Aveva anche trovato il modo di divertirsi, magari? Oppure no, chissà se aveva negli occhi quella *cosa* anche quel giorno, durante la festa, come quando era con noi? Non sapevo, non sapevo niente. Speravo soltanto, invano, che tornasse. E ogni anno rimanevo esiliata dalla mia felicità. Ma, perlomeno, il Natale stava per finire. Davanti avevo un altro anno, un anno intero, per cercare di dimenticarmi di tutto.

40.

La mano mi cade pesantemente nel vuoto. La sento incontrare una qualche superficie. È abbastanza morbida. Apro un occhio. È un tappeto steso su un parquet.

E io sono sdraiata su un sofà. Quello di Libero.

Non saprei dire che ore sono, ma la luce è abbagliante. Riverbera come se fosse mezzogiorno. Spero davvero che non lo sia, perché sarei in ritardo! Alle nove devo aprire la locanda.

Mi tiro su a sedere, facendo scivolare dalle gambe una coperta rossa di lana. Qualcuno deve avermela messa sopra mentre dormivo. A occhio e croce Libero, che ora non è nella stanza.

Alzandomi mi stiracchio, ho la schiena indolenzita e le braccia che formicolano. Devo aver assunto posizioni strane nel sonno (spero non imbarazzanti!).

Mi ha guardata dormire?

Russavo, magari con un rivolo di saliva all'angolo della bocca? Mi passo una mano sulle labbra: asciutte (per fortuna). Com'è che mi sono addormentata qui? Fino a che ora abbiamo parlato? E di cosa? Ho ricordi confusi.

All'improvviso mi torna in mente la neve.

Corro alla finestra e guardo fuori. Per un attimo, mi manca il respiro: è tutto bianco. Bianche le cime degli alberi, bianca la strada, bianchi i tetti, bianca l'intera valle. Sul versante aprico la neve luccica dorata, su quello ubago è invece lattea.

È come se tutta la mia vita avesse avuto senso perché io possa perdermi, ora, in questo bianco. Guardo il paesaggio là fuori sperando che mi riconosca, per esservi inclusa, per diventare bellezza anch'io. Dissolvermi beata in questa luce.

"*Cucù!*"

Dall'orologio a forma di casetta è sbucato l'uccellino di legno: sono le sette.

Quanto ho dormito? Tre, quattro ore? Ecco perché gli occhi bruciano e un senso di spossatezza mi schiaccia a terra. Ma devo alzarmi lo stesso.

L'alimentari, il bar, il ristorante, Daisuke che arriverà per preparare il pranzo, e io che devo trovare un momento per parlargli, per fargli la mia proposta, e poi il pane! Bisogna cuocere il pane nel forno, rinfrescare la mia cara Olga, controllare l'assortimento della merce in vendita, apparecchiare...

Mi schiarisco la gola giusto per farmi sentire, di là: sono sveglia, sono di troppo, me ne vado subito, ma occorre almeno salutare, giusto? E magari non incontrandosi per sbaglio sulla porta del bagno, lui in mutande, io con l'imbarazzo stampato in faccia.

Non oso chiamarlo, magari dorme e mi spiacerebbe disturbarlo. Io ho da lavorare, lui no. Che si goda il meritato riposo (salvo portare a termine i lavori che mi ha promesso alla locanda).

Mi avvicino a passi felpati alla sua stanza. La porta è aperta, il letto matrimoniale sfatto, il piumone dall'aria morbidissima accartocciato in fondo. E lui non c'è.

Non è in cucina e nemmeno in bagno. Non è in casa, a questo punto posso dirlo con certezza, non ci sono altre stanze, a parte forse la soffitta, ma lo sentirei camminare sopra la testa. Invece il salotto è immerso nel silenzio e nella luce che irradia dalla finestra.

Cerco un pezzo di carta e una penna per scrivergli due righe, quando noto il biglietto che lui stesso mi ha lasciato sul tavolino davanti al caminetto: *Ferma lì. Sono andato a prenderti una cosa.*

Ah! Mi ha fregata. Mi toccherà aspettare, spero sia questione di minuti... In ogni caso, provo a godermi il senso di anticipazione.

Cosa mi porterà? Croissant alla marmellata di mirtilli? (Lo escluderei, visto che il mio è l'unico bar, e al momento è chiuso.) Forse del latte appena munto? (Ma le mucche di Baciccia sono a valle.) Un regalo misterioso? (Spero non un altro bizzarro animale da accudire.)

Sono ancora alla finestra, quando finalmente lo scorgo.

"Sveglia, locandiera!" urla dalla strada.

Mi affretto ad aprire la porta d'ingresso, un'ondata di gelo mi solletica il viso. Socchiudo gli occhi per il riverbero. Tutto questo bianco. Libero mi viene incontro lungo il vialetto che ha già sgombrato dalla neve.

"Che fai, piangi?"

La sua voce rimbomba in un silenzio ovattato.

"No, è che..."

Non lo so spiegare. Questo posto... È come se mi si fosse rivelato un'altra volta.

"È così bello."

Solo adesso vedo cosa mi ha portato: una grande pala da neve.

Me la consegna. "Ora sarà anche più bello."

Ho appena finito di scavare un corridoio nel metro di neve che circonda la locanda, perché vi si possa accedere dalla strada. Nel frattempo la mia schiena si è quasi spezzata. Bello vivere in montagna! Bello e romantico l'inverno!

Come si fa a non essere felici, comunque? La temperatura è di poco sopra lo zero, ma la fatica mi tiene al caldo. E poi per strada c'è un viavai a cui non ero più abituata.

Le case vacanza stanno riaprendo, le persone domandano, sono eccitate per la novità (la novità sono io). È possibile prenotare un tavolo per stasera? Il ristorante sarà aperto anche a pranzo? Ce l'ho lo yogurt artigianale? Ho iniziato a fare il pane?

Sì, sì, sì, sì, rispondo. Sempre sì! Mentre non smetto di spalare la neve, per aprire un varco, adesso, che mi dia accesso anche alla legnaia.

Il giardino rimarrà bianco e candido, Abside è stata trasferita. Libero l'ha accompagnata proprio adesso alla stalla di un suo conoscente. L'ho salutata con una carezza sul muso, "ti aspetto," le ho detto, "torna presto". Lei ha fatto beee. Che spero voglia dire sì.

Controllo l'ora sul telefono: manca poco alle nove, Daisuke riuscirà ad arrivare, nonostante la neve?

Daisuke.

Ci siamo salutati con entusiasmo, ieri sera, come due compagni di doppio che hanno appena vinto la finale di Wimbledon. Ci stiamo bene, qui, io e lui. Sparigliamo un po' le carte. Sulla cucina nessuno ha avuto da eccepire. Certo, qualche sopracciglio alzato, qualche battuta, ma nessuna vera critica o piatto rimandato indietro (almeno non intero, ecco). E lui mi è sembrato contento e a suo agio, nonostante le ovvie difficoltà del lavoro.

La sua calma è contagiosa, non parla ma rimane in ascolto, è attentissimo a tutto quello che lo circonda. E tratta il cibo con una tale gentilezza! Averlo accanto è terapeutico.

Dovrò trovare il momento opportuno per parlargli. Secondo me è la persona giusta. (Anche perché l'unica, un po' come me.)

"Ottimo lavoro," commenta Libero dalla strada.

È tornato.

"Abside era contenta?"

"Non molto, ma si abituerà. In primavera poi torna da te."

Nessun punto interrogativo, questa volta non serve.

"Ne è venuta giù, stanotte..." continua avvicinandosi lungo il vialetto. "Non ha mai smesso."

"E tu come lo sai?"

"Non ho chiuso occhio."

Sembra che l'abbia detto per lasciare intendere qualcosa.

"Russavo?"

"Naaa, ma eri nella stanza accanto."

Ha la punta del naso arrossata e gli occhi pieni di luce.

Urge cambiare argomento.

"Uno immagina che la vita in un paesino di montagna sia monotona e non succeda mai niente di interessante," dico. "Invece, a ogni stagione ti trasferisci in un posto nuovo, quassù, e senza nemmeno muoverti d'un passo."

"A proposito di novità: c'è un cantastorie davanti alla chiesa."

"Un cantastorie?"

"Dicono sia arrivato stamattina. Insieme alla neve."

Mi asciugo le mani arrossate sui pantaloni. Poi alzo lo sguardo verso il campanile e mi metto in ascolto, come se il vento potesse far arrivare fin qui le sue parole.

"Va' a vedere," dice Libero. "Potresti sempre assumerlo."

Lungo la strada principale è passato lo spazzaneve, mentre i vicoli sono stati ripuliti con l'aiuto di tutti. Non c'è soglia senza pala fuori ad asciugare. Mi riferisco alle case abitate, ovviamente.

Ormai le riconosco. Rispetto al primo giorno, quasi ogni angolo di questo posto ha un nome per me. Clarin mi segue sulle sue zampe di velluto. Camminiamo insieme fino allo spiazzo davanti alla chiesa. Non ho molto tempo, ma la curiosità è troppo grande per lasciarmi sfuggire l'occasione.

Un cantastorie in paese! Da dove arriverà? Resterà? Forse c'è un modo per coinvolgerlo nelle attività della locanda?

Incrocio persone che scendono e intercetto stralci di conversazione, bambini che trotterellano felici come se avessero appena visto Babbo Natale.

Mi manca qualche scalino e inizio a sentire la sua voce. Parla lentamente, nel silenzio assorto del pubblico. Lo riconosco subito, ancora prima che la mente faccia il collegamento.

Poi lo vedo. E solo così riesco a crederci davvero.

41.

A Natale il mondo si ferma e tu sei costretto non solo a mostrarti felice, ma anche a essere felice. E questo è ben più difficile.

Dopo quelli desolati della mia infanzia, i Natali con le famiglie acquisite non mi hanno fatto stare meglio. Il disagio di sentirmi fuori luogo, come un soprammobile sbagliato, senza sapere bene dove mettermi né cosa dire. Il pensiero di papà solo con un piatto di ravioli in busta e la cravatta ricevuta per posta.

Beniamino festeggiava con la madre, la zia e la sorella, e in retrospettiva è il Natale che preferivo. Noodles, spiedini di pesce alla thailandese, maratona dei *Cavalieri dello zodiaco* alla tele e solo regali utili: indumenti in materiali tecnici o dispositivi elettronici.

Da Matteo invece durava un'infinità e tutto era calcolato, una specie di gioco di società, peccato che non distribuissero le istruzioni all'ingresso. (Io ne avrei avuto un gran bisogno.)

Le chiacchiere garbate davanti ai salatini, qualche accenno al fatturato, una o due battute ben piazzate, tutti a tavola per l'anguilla al cartoccio, e a seguire l'apertura dei regali con smorfia concentrata per indovinare il prezzo di ciascuno. Ci mancava solo di allegare lo scontrino per dimostrare di essere stati equi fino al centesimo, di non aver fatto uno sgarbo a nessuno.

La famiglia di Pierre, invece, si riuniva in una magione di

campagna con un caminetto acceso in ogni stanza, dove comunque si gelava. Un centinaio tra zii, cugini, biscugini, pronipoti, mogli, ex mogli, amanti, suoceri e consuoceri. Abito da giorno e abito da sera, con qualche eccezione tollerata, come per Pierre e la sua sprezzatura d'ordinanza. La carta regalo era in genere pregiata più dei doni che avvolgeva, nella maggior parte dei casi riciclati: candele profumate, scialli, fermacarte, carta da lettere, servizi da caffè. Se ne usciva rimpinzati di caviale, pandoro artigianale e champagne. Insomma, infelici ma alticci. Se il Natale era come farsi cavare un dente, preferivano farlo con l'anestesia.

Per Enrico, invece, il Natale era sinonimo di consumismo: l'unico che abbiamo passato insieme lo ha risolto con un kebab e una birra sotto casa. Zero regali (ovviamente), zero auguri (che ipocrisia, gli auguri!), zero rimorsi ("Chi crede ancora nel Natale ha dei problemi") e zero rimpianti ("Si sta meglio adesso, non quando si stava peggio").

Salvo rinfacciarmi, alla fine, che un pensierino comunque avrei potuto farglielo.

42.

“Papà!”

Seduto sul sagrato davanti a una mezza luna di bambini rapiti dal suo racconto, alza gli occhi su di me e mi sorride.

Il cielo su cui si stagliano le vette, i boschi, i tetti innevati, la fontana, il putto illuminato dal sole sulla facciata della chiesa.

Papà, che non lascia casa sua da trent’anni, è qui.

Magro anche più del solito, le guance rasate, i capelli lunghi, bianchi, raccolti in una coda, il suo vecchio montone (al mare non lo usava quasi mai), la cravatta con gli gnomi che gli ho regalato nel duemilatré: quell’aria da cantautore intellettuale.

Faccio qualche passo verso di lui, me lo guardo cercando di tenere a bada l’emozione.

Papà.

Solo per un attimo riesco a vederlo come se fosse uno sconosciuto, e non il padre con cui sono cresciuta. Perché poi ascoltandolo raccontare torno la sua bambina. Ha scelto uno dei suoi cavalli di battaglia, la so a memoria, questa favola. So dove farà una pausa e cambierà tono, immagino già la faccia che faranno i piccoli al colpo di scena, mi figuro il sollievo sui loro volti nel finale.

Papà.

La favola è finita, i bambini sono rimasti a bocca aperta. Lui mi viene incontro.

Spalanco le braccia per accoglierlo, è più consunto dell'ultima volta, come un vestito indossato troppo a lungo, ma il suo profumo è sempre lo stesso e anche il suo modo di farsi abbracciare.

Tobia corre verso di me. "Lucilla! Hai visto? Viene dal mondo delle fiabe! È arrivato con la slitta volante!"

"Davvero?" chiedo, e non c'è bisogno di simulare lo stupore.

Sono tutta stupore per il fatto che è qui. Per quanto mi riguarda, potrebbe davvero essere arrivato volando.

Gli cingo le spalle appuntite nel montone, mentre Tobia corre via.

"Bella cravatta," gli dico, con le lacrime agli occhi.

"Me l'ha regalata una persona di gusto..."

"E la giostra?"

"Ho deciso di prendermi una vacanza."

"Finalmente, dopo trent'anni!"

"*Finalmente* avevo un posto dove andare." Mi lancia un'occhiata complice. "Un delizioso albergo in montagna. E una figlia che ha bisogno di una mano, se ho capito bene. Ed è pure scesa la neve."

"Che qui è sempre più rara."

Lo abbraccio di nuovo, in cerca di quel calore che solo lui mi sa dare. "Papà."

Le lacrime. Non riesco più a fermarle. Lascio che scendano insieme a tutta la tensione che ho accumulato da quando sono qui.

"Papà, ti porto alla locanda."

Quanto ho sognato una scena come questa, nei mesi scorsi, senza darmi veramente il permesso di crederci.

Lo precedo per i vicoli innevati, tenendogli la mano. Quando è diventata così leggera? L'ala di un uccellino. "Attento a dove metti i piedi."

Se penso che mio padre mi sta seguendo per le strade di un paese che è diventato il mio paese, nel centro del nulla, ma al centro di tutta la mia vita, dopo mesi che non ci vediamo, e sto per mostrargli la mia locanda... La mia *casa*.

"Non badare al disordine, quando siamo lì," lo ammonisco, improvvisamente incerta.

"Mi piacciono i posti in disordine, sono posti vivi."

Mi ero dimenticata com'è fatto mio padre? E che forse è proprio un po' di vita, quello che gli manca? Quassù ne troverà, ah, se ne troverà! Chiamatelo pure "Comune polvere", io non mi sono mai sentita così viva, prima. Finalmente sono parte di un mondo, piccolo ma animato, attivo, ardente.

Mentre scendiamo, mi racconta di aver guidato tutta la notte e seguito lo spazzaneve, stamattina, fino al paese. Di aver parcheggiato vicino alla locanda e, non avendo trovato nessuno, di essere salito alla chiesa. Si ricordava dei miei accenni al putto della facciata e al campanile, pensava che avrei potuto essere lì. Invece ero da Libero (ma non lo dico). Una volta in cima al paese ha incontrato Tobia e i suoi fratelli con altri amichetti appena arrivati, gli hanno chiesto da dove veniva, e il resto lo potevo immaginare. È facile immaginare come finisce quando mio padre incontra dei bambini: la mezza luna e i piccoli nasi rivolti all'insù.

Troviamo Nives in attesa sulla soglia della locanda, non sa cosa fare con le mani. Vorrebbe riscaldarle, penso, ma non riesce a tenerle ferme in tasca abbastanza a lungo. Sembra volermi parlare di qualcosa, poi però vede che non sono sola e si trattiene.

"Abbiamo già un ospite?" mi chiede incuriosita, indicando la vecchia valigia di pelle di mio padre.

Quando glielo presento, i suoi occhi sprizzano emozione.

"Sarà un Natale bellissimo," esclama.

Ma subito dopo sembra intuire le mie preoccupazioni.

"Dimmi che stanza vuoi assegnargli, ci penso io a prepararla."

"Davvero? Avrai da fare... I figli a casa e..."

"Come puoi vedere, vivono perlopiù allo stato brado. Funziona così, qui. Ci sono anche gli amici saliti per le vacanze. Li avrò tutti a cena, ma c'è tempo per quello... Dai, ti aiuto con piacere."

"Grazie, grazie, grazie," continuo a ripetere, mentre lei controlla l'orologio.

"Sì," mi dice, "ma adesso sbrighiamoci, che la locanda deve aprire, oggi i clienti non mancheranno."

Sbircio da sopra la sua spalla e capisco che ha ragione: le nove sono passate da un po'. Meno male che ci sono le amiche. Meno male che c'è Nives. Questo piccolo Mondo polvere è più accogliente di quanto avrei mai potuto immaginare.

Rifletto, salendo le scale. Quale stanza assegnare a mio padre? Nessuna è davvero pronta, ciascuna ha ancora bisogno di lavori... Ma di certo lui non ci farà caso.

"Papà, come hai voglia di sentirti?" gli chiedo infine, raggiunto il piano superiore.

Lui osserva le porte chiuse sui due lati del corridoio.

"Mi sento già bene. Solo per il fatto di essere qui. Con te. Sono un po' stanco, però: dammene una con un letto comodo."

"Sì. Ma dico, vuoi sentirti: circondato dai tuoi personaggi, con gli occhi sulle stelle, aperto a nuovi orizzonti o immerso in una realtà senza tempo?"

Sembra divertito dalla domanda. "Aperto a nuovi orizzonti," risponde infine.

La 3! Lo speravo.

Papà si ferma incantato davanti all'ampia finestra che dà sulla valle innevata, Nives ispeziona la stanza con occhio critico.

La camera ha bisogno di lavoro, è innegabile, ma anche lui è disposto a dare una mano. Così li lascio all'opera, mentre corro giù, i minuti scappano via e io non ho ancora depennato neppure una delle voci della lista di oggi.

Non mi stupirebbe di trovarmi sulla porta qualche nuovo controllo, che ne so, rappresentanti dell'Unione Europea per esempio. Sono esperti, nell'arrivare nei momenti meno opportuni. (Le stanze hanno già l'abitabilità, giusto? Devo chiedere a Libero.)

Invece sulla soglia incontro Daisuke, si sfrega le mani nei guanti a manopola. Il giaccone è lo stesso di sempre, invece ha sostituito il cappello verde acido con uno simile viola, foderato di pelo. Ai piedi indossa un paio di doposci.

La porta era aperta, ma lui non entra mai senza il permesso.

"Daisuke, tu puoi entrare quando vuoi: hai il permesso a vita."

Non penso abbia capito alla lettera, comunque deve aver colto il senso, perché scuote la testa come a dire che non è grave, un po' di freddo fa bene; ora, comunque, ci sarà il tepore della stufa e la sensazione meravigliosa di riscaldarsi davanti al fuoco dopo essere stati al gelo – sono sicura che lui sa cosa intendo.

Un altro inchino e si sente finalmente autorizzato a entrare. Preparo un cappuccino a entrambi con la tempesta di schiuma.

La giornata è cominciata da un pezzo, per me, eppure le nove sono passate da poco. Daisuke mi osserva curioso, deve aver percepito qualcosa.

Scrivo sul traduttore:

Sono scombussolata e contenta, di sopra c'è mio padre.
私は驚きと喜びでいっぱいです。父は宿屋の2階にいます。

Si lascia scappare un'espressione di sorpresa. Sa che vive lontano. Sa che non ci vedevamo da mesi. Sa che non viaggiava da anni. Sa tutto questo, mentre io so ancora così poco di lui.

Sì, papà è qui.
はい、ここにいるのです。

Lo ripeto, forse per riuscire a crederci davvero. Ora che non lo vedo, una parte di me l'ha già messo in dubbio. Invece papà è qui. Voglio ricordarmelo. Voglio sancirlo.

Daisuke consulta il suo libriccino di poesie. Annuisce davanti a una, in particolare.

La trascrive:

二人見し / 雪は今年も / 降りけるか
Noi due la vediamo / quest'anno /
ma è la stessa neve che cade?

43.

“Vi prego, fate attenzione!”

Poco fa Eliseo ha portato un abete con il trattore, e adesso lui e mio padre lo stanno issando con l’aiuto di una corda.

Eliseo ha una cera migliore negli ultimi giorni, ma dovrebbe evitare questi sforzi. Libero mi ha spiegato che si era sentito male durante la raccolta delle olive e che in ospedale gli hanno impiantato un pacemaker, un’operazione che rinviava da tempo.

“Ha problemi di cuore?” sono saltata su io, con il terrore dentro.

“Di cuore e chiaramente di testa,” ha ribattuto Libero.

Eliseo non ammetterebbe mai di avere problemi di salute, nemmeno a sé stesso. Non vuole che nessuno lo sappia, per questo Libero mi ha fatto giurare di non farne parola, tanto meno con lui, che si ostina a vivere come prima. Atteggiamento che fa infuriare suo figlio.

“Salgo su a martellare, che è meglio,” mi ha detto poco fa, sentendolo arrivare con il trattore. “Non voglio rovinarmi il fegato.”

Da ieri abbiamo cominciato con la rifinitura delle stanze. O meglio: Libero ha cominciato. Io sono addetta ai rifornimenti: *Dorayaki* con marmellata di fagioli rossi (una specie di pancake: Daisuke ci mette cinque minuti a farli, noi due minuti a mangiarli), cappuccino con tempesta di latte (ormai una specialità della locanda), birra alla spina (ho imparato a inclinare il bicchiere in modo perfetto) e panini fatti da me (non solo la farcitura, ma anche il pane: incredibile!).

Lo sento martellare adesso, in effetti: spero non si lasci prendere dall'irritazione e non rompa qualche tubo.

Vedere Eliseo strapazzarsi così, e non potergliene neanche parlare, fa infuriare anche me.

Ho cercato in tutti i modi di impedirgli di salire sulla scala: per fortuna, mio padre si è impuntato per accaparrarsi l'onore. Per fortuna si fa per dire, dato che la sua salute non è certo migliore, ma muoversi e darsi da fare se non altro gli giova all'umore.

"Smetti di guardarci come se fossimo di vetro," mi rimprovera Eliseo. "Noi due siamo di ferro."

"Facciamo bronzo, dai," attenua mio padre sorridendo.

Abbiamo scelto un angolo della sala ristorante, per l'abete. Ci sta divinamente. Un albero *vero*. Un Natale con mio padre, oltre a tutto il resto. Sono due giorni che gira per la locanda con le sue camicie colorate, le cravatte fantasiose, la coda bianca svolazzante e il montone quando fuma in giardino con Nives, e io ancora non me ne capacito.

Dopo aver salutato Eliseo, fila di sopra a prendere qualcosa.

"Ebbene, vado," dice Eliseo rivolto a me. "Torno nel pomeriggio, se riesco, con qualche decorazione per l'albero fatta da me."

"Grazie, Eliseo. Ascolta..." Non riesco a trattenermi. "Stai bene?"

"Non conosco nessuno più in salute di me. Tu forse non conosci la novantanovesima regola della felicità: la mente cura il corpo, il corpo cura la mente."

"D'accordo, me la segno," mi arrendo.

È tutto inutile, ha ragione Libero. Se solo potessero risolvere i problemi tra loro. Almeno un po'.

“A proposito, volevo chiederti un favore,” dico allora, perché so che rendersi utile lo aiuta a stare meglio. “Quando hai tempo, potresti darmi una mano a decifrare il quaderno di Tersilia?”

“Quaderno?” ripete perplesso. “Quale quaderno?”

“L’ho trovato in un cassetto della cucina. Soltanto che è scritto in dialetto, e a mano. Non ci capisco niente.”

“Ah, ricette,” sospira. “Comunque ormai avete ingranato, mi pare. A me non dispiace il vostro stile nipponico-brigasco. Io sono aperto alle novità, mica come Libero.”

Eccoci di nuovo.

“Libero è aperto alle novità, non so se lo sai, ma nel suo progetto per l’Arabia ha inserito la sapienza brigasca.”

“Ah, sì?” tuona, lisciandosi la barba.

“Sì. Renderebbe gli edifici interamente sostenibili. Questo aiuterebbe il pianeta e quindi anche i nostri boschi di larici.”

Eliseo sembra rifletterci su, borbotta qualcosa tra sé e sé.

Decido di lasciare la questione in sospeso, forse c’è qualche speranza che attecchisca.

“Le ricette di Tersilia ci servono per rendere il menu un po’ più autoctono,” insisto.

“Domani è Natale. Saremo tutti qui alla locanda. Decifreremo il quaderno.”

Tutti qui alla locanda?!

Non ho fatto in tempo ad accompagnare alla porta Eliseo e a capire come organizzare la giornata di domani che mio padre è ricomparso con una scatola.

La riconosco subito: il coperchio con le facce di Babbo Natale e un angolo ammaccato, lo scotch ingiallito che non appiccica più.

Sono passati almeno venticinque anni da quando l’abbiamo aperta l’ultima volta, ma posso indovinare senza esitazione il contenuto. L’elfo di legno, le palline di vetro soffiato, la stella di feltro fatta da me. Mamma si era lasciata indietro tutto, anche questo, e noi non l'abbiamo mai più aperta. Aspettavamo lei. Abbiamo aspettato lei, Natale dopo Natale, anno dopo anno... Abbiamo aspettato lei per tornare a essere felici davvero.

"Ho pensato," dice mio padre timidamente, alzando il coperchio, "che questa potrebbe essere la volta giusta per tornare a festeggiare il Natale come si deve."

Prendo un respiro. Sta succedendo davvero?

Libero armeggia ancora, di sopra, il trapano si alterna alla pialla, l'avvitatore alla sega. Mentre dalla cucina si spande un odore agrodolce.

Non so se me la sento, di guardare dentro la scatola. Di tornare bambina. Di tornare al nostro *prima*. Però papà ha già tirato fuori una decorazione a forma di cavallo a dondolo e me la porge.

La tengo sul palmo della mano per guardarla meglio. Chissà come avrebbe reagito, lui, nel sapere la verità a suo tempo. Chissà cosa sarebbe cambiato...

"Papà..."

Chiudo le dita intorno al cavallino di legno, scompare nel pugno.

Glielo dirò, adesso. Ora, in questo momento. Devo dirglielo, urlarlo o sussurrarlo, tirarlo fuori in qualche modo, è stato sepolto troppo a lungo.

"Papà," ripeto per darmi lo slancio, "c'è una cosa che non ti ho mai confessato."

Lui alza gli occhi, arrossati e sinceri.

Non so perché l'ho detto, se non per andare oltre. Abbiamo bisogno di andare oltre e forse possiamo riuscirci qui, dove le cose sono diverse, dove *noi* siamo diversi, perché lontani da dove siamo stati infelici e colpevoli, non importa se a torto o a ragione. Possiamo andare oltre. Tentare un Natale felice, proprio come dice lui.

Ma prima deve sapere.

Riapro le dita e fisso il cavallino. Ho immaginato tante volte questo momento, ma non pensavo sarebbe mai arrivato. Così, adesso non so bene come metterla.

Prendo un respiro: ormai mi sono tuffata, devo nuotare.

"Tanti anni fa, ho ritrovato la mamma."

L'ho detto. Qualcosa si è rotto dentro di me. Eppure non fa male. È questo il rumore della verità?

Mio padre mi guarda senza dire niente. Non sono certa che mi abbia sentita. Che abbia capito. Forse non mi sono espressa bene. Non ricordo più nemmeno cos'ho detto.

"La mamma non è partita per una missione..." insisto, ma cosa sto dicendo, è chiaro che non c'era nessuna missione. Non posso credere che non ne abbiamo mai parlato.

"Insomma, viveva a quindici fermate di autobus."

Quando trovo il coraggio di alzare gli occhi, vedo il suo viso solcato dalle lacrime.

"Lucilla..."

"Mi dispiace. Mi dispiace tanto..."

Allunga una mano per accarezzarmi una guancia. Lo faceva sempre, prima della buonanotte. Sulla soglia della scuola. Quando ero malata o temevo un'interrogazione. Quando mi sentivo triste senza sapere il perché.

Percepisco un tremore nella sua mano: ci poso sopra la mia. Premo perché senta che ci sono, anche con il cuore spaccato in due, o forse in tre...

"Lucilla," riprende lui, dopo molto tempo, tanto che avevo iniziato a chiedermi se avrebbe più parlato o se spettasse a me aggiungere qualcosa. "Lucilla, io lo sapevo."

"Come?"

Lo sapeva? Lui *sapeva* che mia madre abitava a due paesi di distanza dal nostro? Che se n'era andata per una vita identica a quella che aveva con noi?

"Lucilla mia. Lo so da sempre."

Ma certo. Certo che lo sapeva. Come poteva non saperlo?

Mi sembra di essere diventata adulta solo adesso. Queste sue lacrime, dunque, sono per me?

"Pensavo di proteggerti." Papà dà un segno di cedimento, come se non riuscisse più a stare in piedi. "Non volevo che te ne facessi una colpa. Lasciare me d'accordo, ma lasciare te? Che cosa chiedevi di male, se non di poter essere com'eri? È questo che chiedono i bambini con il loro carattere o le loro particolarità. E ne hanno tutto il diritto. In fondo è quello che chiediamo tutti: poter essere noi stessi. Cerchiamo qualcuno che vedendoci ci dica: vai bene così, esattamente come sei. Non devi cambiare niente perché io ti ami."

Lo aiuto a sedersi.

"Pensavo che sarebbe tornata," spiega ancora, dopo aver ripreso fiato. "Che ci avrebbe ripensato, che le saremmo mancati, che quello che avevamo costruito non fosse... vano. Ho fatto tutto quello che ho potuto per cercare di riempire il vuoto che si è lasciata indietro... Solo ora mi rendo conto che anche tu hai cercato di riempirlo, e così non abbiamo fatto altro che scavare questo vuoto, renderlo più grande..."

Con la testa tra le mani, fissa il pavimento. Non so che cosa fare.

"Lucilla, sono venuto quassù per dirti questo. Volevo evitarti un dispiacere. Invece te ne ho creato un altro. Non sono riuscito a venir fuori dal mio dolore. E tu ti sei fatta carico di tutto. Sarebbe stato peggio se ti avessi detto subito la verità? Sarebbe stato meglio?"

"Non lo so, papà," gli accarezzo le spalle. "Ero solo una bambina."

"Ma poi sei cresciuta... E io non ti ho detto nulla. Ho lasciato che ti muovessi nella vita piena di incertezze. Con quel vuoto, dentro."

"Papà. Chi poteva togliermi quel vuoto? Quel vuoto, questo vuoto, rimarrà sempre."

Lui sospira. Sa che ho ragione. Ci sono ferite da cui è impossibile guarire.

"Ma questo," dice, "non deve impedirti di vivere."

Sono qui, infatti, vorrei rispondere. Sono qui, e sto vivendo. Ci sto provando. A prendermi cura di chi sono, nonostante il vuoto. A fidarmi di me. A dirmi: forse non ho niente che non va.

E non solo sono qui. *Siamo* qui. Siamo insieme dopo molto tempo. Ci stiamo provando, a prenderci cura di chi siamo, a non avvelenarci nei rimpianti, a non credere che il passato sia più importante del presente. A fidarci di noi. A dirci: forse ci bastiamo.

"Io spero che tu possa perdonarmi," aggiunge mio padre, "non per me, ma per te. Perché tu ti alleggerisca, ti alleggerisca di tutto. Io vorrei ricominciare da qui."

Indica la scatola.

Lo guardo senza riuscire a dire niente. Vederlo così vulnerabile, scoprirmi così vulnerabile. E vederlo forte e scoprirmi forte. Tutto insieme. Mi rendo conto che, per la prima volta, anche se ho pensato a mia madre, anche se ne abbiamo parlato, non ho freddo.

Siamo precipitati in un oceano di dolore, ma forse stiamo arrivando sull'altra sponda. In un altro mondo. Un mondo in cui io sono ancora bambina e nel contempo adulta, finalmente, mentre tiro fuori le decorazioni per l'albero che appendevo quando mi sentivo ancora completa. Sono sempre incompleta, ma sono di nuovo me.

Ho perso molto, ma so cosa desidero in questo momento. Un Natale in cui smettere di pensare a quello che manca, per guardare invece a quello che c'è.

44.

"E quindi?"

Dietro il bancone, con il quaderno di Tersilia davanti, Eliseo legge, ma non parla. Mi ha chiesto di potergli dare un'occhiata, mentre aspettiamo di pranzare tutti insieme. Ora è concentrato come se stesse decifrando un antico e prezioso manoscritto e non scuce una parola.

Nell'aria aleggia un odore stuzzicante. Quando ho chiesto a Daisuke cosa mangiano a Natale in Giappone, mi ha risposto:

フライドチキン
Pollo fritto.

Devo aver fatto una faccia sbalordita, perché si è messo subito a spiegare: la tradizione è nata grazie a una campagna pubblicitaria di Kentucky Fried Chicken del 1974, Kurisumasu ni wa Kentakkii, "Kentucky per Natale". Da quel giorno il pollo fritto è il piatto principale nelle feste natalizie in Giappone.

ここにはKFCはありませんが、私がご用意できます。
Qui non abbiamo KFC, ma posso prepararlo io.

E così, ciò che è accaduto in Giappone nel 1974 riverbera adesso nel nostro sperduto paesino delle Alpi Marittime.

Abbiamo unito i tavoli in modo da formarne uno grande, per il buffet. Ognuno ha portato qualcosa: panettoni, torte salate, lasagne, frittate, funghi, formaggi...

Su un tavolino vicino alla finestra, invece, ci sono i regali. Quelli da parte mia sono pacchettini morbidi e bitorzoluti. Qui negozi non ce ne sono, a parte il mio. Ci siamo, quindi, fidati delle mani.

Regaliamo cosa sappiamo fare, regaliamo l'idea su misura per ognuno e il tempo, lo sforzo, l'energia che abbiamo impiegato per realizzarla. Eliseo ha portato bottiglie di liquore e piccoli oggetti di legno. Valentina, il miele. Nives, candele realizzate con i suoi bambini.

Tutti chiacchierano allegramente. Raggiungo Valentina e Nives con un vassoio di funghi fritti e tre bicchieri di vino, mi pare un ottimo aperitivo. Colgo stralci del loro discorso, quanto è bello quassù, quanto gli manca quando sono a valle, se Valentina non avesse l'impegno della scuola tornerebbe a vivere qua, se Nives non avesse la scuola dei bambini non scenderebbe più...

Mio padre invece sta discutendo di giostre con Libero, che sembra preparato sull'argomento. Spiega come la vetroresina sia difficile da smaltire, ma si potrebbe sostituire con materiali più ecologici, addirittura le giostre potrebbero muoversi senza elettricità, solo grazie alle leggi della natura e della dinamica, per esempio la forza cinetica prodotta dal movimento degli stessi bambini. Papà ascolta interessato.

Presto anche Valentina e Nives si uniscono alla conversazione.

Propongo un brindisi: "Alla nostra comunità!".

"Alla locanda!" mi fa eco Nives.

"Al Natale," esclama mio padre, guardandomi negli occhi. "A questo Natale."

"A questo Natale!" ripetono loro.

E si propaga tra noi un entusiasmo contagioso, solo per il fatto di essere insieme e brindare, con fuori la neve. Per il fatto di esserci trovati senza esserci cercati. Eppure, incastrandoci alla perfezione. Un Natale *in famiglia* dove la famiglia ha acquisito un senso nuovo, ancora da scoprire, ma che ci fa stare bene.

Mi avvicino a Eliseo che sta ancora leggendo e lo trovo inaspettatamente emozionato.

"Allora, come sono queste ricette?" gli domando.

"Macché ricette," fa lui stupito. "Senti qua..." Fa scorrere l'indice su una frase, in mezzo alle altre, e me la legge ad alta voce.

"*Se leggerai fin qui sarà perché hai trovato questo quaderno, Eliseo, figlio mio. E non solo. Significa che ti sei sorbito tutte le ricette che non ti interessano, non hai mai amato stare in cucina. E che quindi sapevi che c'era qualcosa che volevo dirti. E che non sapevo come fartelo pervenire al momento giusto se non nascondendotelo, così che tu potessi trovarlo...* Mamma..." S'interrompe scuotendo la testa con affetto.

(Mamma?)

Poi riprende a leggere, sempre ad alta voce.

"*Ho lasciato al caso. E quindi al destino. Come quasi tutto, nella mia vita. Questa locanda, la scelta di mio marito, la nascita di un figlio, la crescita di un nipote, che tu hai chiamato Libero, eppure non lasci che si sbucci le ginocchia, che si perda tra i vicoli, che sbagli, che desideri qualcosa che tu non riesci a capire...*

Non avere paura dell'amore che provi per lui, Eliseo.

Non avere paura della sua strada, diversa dalla tua.

Lascia che vada, perché possa davvero tornare. Un giorno."

Gli trema la voce, nel pronunciare le ultime parole.

"Questo non è solo un quaderno di ricette, Lucilla. È un diario mascherato. È il diario di mia madre."

"Tersilia era tua madre?!"

Mi è uscito una specie di strillo.

Ormai dovrei aver capito che qui non bisogna stupirsi di niente, ma non riesco proprio ad abituarmici. Si chiamano i genitori per nome di battesimo, e i bambini chiamano "nonno" un amico di famiglia. Le etichette saltano una a una e ci si ritrova con davanti solo il sentimento: rabbia, amore, orgoglio...

"Era mia madre," sospira Eliseo. "Questa locanda è stata casa molto a lungo. Per me e per mio figlio."

Lancio un'occhiata a Libero, deve aver intuito che stiamo parlando di lui.

Ecco perché si sono sempre mossi con questa disinvoltura qua dentro, come se conoscessero ogni anfratto! Loro *conoscono* ogni anfratto! Libero dei lavori sapeva già tutto! Eliseo ha usato le proprie chiavi, evidentemente, per mettere in piedi il pranzo di benvenuto il primo giorno.

Vorrei chiedere di più, vorrei sapere di più, ma Daisuke e Nives sono arrivati con due enormi ciotole fumanti e le posizionano al centro della tavola: il pollo fritto emana un profumo irresistibile. I bambini ci si avventano sopra, riempiendosi le mani, felici come non mai.

Distribuisco piatti e posate.

Libero si offre di darmi una mano. "Lasciami fare *l'Enrico* della situazione."

Mi giro d'istinto, con il terrore che all'improvviso sia apparsa la dottoressa Parodi. Invece è solo una battuta. Per fortuna, almeno per questa volta.

"Allora vedi di non sparire," gli sussurro. "Basta poco, per essere meglio di lui."

Sospiro nel constatare d'improvviso questa verità: mi sono accontentata di così poco. E con questo pensiero – amaro, perché ho pena per me stessa, e insieme dolce, perché non lascerò che accada ancora – cerco di godermi il pranzo e il resto del pomeriggio e di non prendere le scoperte che ho fatto come un tradimento da parte di Libero ed Eliseo ma, al contrario, come un complicato eppure sincero atto d'amore.

"Aiuto! Un mostro marino!"

Si girano tutti verso Libero, che finge di sfilarsi dalla presa della sciarpa blu all'uncinetto appena scartata.

"Spiritoso."

"No, ma è affascinante, a suo modo..." commenta, avvolgendosela intorno al collo. "Il regalo più bello che ho ricevuto da tempo."

"Non sei messo molto bene, allora."

"Mi unisco," esclama mio padre, alzando in aria la sua cravatta gialla e rosa.

Ci ho messo due notti, per realizzarla. E solo ora noto che pende tutta da un lato.

"Bellissima," dice.

"Imperfetta," commento io.

"Imperfetta e tua, proprio per questo bellissima."

"Anche a me il regalo più bello lo ha fatto Lucilla!" tuona Eliseo, tenendo in alto il quaderno di Tersilia, così che tutti lo possano vedere. "Mi ha restituito le parole di mia madre, chi avrebbe potuto immaginare di ascoltarla ancora..."

Siamo tutti commossi e assorbiti dal momento, motivo per cui le prime note non le sentiamo neppure. Ma ecco che la musica riempie l'aria, ed è così inaspettata che tra noi cala un improvviso silenzio.

Nessuno si era accorto che Daisuke si era seduto al pianoforte. Né che avesse sollevato il coperchio e che, senza spartito davanti, avesse iniziato a suonare. Suonare *bene*, intendo. Suonare davvero. Tanto che le sue dita e i tasti sembrano un tutt'uno. Oscilla lievemente in avanti, a occhi chiusi. Le note, come vento, lo attraversano.

Lo osserviamo esterrefatti.

Mio padre si asciuga gli occhi.

"Sai che musica è?" gli sussurro andandogli vicino.

Lui scuote la testa. "Non penso di averla mai sentita..."

Il ritmo ha accelerato, ma la melodia non ha perso morbidezza. Mi porta in un luogo lontano, sull'acqua, forse, e poi su una vetta. Mi porta in un bosco e nel mio letto morbido di bambina. Mi fa sentire malinconica e insieme desiderosa di altri giorni come questo.

Ognuno di noi sembra viaggiare da solo, in uno spazio intimo, eppure siamo insieme, siamo tutti qui e da nessun'altra parte, anche grazie a questa musica.

Libero mi si è avvicinato, odora di resina e di legna. Mi abbandono al suo abbraccio mentre mi stupisco di come sto bene, di quanto le cose, le persone, le note, le speranze in questa stanza combacino tra loro senza sapere nemmeno come.

Finalmente, mi dico, un Natale felice dopo tanto tempo.

45.

Stiamo facendo colazione con Daisuke al banco del bar. Abbiamo numerose prenotazioni per pranzo, ma vogliamo goderci questo momento di gioia silenziosa, la luce che riverbera dalle finestre e il tepore della notte trascorsa con tanti amici nella nostra locanda.

La chiamo "nostra" tra me e me, ma sono sicura che anche lui la sente sua. E sono pronta a chiedergli se è così.

Nelle orecchie ho ancora la melodia di ieri notte. Avevo notato che armeggiava con il pianoforte, qualche giorno fa, ma indaffarata com'ero non gli avevo fatto domande. Probabilmente, stava cercando di capire in che condizioni fosse.

È un musicista?

Potremmo organizzare dei concerti, qui alla locanda. Dare spazio al suo talento. Avrebbe ancora più valore mettersi in società, io e lui.

Mancano tre settimane alla scadenza per trovare un nuovo socio, ma cavalcherò l'onda dell'entusiasmo. Voglio chiederglielo proprio adesso.

Scrivo sul traduttore:

Daisuke, suoni in modo incredibile.
大輔さん、素晴らしい演奏ですね。

Sorride. Non solo con gli occhi, con tutto il viso.
Eppure, sembra un sorriso amaro.

Chi è il compositore? Non lo abbiamo riconosciuto.
作曲者はどなたですか?

Sistemo la tazza vuota nel lavello insieme alla mia. Poi torno allo schermo per leggere la risposta.

作曲者は私です。
Il compositore sono io.

"Cosa?"

Nel senso che...

È come se lo vedessi per la prima volta. Quel signore gentile e riservato, con i movimenti eleganti delle dita... un compositore? Ma certo!

Quella musica ammaliante viene da lui! Non poteva che essere così. I suoi sguardi, i suoi silenzi, il suo modo di comunicare che va oltre le parole. La sensibilità che mette in ogni cosa.

Scrivo:

Adesso mi dirai che sei famoso?
まさか、ご自身が有名だとおっしゃるのではありませんよね?

Un barlume di luce si agita nei suoi occhi, come un pesce appena sotto la superficie.

ええ、そうでした。もしかすると今もそうかもしれません。
ですが今は地球の裏側におりますので、ありがたいことに、まるで
そうでないのと同じです。
Lo sono stato. Sì, forse lo sono ancora. Dall'altra parte
del mondo, però, che è come non esserlo, per fortuna.

È addirittura famoso! Daisuke è un compositore famoso, in Giappone! Mi rigiro la scoperta nella testa.

Ma allora, perché è qui?

Vorrei chiederglielo, solo che temo possa prenderlo come un giudizio. Io sono felice che sia con noi. È che si riaffaccia sempre la stessa domanda.

Lo osservo, ora che lo conosco meglio magari riesco a intuire...

Ha ripreso a scrivere:

遥を失ってから、音楽が心に響かなくなってしまいました。
Da quando ho perso Haruka, non sento più la musica.

Rimango impietrita, a fissarlo. Perso, nel senso...

遥が亡くなり、何も感じられなくなりました。
ある日を境に、一切の音も耳に届かなくなったのです。
愛する人が聴くことのできない音を、なぜ奏でる必要があるのでしょうか?
Lei è morta e ora non sento più nulla.
Da un giorno all'altro, nemmeno più una nota.
E poi, perché suonare se la persona che ami non può ascoltarti?

Ci guardiamo. Sarebbe l'ora del secondo cappuccino, ma mi trema la mano. Un cappuccino, che cosa conta! Una tempesta, altro che tempesta. *Da quando lei è morta.*

Non so come reagire, allora faccio la cosa più impensabile, e probabilmente inopportuna. È che non riesco a frenare lo slancio. Faccio il giro del bancone e lo abbraccio.

Abbraccio Daisuke seduto sullo sgabello con la schiena curva, lo stringo come fosse un bambino. Mi sforzo di non pesare su di lui, che non si abbandona, ma neanche resiste.

Rimane centrato, vibrante, trema. Forse piange?

Mi sposto di lato per guardarlo in volto. Solo così capisco che ha ripreso a scrivere.

遥は「遠い」という意味を持ち、連想的には「春」を思わせる意味もあります。
たとえ遠く離れていても、初桜の中にその姿を見つけられるでしょうか？
「鐘消えて / 花の香は撞く / 夕哉」と芭蕉は詠みました。
自然もまた音楽です。詩もまた音楽です。
そして私は、その両方に安らぎを求め、自分を探しているのです。
これこそが、私がここにいる理由です。
Haruka significa lontano... Ma anche primavera.
È lontana, ma posso ritrovarla nei primi fiori di ciliegio?
Quando la campana del tempio tace /
il suono continua a uscire dai fiori, ha scritto Basho.
Anche la natura è musica. Anche la poesia è musica.
Ed è in entrambe che io mi rifugio e mi cerco.
È il motivo per cui sono qui.

"Daisuke..."
Gli chiedo il traduttore per potergli rispondere:

Daisuke, io volevo chiederti questo:
vuoi diventare mio socio alla locanda?
Potrai stare in ascolto e suonare, se lo vorrai, quanto vorrai,
potrai ricominciare a comporre senza che nessuno ti disturbi
nelle lunghe giornate fuori stagione,
ed esibirti quando abbiamo ospiti, se lo desideri.
Sarebbe un dono per tutti. È stato un dono per tutti, ieri.
大輔さん、お願いがあります。私と一緒にこの宿屋を経営していただけませんか？
音楽を聴きたいときは、好きなだけ聴いてください。ピアノを弾きたいときも、好きなだけどうぞ。

オフシーズンの長い日々も、誰にも邪魔されずに作曲を再開できます。
お客様がいらしたときには、もしよければ演奏していただければ嬉しいです。
きっと皆さまへの贈り物になります。昨日のご演奏もそうでしたから。

Daisuke fa un inchino con il capo. Sembra commosso. Riflette, almeno credo, facendo fremere le dita nell'aria.

ルチッラさん、あなたのそばにいられること、とても幸せに思います。
温かく迎えてくださり、ありがとうございます。
昨日、音楽を耳にしました。新しい曲ではなく、昔私が作曲した曲でした。
遥が最も好きだった曲です。
Lucilla. È bello starti vicino.
Mi fai sentire accolto. Sì, ieri ho sentito la musica.
Non una musica nuova,
una musica che ho composto molto tempo fa.
La sua preferita.

Fa una pausa. Inclina la testa, forse in cerca delle parole adatte.

Aspetto con trepidazione che riprenda a scrivere.

留まることはできません。歩みを続けなければなりません。
昨日、演奏しているときに、それを悟りました。
私はまだ何かを探しております。手からすり抜けていく、その意味を。
それを見つけるためには、芭蕉のようにならなければなりません。
人生そのものを旅とし、何にも執着せず、過去を持たないことが大切です。

Non posso rimanere. Devo partire.
L'ho capito proprio ieri, mentre suonavo.
Sto ancora cercando qualcosa. Quel senso che mi sfugge.
Per trovarlo devo fare come Basho.
Fare della mia vita un viaggio. Non aggrapparmi a niente.
Non avere passato.

Mi sporgo per riprendere il traduttore:

Ma là, sul versante opposto, nel paese che hai scelto
non c'è nessuno.
Noi non ti disturberemo.
Puoi farci visita quando vuoi e...
ですが、あちら…大輔さんが選んだ村には、人影ひとつありません。
私たちはご迷惑はおかけしません。いつでも遊びにいらしてください。そして…

So che le mie sono preghiere vane. Ma voglio che sappia cosa significa per noi perderlo.

Anche se nessuno meglio di me può capire cosa prova. Quando non vedevo via d'uscita, quando non mi trovavo da nessuna parte, è servito forse a qualcosa mettere la mia vita nelle mani di qualcun altro?

Lo fisso, mentre digita:

人里離れた場所で一人過ごすことは、私にとって存在しないことに最も近いです。
そしてそれは、再び存在できるかもしれないという、唯一の希望でもあります。
Stare da solo in un posto sperduto
è la cosa che per me più si avvicina a non esistere.
Ed è l'unica speranza che ho di tornare a esistere di nuovo.

Vorrei che si sbagliasse per potergli dire: resta. Non andare. Rimani con noi.

Ma so che ha ragione. Cerco di trattenere ogni sfumatura di questo momento insieme, perché ne avrò bisogno, nei mesi a venire.

Sempre che io riesca a rimanere quassù, perché sono di nuovo senza un socio.

Di nuovo, Lucilla della locanda. Da sola. Solo io.

46.

“Vieni, dai, corri!”

La sciarpa che gli ho regalato gli penzola sulle spalle come fosse realmente il tentacolo di un mostro.

“Come si fa a correre in salita, Libero, vuoi spiegarmelo?” ansimo, aggrappata alla sua mano. Sono molto più in forma di quando sono arrivata qui, ma chiaramente non abbastanza.

“Si vede che non sei una vera montanara,” scuote la testa lui. “Ma meglio così, molto meglio così...”

“Guarda che tutto s’impara!”

La pendenza sta diminuendo, riprendiamo fiato, senza lasciare la mano l’uno dell’altra.

Camminiamo a passo spedito, perché Libero sembra avere fretta.

(Qui nessuno ha mai fretta, a parte quando è ora di mangiare o di portarmi in luoghi misteriosi per missioni pericolose o massacranti, due cose che spesso coincidono.)

Dove stiamo andando, non vuole rivelarmelo. A fare cosa, tanto meno. Solito Libero, insomma.

Eppure mi appare un po’ diverso. Forse perché lo conosco meglio.

Nessun occhiolino, innanzitutto.

Abbiamo quasi finito i lavori alla locanda (a voler essere puntigliosi, *lui* ha quasi finito i lavori, io mi sono occupata di dare opinioni non sempre richieste e di sabotare alcune operazioni).

Abbiamo trascorso molti giorni insieme dalla mattina alla sera. Si è messo lui in cucina al posto di Daisuke, che dopo il nostro discorso mi ha chiesto di poter tornare da subito alle sue passeggiate solitarie nel bosco. A malincuore ci siamo stretti la mano e scambiati inchini impacciati. Ha promesso che verrà a salutarci, però, prima di partire. E quindi ancora non è partito. È ancora qui.

Libero ha preso possesso della cucina, e sono apparsi i sügeli al bruss, le frittate di porri, i funghi fritti, le panisse, le lasagne... Ha cominciato a raccontarmi di quando era piccolo, alla locanda. E di sua nonna Tersilia. E io ho sperato ogni giorno che la Parodi tornasse per poterle dimostrare che sì, avevamo mentito, ma non proprio, insomma. E poi lui è del luogo. Potrebbe funzionare.

Potrebbe?

Me lo chiedo continuando a seguirlo per il sentiero macchiato ai bordi di neve sporca. Ci siamo lasciati il paese alle spalle, ormai, e ci stiamo inoltrando nel bosco. Libero sembra puntare alla vetta, mi tocca avvertirlo che non sono equipaggiata.

"Non ho le scarpe giuste."

"Perché non sei una vera montanara."

Tanto, trova sempre un motivo per prendermi in giro. Guardo le mie scarpe da ginnastica (quante gliene sto facendo passare!) e i calzettoni spessi che sento inumidirsi sotto la pianta del piede. Le suole devono aver ceduto in qualche punto.

"Forza, spingi con i polpacci, fai leva sulle punte, siamo già in ritardo."

"In ritardo per...?"

Mi sembra di aver già vissuto una scena simile.

"Non posso dirtelo o ti rovinerò la sorpresa."

Be', a me piacciono le sorprese, ed è solo per questo che

non insisto, anzi, cerco di accelerare, lasciandomi trainare dalla sua mano.

Arriviamo finalmente su una specie di sperone roccioso. Tento di riprendere fiato, mentre Libero mi trascina attraverso i radi larici fino ai margini del contrafforte (si chiamerà di sicuro in altro modo).

Siamo in cima, sotto di noi un balzo di decine di metri, davanti una serie di vette innevate. Qualche grappolo di case abbarbicate qua e là, all'orizzonte quella fettuccia blu appena più scura del cielo. E la sagoma fantasmagorica della Corsica. Si vede davvero.

"Questo è il mio posto preferito," esclama Libero, soddisfatto.

"È un paesaggio molto bello. Certo, non sarebbe scappato se fossimo arrivati dieci minuti dopo."

"Il paesaggio no, ma lui... magari sì," risponde frugando con lo sguardo tra gli alberi in basso.

Sto ancora cercando di capire a cosa si riferisca, quando lo sento esclamare: "Eccolo".

Si è illuminato, mentre indica una radura.

Ci metto un po' a individuare il punto esatto, ma poi lo vedo. È steso su un fianco, incurante della nostra presenza. Il manto grigio cattura la luce e la riflette.

Il lupo.

Sembra un sogno, ma è reale. È proprio un lupo.

Stringo la mano di Libero. "E se ci vedesse?"

"Fuggirebbe. Per lui l'uomo è una minaccia. Noi abbiamo paura del lupo e il lupo ha paura di noi."

Lo osserviamo in silenzio. È regale.

Quanto l'ho temuto, quanto l'ho pensato! E ora, eccolo che respira a pochi passi da me. (Si fa per dire, credo dovrei camminare un bel po' per raggiungerlo. E non penso che lui possa balzare fin qui, a meno che non sappia volare.)

Si aggira per la radura, ora, annusando il terreno. Cerca qualcosa.

Rabbrividisco, ma non mi muovo.

Se rappresenta la mia paura più grande, quella che mi impedisce di vivere pienamente, è ora che io la guardi in faccia. Potrebbe fuggire, e lasciarmi in pace. Potrei scoprire di essere forte tanto quanto lei.

Daisuke ha scelto un'altra strada. Non sarà lui il mio socio. E io non faccio che pensarci, giorno e notte, senza trovare una soluzione. Intanto il tempo passa, e la scadenza si avvicina.

La mia unica speranza è che Libero decida di restare. Ma perché dovrebbe? Non saprei come spiegare la magia degli ultimi giorni ed è forse questa che mi spinge a pensare...

"Lucilla."

Libero mi prende la mano. I suoi occhi luccicano come le fiammelle nel paese a Santa Lucia.

"C'è una cosa che devo dirti."

Dirmi? Cosa deve dirmi? Distolgo lo sguardo per nascondere l'emozione. Lo faccio planare sulla vallata, tutt'intorno. Resta?

Qualsiasi cosa debba dire, ha preso fiato, sta per parlare. Mi volto verso di lui.

"Abbiamo vinto il concorso," sussurra. "Hanno scelto il mio progetto."

Mi manca il respiro, mentre gli leggo negli occhi l'entusiasmo. Lo guardo da vicinissimo.

"Sono felice," rispondo, cercando di non ascoltare la mia delusione.

Sono felice per lui. Per il suo progetto, che aiuterà questo pianeta impazzito. Costruzioni più sostenibili in giro per la Terra, proprio grazie alla tradizione dei luoghi in cui è cresciuto.

Può la gestione di una piccola locanda competere con la realizzazione di un sogno così ambizioso? Per Tersilia la locanda è stata tutto il mondo, sì, Eliseo mi ha tradotto diversi passaggi del suo diario che mi hanno commosso, e per gli abitanti del paese è tornata a essere un punto di riferimento. Per me è casa. Ma Libero ha il suo progetto, il suo futuro. Per quanto sia legato a questa terra, deve partire, è chiarissimo.

E io come farò con la locanda? La Commissione è stata chiara: nessun sotterfugio, questa volta. Ma Libero non può stare dietro a questo, penso mentre continua a fissarmi, tanto vicino che la sua sciarpa all'uncinetto mi solletica il mento.

Sembra che voglia dirmi qualcos'altro.

Lo guardo, in attesa.

"Lucilla, vieni via con me."

"Cosa?"

"Vieni in Arabia."

"Parli sul serio?"

Mi stacco come se avessi ricevuto un colpo in pieno viso, con qualcosa però di profumato e piacevole, tipo un mazzo di rose. Non so se piangere o ridere o cosa pensare.

"In Arabia?"

"Sì! Un'avventura!"

"Ma... A me piace qui."

"Anche a me. Ci torneremo spesso."

Ci torneremo? Siamo diventati *noi*? Un'entità unica nella sua testa? Non so bene cosa provo all'idea, ma non mi dispiace.

"Libero... c'è la locanda. C'è..."

Avrei un milione di cose da aggiungere, e non riesco a pronunciarne neanche una.

"Ultimeremo tutti i lavori. La locanda sarà perfetta. Qualcun altro potrà gestirla. Un'altra coppia."

Un'altra coppia.

Siamo addirittura una coppia, adesso?

"Questo non era il tuo sogno, ricordi? Era quello di uno scemo che si è perso la donna migliore che io conosca, la più spiritosa... certo, forse fin troppo spiritosa... e un po' arrendevole, decisamente troppo romantica, ma..."

"Non so che cosa dire, Libero."

"Potresti dire una cosa delle tue, tipo 'per fortuna la strada verso valle è in discesa' o 'almeno non dovrò più sottopormi ai test pedanti di Eliseo'..."

Gli metto una mano sulla bocca, forse per evitare che dica qualcosa di troppo convincente. In verità, per non baciarlo.

Libero. Figlio di Eliseo. Proprietario di una pecora e di tre galline. Studioso di manuali di edilizia e di antiche tradizioni. Esperto di frittate di porri. E di salti di steccati. E di gentilezze a sorpresa. Per non dire di occhiolini...

Sensazione di casa con un solo sguardo e di piccole avventure quotidiane, di cene preparate insieme stonando canzoni d'amore. Qualcuno che non mi lega a sé, ma al contempo non vuole andarsene senza di me. E la sicurezza di non avere nulla di tanto sbagliato, quando sono con lui. Ogni giorno insieme, un nuovo giorno entusiasmante, senza essere costretti ad andare sulla luna per trovare il proprio posto nel mondo.

"Lucilla..."

"Libero, devo pensarci," sussurro. "Scusami."

Annuisce, con il suo sguardo serio, di chi capisce oltre le parole. Forse l'ho deluso, forse si aspettava slancio e non riflessione. Guardiamo giù, verso la valle e il nostro ipotetico futuro insieme. O forse solo verso il lupo, e le nostre paure.

47.

Mi sembra di sentire il freddo dell'inverno solo adesso, all'improvviso, mentre scendo giù per il paese. Un uccello nero dal becco giallo vola sopra la mia testa. Fischia, sembra volermi dire qualcosa. Se ne vedono parecchi di uccelli così, da queste parti. Più volte mi è capitato di sorprenderli ad accettare cibo dai bambini.

Busso alla porta di Eliseo.

"Avanti!" tuona lui da qualche parte all'interno.

"Ma non sai chi sono!" grido a mia volta.

"Solo tu bussi."

Quando abbasso la maniglia lo sorprendo a intagliare e scalpellare un tronco.

L'uccello si posa sul davanzale del ballatoio.

"È un brutto presagio?" chiedo a Eliseo, indicandolo.

Lui mi viene incontro sulla soglia, abbassandosi gli occhiali verdi sul naso. Sorride vedendo l'uccello.

"Un gracchio alpino."

"Lo dici come se fosse una buona notizia."

"Certo. È il mio uccello preferito. Vuol dire che in alto sta nevicando. Stanotte o domani la neve arriverà anche qui."

Guardo il gracchio spiccare il volo verso il tetto della casa accanto, esibirsi in un paio di acrobazie, infine posarsi vicino a un altro uccello uguale a lui.

"Ai gracchi piace l'alta montagna," commenta Eliseo. "Sentono il tempo, e scendono solo per sfuggire alle nevicate. E poi sono romantici. Una volta che si forma una coppia, non si lasciano più per tutta la vita."

"Già, romantico," sussurro.

"E anche un po' furbo." Mi fa l'occhiolino.

Ma allora è un vizio di famiglia!

"Tutta la furbizia che non ha mio figlio."

"Non dire così, Eliseo. A volte sembra che tu non voglia vederlo, riconoscergli quello che è."

"Ah, ma guarda, ci ho riflettuto," replica lui sfilandosi gli occhiali per riporli nel taschino della camicia di flanella.

"Libero era il nome di battaglia di mio padre partigiano, pensavo potesse ispirarlo. Essere liberi di testa, e non schiavi delle mode e dei comuni modi di pensare. E in fondo è quello che è, mio figlio: libero di testa. Devo riconoscerlo." Si strofina la barba. "Speravo che rimanesse qui. Che onorasse le sue radici. Invece vuole usare le gambe, e se ne andrà fino in Arabia. Ma con la mia benedizione, questa volta. Credevo che fosse felice qui, invece dice di essere felice lì. Benissimo, per me va bene. Potrebbe pure avere ragione."

"È bellissimo sentirtelo dire! E comunque aiuterà la montagna, anche da là," mi permetto di aggiungere, più tristemente di quanto avrei voluto.

"Soltanto l'amore è più forte del bruss, o no? Anche l'amore di un padre per suo figlio. È arrivata l'ora di dimostrarlo."

Sorrido pensando al mio, di padre. Ed è come se Eliseo mi leggesse nel pensiero. Perché dice: "Anche il tuo vecchio non scherza, quanto ad amore e pazienza con la prole, eh? Mi piace, il giostraio cantastorie. Uomo di mare, che è come dire uomo di montagna".

"Ho visto che la stima è reciproca."

"Eh, quando tornerà alla sua giostra ci mancherà."

"Anche Libero ci mancherà," mi lascio scappare io.

Lui mi scruta, come per trovare la certezza, nei miei occhi, di un suo stesso pensiero.

Infine, annuisce. "Aprico e ubago, cos'avevo detto?"

Rimaniamo per un po' assorti nei nostri pensieri. Penso al suo cuore, incerto nel battito ma grandissimo, alle sue convinzioni a volte astruse, ma sincere, alle sue scelte coerenti e alle sue giuste intuizioni. Chissà a cosa pensa lui.

"Questo socio, allora, l'hai trovato?"

Ecco a cosa pensa. Uomo pragmatico.

"Non ancora."

"Be' ti resta la bellezza di due settimane, ricordo bene?" Scoppia in una fragorosa risata. "Io credo in te!"

"Per la verità ormai ne manca solo una."

"Newton ha scoperto la gravità in una manciata di secondi. Comunque, mia cara Lucilla, ci tengo a dirtelo: grazie. La locanda che stai mettendo in piedi è bellissima." Gli occhi gli si sono inumiditi. "Hai ridato speranza a tutti."

"Grazie a te, Eliseo," rispondo prontamente. Grazie di tutto, vorrei aggiungere, ma sembrerebbe un commiato. No, non vado oltre, anche se vorrei, non gli confesso che ha fatto per me molto più di quello che ho fatto io per loro.

Sono certa che lo sa già.

Ma una cosa, questa sì, devo chiedergliela.

"Eliseo..."

Mi accorgo di essermi fatta di colpo seria. Ce l'ho sulla punta della lingua fin dal primo giorno, anzi mi accorgo ora che senza saperlo è stata questa domanda a portarmi in giro per la mia vita, da un fallimento all'altro, da un'avventura all'altra.

"Ma la prima regola," dico, "la prima regola per vivere felici cent'anni... Qual è?"

Un sorriso brilla in mezzo alla sua barba vichinga. Mi appoggia una mano sulla spalla.

"Eh, quella è segreta. Ciascuno ha la sua. Tocca a te trovarla."

48.

Spingo il cancello e percorro il vialetto a passi svelti.

Non faccio in tempo a bussare, che la porta si apre.

"Fammi indovinare," Libero alza l'indice, "ti manca lo zucchero. La lavatrice non funziona. C'è ancora lo spiffero alla finestra della 2. Vuoi dirmi che parti con me."

Lo fisso imbambolata.

Fa un sorriso volutamente sornione. "È la quarta, vero?"

L'ho evitato negli ultimi giorni, per cercare di fare chiarezza nei miei pensieri.

Ho trascorso più di una notte in bianco considerando la questione da ogni lato.

L'Arabia, il deserto, una nuova cultura. Ricominciare ancora una volta.

E non più sola. In due. Un due che potrebbe essere un vero due, questa volta, e non il solito uno più uno a rimorchio. Una cosa di Libero l'ho capita: gli piace la mia indipendenza. Mai più nella vita vorrò vivere con qualcuno che non mi permette di essere quel che sono. Non voglio essere il più uno di nessuno. E questo mi porta a credere che sia la volta giusta...

All'idea di fuggire con lui ho provato una formicolante emozione. Forse sono nata per questo, mi sono detta e ridetta, cercando di intuire se fosse proprio vero: per vivere ricominciando daccapo ogni volta, con la valigia aperta nell'armadio.

Pronta ad abbandonare tutto di punto in bianco. Senza più guardarmi indietro.

Ma sono realmente fatta così?

O forse... Forse devo smetterla di scappare dalla mia vita. Di pensare che ciò che mi aspetta sia meglio di ciò che ho. Di lasciarmi indietro relazioni e persone, oltre a luoghi e sfide, forse solo per paura di non essere all'altezza.

Se mi ascolto davvero, all'idea di restare qui provo una sensazione di compiutezza e forza, di felicità *mia*: non avevo mai provato niente del genere.

La locanda mi assomiglia. Ho costruito qualcosa, con l'aiuto di altre persone. Loro contano su di me, e io conto su di loro. Sono amici come non ne trovavo da tempo. Amici che voglio che restino. E se voglio che restino, allora anche io devo restare.

Devo restare proprio perché sono libera di andarmene, così come è libero di andarsene quest'uomo che mi guarda come se fossi speciale. Che ciascuno si viva la propria libertà.

Certo, mi sono rimasti solo tre giorni per trovare un socio e non c'è alcun candidato all'orizzonte. Ma pagherò una penale, con il poco che sto guadagnando, e mi prenderò del tempo per trovare la persona giusta, troveremo un accomodamento con la Commissione, se me lo consentono, in fondo sono in regola su tutto il resto (almeno spero).

So che non sarò sola, in ogni caso. Dove uno non riesce, due o più ce la fanno.

"Libero," dico, cercando di non far tremare la voce. "La montagna mi ha accolta, non voglio lasciarla."

Mi guarda con delusione, perfino dolore, ma nessuna riprovazione. Capisce.

"Non posso più mettere la mia vita nelle mani di qualcun altro. Mi dispiace, ma non ci riuscirei. Anche se volessi."

"Lo dici solo perché sono stonato." Si lascia sfuggire una risatina.

"Non solo per questo," sorrido. "Però sì, sei veramente stonato, e hai anche molti altri difetti... E va bene, alcuni mi piacciono."

"Lucilla," dice, mettendo nel nome tutta la forza di cui è capace, mi chiama e mi fa sentire che mi vorrebbe con sé. Che mi desidera.

"Questa volta devo fare una scelta mia, tutta mia, per me sola," ribatto. "Se mai avrò di nuovo qualcuno accanto, dev'essere una persona che mi scelga senza chiedermi di cambiare..."

"Io voglio che tu rimanga esattamente come sei."

"...o di adattarmi ai suoi bisogni."

Sospira. "Già. Non avrebbe senso che tu rinunciassi a tutto questo per seguirmi. Non avrei dovuto chiedertelo..."

"No." Gli appoggio una mano sul braccio. "Hai fatto benissimo..."

Sento affiorare un batticuore che mi confonde i pensieri.

Ha fatto benissimo a chiedermelo, almeno adesso so del suo desiderio... I desideri sono potenti, si dice da sempre che muovono le montagne (e questa è una montagna, giusto?). Eppure, come spostarla nel deserto, o come spostare il deserto quassù?

Ora ho la certezza di non essermi immaginata tutto: quando siamo insieme ci sentiamo a casa. E quindi so a cosa rinuncio, e quanto mi costa, e così quanto vale questo mio sogno.

Quello che ho qui.

Potrei chiedere a Libero di rimanere, ma significherebbe ripagarlo della stessa moneta. Pretendere che rinunci a sé stesso, ai suoi sogni... Fare quello che faceva suo padre.

Così, rimaniamo a guardarci, senza una soluzione. Anche a cena, al tavolo quadrato della sua cucina, e per tutta la notte, fino al mattino.

Ci perdiamo l'uno nello sguardo dell'altro continuando a dirci, senza parole, l'unica cosa che conta per noi, che ci preme. Ci siamo trovati, ma non possiamo stare insieme.

49.

Dalla sala ristorante, al piano di sotto, proviene un chiacchiericcio vivace.

Scendo le scale insieme a Clarin, ancora immersa nei miei pensieri. Mancano due giorni alla scadenza. Non ho un socio né alcuna idea di dove trovarne uno. Ci vorrebbe un miracolo, ormai. Ma non ho ricevuto alcun segno divino. La mia valigia è ancora aperta nell'armadio e sto iniziando a valutare un futuro alternativo.

Tornare con mio padre al paese e occuparmi della giostra? Lui stesso non mi sembra entusiasta, all'idea. La giostra è acqua passata, dice, ha bisogno di una nuova avventura...

È bello vederlo per la prima volta propositivo, ma mi dispiace non riuscire ad aiutarlo in concreto. Né ad aiutare me stessa. Per età è fuori target, anche volendo non potrebbe diventare mio socio, qui.

Libero è partito. Mi sono chiesta più volte se andare con lui, non lo nego... E mi sono risposta di no: è arrivato il momento di fare una scelta per me stessa. Basta affidarsi. Basta mettere la mia vita nelle mani di qualcun altro. Io sono io. Non sono in grado di fare tante cose, ho fallito e continuerò a fallire. Ma la mia vita deve essere *mia*, mi deve somigliare, devo alzarmi la mattina e dire: comincia un'altra giornata che mi sono scelta. Indosso vestiti che dicono qualcosa di me. Faccio un lavoro per cui mi sento chiamata. Ho intorno persone che mi amano, ossia che mi *vedono* e mi accolgono per ciò che sono. Persone o animali, certo, mi correggo, chinandomi per accarezzare la testa di Clarin.

Qui è meraviglioso. Qui potrei essere io. Ma se le cose non ingranano, allora tornare al paese è la soluzione più sensata. Ripassare dal "via" per prendere lo slancio. Con mio padre ci inventeremo qualcosa. Non siamo più quelli di un tempo, abbiamo superato il nostro vuoto. Ricominceremo da noi.

Sono quasi di sotto e ho riconosciuto le voci: Nives, Valentina e mio padre.

Li trovo seduti a un tavolo della sala ristorante illuminata dalla fioca luce del primo pomeriggio. Anche sul nostro versante, gennaio è sempre gennaio.

Non appena li raggiungo, si tacciono e mi osservano con una smorfia di malcelato divertimento.

"Che succede?"

Tobia sbuca da sotto il tavolo e mi abbraccia le gambe. "Hanno un segreto!"

"Sai che l'avevo intuito?"

"Se ti abbassi, te lo dico."

Mi metto in ginocchio, gli porgo l'orecchio. Ma lui si fa d'improvviso timido.

Lancia un'occhiata a sua madre. Così, la guardo anche io.

Nives si alza e si fa avanti. La scena assume un che di surreale, come se ci muovessimo al rallentatore. O forse è l'emozione? Perché tutti mi stanno guardando?

"Cos'avete tramato?"

Guardo mio padre, che sorride come quando durante le feste offre un giro di giostra a tutti i bambini a bordo e non solo a chi ha acciuffato il codino.

Nives è ora in piedi davanti a me. Si schiarisce la voce.

"Ho lasciato il lavoro," annuncia, sottolineando il gesto con le mani aperte.

La guardo sconcertata. “Tu? Perché?”

So che non si trovava bene, e che le pesava passare la vita a valle, in quel ristorante, ma so anche che ha bisogno di uno stipendio e... Nives non risponde alla mia domanda e nessuno aggiunge niente. Mi incoraggiano a capire con il silenzio.

Forse ho capito, cioè vorrei aver capito, vorrei che fosse così, come ho pensato in questo momento, ma non può essere, specialmente perché non lo avevo mai reputato possibile (ma perché, poi?). E no, non voglio rimanere delusa, che assurdità, sempre riferire tutto a me stessa, probabilmente avrà ricevuto un'ottima offerta di lavoro da qualche parte, spero non troppo lontano, perché mi mancherebbe infinitamente, anzi, senza di lei non potrei resistere, quassù, questo castello che senso avrebbe, senza una strega buona come lei, e le sue pozioni, e i suoi bambini, e...

“E va bene, vuoi che te lo dica?” interviene Nives, dando un taglio netto alle mie elucubrazioni.

Otto occhi mi puntano.

“Vorrei... sì...”

Spalanca le braccia. “Mi offro ufficialmente come tua socia, qui alla locanda.”

Cosa?

“E guarda che non puoi dirmi di no.”

Mia socia?

“Ho esperienza. E poi ormai sono disoccupata...”

Non riesco a trattenere il sorriso, non so cosa fare con le mani.

“Mia socia?”

“Non sei contenta?”

“Sono contentissima!”

Così contenta che faccio fatica a rendermi conto di cosa sta succedendo. Nives qui dentro... Nives con me?

D'altra parte l'ha battezzata lei questa locanda, le ha trovato il nome e c'è sempre stata.

La stritolo in un abbraccio che non si aspettava. Arrossisce.

Tutti applaudono. "Braveee! Braveee!"

Noi due? Socie della Locanda Tempesta! Non so se riesco davvero a realizzare. Solo pochi minuti fa pensavo di partire per il mio paese di origine con un senso di sconfitta... Davvero l'ha detto? Gestiremo questo posto insieme? Io e lei?

Sarebbe così perfetto che non capisco come non mi sia venuto in mente prima.

Ripenso a Libero, alla sua scelta, e alla mia.

Ho detto un no, doloroso, dolorosissimo, e la vita mi ha detto un sì, un sì emozionante, inaspettato. Senza quel no non ci sarebbe stato questo sì.

Ho una socia! È così?

"Nives, sei sicura?"

"Mai stata così sicura di qualcosa in vita mia."

Sembra che stia per commuoversi. Passerà i suoi giorni qui, come sognava. A fare lo stesso lavoro ma senza un capo, sopra, che la maltratta. Solo con me. Che la adoro.

E io, intanto, cerco di abituarmi alla notizia.

Ho pieno diritto a tutto questo?

Se penso a qualche mese fa, quando sono arrivata, a *come* sono arrivata, e mi vedo adesso...

"Ma le sorprese non finiscono qui."

È stata Valentina a parlare. Si è alzata in piedi e si è schiarita la voce. Anche lei sta per fare un annuncio.

Si avvicina e si unisce a noi, sul nostro palco immaginario, il cui pubblico è ora composto da soli due spettatori, mio padre e Tobia, seduti l'uno accanto all'altro e rapiti dalla scena, come se sentissero queste confessioni per la prima volta.

"Ebbene," annuncia Valentina. "Anche io lascio il lavoro."

"Anche tu?" trasalisco. "Ma tu ami i tuoi bambini!"

Lei sorride con dolcezza. "Quest'anno siamo in quinta. Li accompagnerò fino alla fine. Ma non comincerò un nuovo ciclo, con una nuova classe. Non a valle, almeno..."

“Ma...” Sento che sto per scoppiare a piangere.

“Sì,” s’illumina lei. “Qui.”

Qui non ci sono abbastanza bambini per una scuola, neanche per una classe, neanche per una classe di età mista, vorrei dire. E penso che lei lo sappia perché, senza che io apra bocca, risponde alla mia domanda.

“Abbiamo deciso di mettere su un campo estivo. Sarà unico, collaboreremo tutti. Ognuno con le proprie competenze e il proprio entusiasmo. I bambini arriveranno. Dove ci sono i fiori le api arrivano, è la natura. Li inviteremo a scoprire che cos’è la montagna. A goderne. E se funzionerà, potremmo proporlo anche per le vacanze natalizie, con attività diverse. E nei weekend durante l’anno. In ogni stagione c’è qualcosa di bello da fare qui, lo sai anche tu. E non solo per i bambini. Se funzionerà... Chissà, Lucilla, chissà. Mai dire mai, giusto?”

“Giusto...”

E sì, adesso sto piangendo. Non riesco proprio a trattenermi.

“Avremo le api, avremo l’esperienza dell’alpeggio con Baciccia, avremo le passeggiate istruttive nel bosco con Eliseo, lezioni di dialetto e di cucina, la ricerca dei funghi e dei frutti di bosco, le gite in bicicletta, le gare di slittino e avremo... tieniti forte.”

Lei e Nives fissano improvvisamente mio padre.

No, è troppo. È troppo. Il mio cuore non regge.

“Vi prego, cosa ancora?”

Mio padre non si alza, ma sorride allusivo. “Tu che dici?”

“Una... giostra?”

Lo dico, anche se non ci credo. Dove la metti una giostra quassù? E poi le intemperie e i guasti... Una giostra in montagna, a ben pensarci, non l’ho mai vista.

“Non proprio,” risponde mio padre.

“E allora...” lo imbecco io.

“Di più.”

"Di più?"

Cosa può essere *più* di una giostra?

"Un parco giochi."

"Un parco giochi?"

Mi sento ingenua, ma non è la prima volta. Forse è la prima in cui mi sento ingenua e felice. O felicemente ingenua. E anche un po' giustificatamente ingenua, perché insomma era un quiz difficilissimo.

"Io ed Eliseo stiamo pensando di costruire un parco giochi," spiega mio padre.

Ed è magia perché, non appena lo dice, Eliseo appare sulla soglia.

"Giusto in tempo," tuona con un'espressione soddisfatta.

Ha finalmente un'aria più sana, sembra essersi rimesso.

Ma loro da quanto stanno tramando?

"Sarà un parco giochi nel bosco," continua mio padre, "con attrazioni interamente di legno e materiali di riciclo, che funzioneranno senza elettricità, come suggeriva Libero."

Libero... Le ricerche di cui parlava a mio padre il giorno di Natale.

"Un parco giochi ecologico," sottolinea Eliseo, orgoglioso.

"E della gestione del parco..." mio padre apre le braccia, "...mi occuperò io."

"Rimani?" chiedo incredula.

"Mi hanno trovato una casetta in affitto. Sempre che tu lo voglia."

"Hai dubbi, papà?"

Stento a crederci, ma è mio padre, quest'uomo che sorride davanti a me. Mio padre, proprio lui. Con un'idea nuova, e perfino la voglia di realizzarla. Lo speravo, ma non credevo che lo avrei mai rivisto così.

Ecco dove ci ha portato tutto il nostro dolore. Doveva accadere, perché accadesse questo. Perché ci ritrovassimo insieme, sempre noi ma diversi. Cioè, noi stessi.

50.

Sto chiudendo la porta della locanda per la notte, quando sulle assi del pavimento noto una macchia di colore. È il libriccino di Daisuke!

È passato di qua? Perché non ha bussato? Avrebbe potuto unirsi a noi. Avrei potuto comunicargli la grande notizia. *Le* grandi notizie! Merita di sapere che, anche grazie a lui, questo posto continuerà a esistere. Che rimango, e ho una socia.

Da Pasqua la Locanda Tempesta aprirà le quattro camere. Tante saranno le attività che offriremo, a ogni stagione. Per non parlare del parco giochi ecologico.

Senza l'aiuto di Daisuke, tutto questo non sarebbe stato possibile. Deve saperlo.

Mi rigiro il libriccino tra le mani, in cerca di qualche biglietto, ma non lo trovo. Prendo allora a sfogliarlo, in preda all'ansia, perché ho iniziato a capire. Spero di sbagliarmi, che non sia un addio, perché io voglio abbracciarlo, non è che ci si può separare così, senza salutarci, non può essere partito senza dirmi almeno...

Finalmente trovo un haiku sottolineato, e sotto, scritta a matita, la traduzione in italiano:

La primavera è prossima / tutto annuncia il suo arrivo /
luna e fiori di susino.

Fisso la grafia minuta e incerta, come se potesse prendere vita. E poi le parole che ho appena letto iniziano davvero a danzare nella mia mente. Come ogni volta in cui Daisuke ha condiviso con me una poesia. Dicono senza dire, lasciano tracce.

Mi ha regalato la primavera.

Mi sta salutando. Ha chiuso una via e ne ha aperta un'altra, si muove oltre. Mi invita a fare altrettanto.

Avrei voluto abbracciarlo prima che partisse, fargli qualche raccomandazione da amica, pregarlo di tornare, prima o poi, assicurargli che la locanda sarà sempre pronta ad accoglierlo.

Ma forse lo sa, e ha ragione, non c'era bisogno di specificarlo.

L'abbraccio gliel'ho dato al momento giusto, tutto il resto lo sappiamo.

Dentro di me affiora una malinconia intensa, ma feconda, perché so che continuerò ad avere un amico come lui, da qualche parte nel mondo.

Primavera

51.

I membri della Commissione ci stringono la mano, complimentandosi.

Lancio un'occhiata orgogliosa a Nives, e tiro un sospiro di sollievo.

Sembrano sollevati anche loro, e mi accorgo che mi avrebbero davvero sfilato la locanda da sotto il naso se non fossi riuscita a trovare una socia. In realtà a lasciarmi trovare da lei. Ma anche nel farsi trovare ci vuole un talento. (Quello del fungo. Devo proporre a Eliseo una nuova regola della felicità centenaria: lasciarsi trovare dalle cose belle.)

Tutto è pronto. Il bar ristorante è aperto, come l'alimentari, che ormai è rodato. E da oggi, anche le quattro stanze della locanda sono ufficialmente aperte per i primi ospiti.

Ho sostato a lungo in ognuna di loro, in questi giorni, cercando di assaporare ogni sensazione, di pensare a ogni dettaglio perché diventino casa per chi le abita. Basta stare bene in un posto anche per un solo giorno per volergli bene tutta la vita.

Una piantina di primule in ognuna, e una regola della felicità di Eliseo incorniciata e appesa sopra il letto. Ho fatto fatica a sceglierne quattro, tra le tante che mi sono appuntata e che continuo ad appuntare sul mio quadernino.

Nel frattempo, questa è la mia felicità del momento: abbiamo due prenotazioni per oggi.

Una è di Miriam con la sua famiglia, ha mantenuto la parola e tra poco sarà qui! L'altra è di un francese, c'era da aspettarselo. Nella nota della prenotazione, fatta online, c'è scritto: *Motivi di lavoro*. Ecco, questo invece non me lo sarei aspettato.

Motivi di lavoro? Che tipo di lavoro può mai portarti qui? È un geologo? Una guida alpina? Un boscaiolo?

È l'uomo della mia vita?

Ma perché non la smetto? Non ho ancora imparato niente?

"Beee," fa Abside dal giardino, in segno di disapprovazione, forse.

È tornata a vivere con me. Il suo gregge presto salirà all'alpe con Baciccia. Clarin dorme ancora ogni notte nel mio letto, di giorno sulla sedia, quando non gioca con Tobia che è a casa per le vacanze di Pasqua.

Il ciclo ricomincia. Tutto rimane uguale, eppure ogni cosa è diversa. Basta guardare fuori dalla finestra.

Mio padre ed Eliseo hanno allestito un laboratorio in un vecchio fienile, per progettare e costruire i primi elementi del futuro parco giochi ecologico. Valentina viene spesso per confabulare con Nives e all'occorrenza darci una mano. Io frullo su ogni fronte.

Soli non si sta male, forse perché in realtà non sono sola.

E sono felice, sì, anche se mi manca qualcosa.

Ma questo, almeno, l'ho imparato: posso sentirmi a posto nell'incompletezza, contenta nella tristezza, solida nelle folate di incertezza.

In un modo o nell'altro le cose cambieranno, giusto? È il loro destino. Non cambia forse tutto, naturalmente e in continuazione?

Da quando sono qui, la vita non fa che dimostrarmelo.

Sono presa da questi pensieri quando sento dei passi.

Alzo lo sguardo con il mio sorriso da "Benvenuti alla Locanda Tempesta". Sono pronta ad accogliere un nuovo ospite. Ma chi mi trovo davanti non è nuovo, e non è un ospite.

"Libero."

È abbronzato. Si è fatto la barba. Non indossa la camicia, ma la maglietta dell'alpeggio di Baciccia e un cappellino da baseball verde con una scritta in arabo.

Gli elementi noti e quelli nuovi, uniti alla sorpresa di trovarmelo davanti, alimentano un cortocircuito nella mia testa, già elettrica di per sé. Non capisco se è reale o lo sto immaginando.

Sono sveglia, giusto?

"Non ti sei dimenticata di me, dunque."

"Sono passati a malapena due mesi..."

"Non è che ti sei sposata, nel frattempo?"

"Ti sembro il tipo?"

"Purtroppo, sì."

"Bella idea che ti sei fatto di me."

"Te l'ho detto dal primo giorno: troppo romantica."

"Eppure, non sono io quella che canta Mia Martini quando nessuno mi vede!"

"*Touché.*"

"O che finge di non sapere il francese."

"*Touché, touché.*"

"Sei qui per prendere ripetizioni di francese o per vedere com'è venuta la locanda?"

"Tutt'e due le cose. Ma non solo."

"Anche per uno dei nostri famosi cappuccini? Per una fantastica birra spillata da me? Per acquistare delle pesche nel liquore?"

"Anche. Ma non solo."

"Sei venuto..."

Lui mi guarda con una di quelle sue espressioni profonde, che non ti aspetteresti mai da un tipo come lui. "Sono venuto per il motivo più vecchio del mondo."

"E quale sarebbe?"

"Per restare."

Mi si incendiano le guance. Fisso il legno del bancone in cerca di un appiglio. I buchi dei tarli vanno benissimo. Ci passo sopra un dito.

"Per restare..."

"Non dirmi che non hai posto, ho prenotato. Tutto in regola."

Rileggo il nome misterioso sul registro. Il *francese*. "Motivi di lavoro?"

"Già, ho lasciato il lavoro."

"Anche tu!"

È diventato uno sport, da queste parti: appuntamenti non annunciati e lasciare il lavoro.

"Servirà un architetto, mi hanno detto."

"Be'..."

"Il paese si sta ripopolando, le case vanno ripensate nei materiali e negli spazi e la locanda si anima..."

"Diciamo che a oggi abbiamo due prenotazioni. Anzi, a questo punto una."

"Ma si lavora a un parco giochi piuttosto innovativo, ho sentito. Ci sono le premesse per un centro estivo, e se le cose ingranano ci sarà bisogno anche di altri alloggi... Nonché di guide turistiche."

"Libero, tu avevi una prestigiosa, incredibile opportunità in Arabia. Lavoravi a un progetto tutto tuo e..."

"E lì mi mancava qualcosa."

"La montagna."

"E qualcuno."

Trovo la forza di alzare gli occhi.

"Vedendo come te la cavi con l'uncinetto, rischiavo di arrivare tardi. Chi mi dice che avresti fatto come Penelope? Sono certo che i pretendenti non manchino."

"Cerchi moglie?"

"Cerco te."

Libero ha fatto il giro del bancone, sento la testa leggera, non sono preparata, eppure non aspettavo altro, non riuscivo nemmeno a immaginarlo e invece sta accadendo, devo riuscire ad abbandonarmi, godermi il momento, cercare di non pensare, ma... qualcuno ci interrompe sul più bello.

È la dottoressa Parodi, che ci osserva con aria allegramente stupita. Proprio adesso.

"Eh, ragazzi, si può dire che l'avevo detto?"

Sorridiamo, facendo un passo indietro, come due liceali scoperti in flagrante.

Il suo tempismo rimarrà leggendario, cara dottoressa Parodi.

"Eh, sì, ho la vista lunga io," insiste, sedendosi. "Però ho anche fame, e vi avviso che mi tratterrò qui per l'intera giornata, e pure per la notte. Per provare almeno una stanza, ecco. Spero non siate già al completo. Una bella giornata in solitudine, senza marito e senza figlio. Una giornata tutta per me. In un posto che sento anche un po' mio... Spero non vi spiaccia."

"Certo che no," mi affretto a rispondere.

Interiormente esulto: le prenotazioni sono tornate due, grazie a lei.

E ora c'è anche Libero. Il castello è mio. Il lupo non mi fa più paura. Sono io e non sono più sola.

Chissà se esiste davvero la volta giusta. Forse, più che giusta dev'essere nostra.

Be', se esiste, per me è questa. Non è che lo sento: ora lo so.

Indice

Finito di stampare nel mese di ottobre 2025
presso Grafica Veneta S.p.A. di Trebaseleghe - PD

FSC
www.fsc.org
MISTO
Carta | A sostegno della gestione forestale responsabile
FSC® C021883

GRAFICA VENETA
GV CARBON NEUTRAL

Questo libro è stampato da Grafica Veneta S.p.A.
con un processo di stampa e rilegatura certificato 100% carbon neutral
in accordo con PAS 2060 BSI